Der in Berlin-Charlottenburg lebende Softwareentwickler Andrzej Czybulsky führt als Freischaffender ein nicht gerade abstinentes, aber dennoch geregeltes, eintöniges Dasein. Die Fahrten durch die Stadt mit dem Taxi, zählen da schon zu den Aufregern. Als er eines Tages „aus Daffke" einen Auftrag annimmt, der nicht gerade zu seinem Arbeitsfeld gehört, gerät er, und das nicht nur allein, in den Sog des Verbrechens. Zu allem Unglück verliebt er sich auch noch.

Andrzej Czybulsky wurde am 11.3.1972 in Chorzów (Königshütte), Polen, geboren. Kurz nach seiner Geburt starb sein Vater an den Folgen eines Motorradunfalles, woraufhin seine Mutter in die Bundesrepublik übersiedelte. In Worms verbrachte er die ersten 16 Jahre seines Lebens. Als auch seine Mutter starb, ging er nach West-Berlin und studierte dort nach dem Abitur an der Technischen Universität Informatik.

Die China-Maus ist Andrzej Czybulskys erster und zugleich letzter Roman.
Er starb am 11.3.2016, am Tage seines 44. Geburtstages in Berlin.

Die China-Maus

Eine Geschichte aus dem neuen Berlin

von

Andrzej Czybulsky

Bibliografische Information der Deutschen Nationalbibliothek:
Die Deutsche Nationalbibliothek verzeichnet diese Publikation in der Deutschen Nationalbibliografie; detaillierte bibliografische Daten sind im Internet über http://dnb.dnb.de abrufbar.

Impressum

Texte © Copyright 2016 by Andrzej Czybulsky

Bildmaterialien © Copyright 2016 by Andrzej Czybulsky

Andrzej.Czybulsky@posteo.de

Alle Rechte vorbehalten.

Herstellung und Verlag:
BoD – Books on Demand
22848 Norderstedt

ISBN: 9783743141810

Inhaltsverzeichnis

Seite

00-Darf übersprungen werden, aber …	6
01-Die Maus ist da	8
02-Fidel Castro	21
03-Die Befragung	34
04-Der Reisepass	50
05-Gojko	67
06-Auch das LKA ist interessiert	86
07-Auch Hunde haben ihr Gutes	113
08-Riñones - Nieren auf spanische Art	126
09-Der seltsame Kellner	149
10-Marleen	173
11-Das Ende naht	204
12-Totgesagte leben länger	219
13-Die Wette	235
14-Gisela	258
15-Edeltraut	280
16-Es ist wie es ist	294
Nachwort	311

Widmung [1]

Obwohl diese kurze Widmung nur aus vier Sätzen besteht, darf sie vom geneigten Leser übersprungen werden. Aber es wäre schade!

Da ich nicht unbedingt davon ausgehen kann, ein weiteres Buch zu schreiben, weil mir vielleicht die Zeit dazu nicht mehr bleibt oder mir einfach nichts mehr einfallen will, obwohl, ein paar Ideen hätte ich schon noch, widme ich diesen Roman, und um so einen handelt es sich ja schließlich, denn alle darin vorkommenden Personen sind, bis auf ganz, ganz wenige Ausnahmen frei erfunden, wie es so schön heißt, was nicht bedeutet, dass entstandene Ähnlichkeiten nun absolut rein zufällig wären, widme ich also diese Geschichte, die eigentlich ein Liebesroman werden sollte, aber die Welt ist schlecht und der Mensch auch, und so ist sie dann zwangsläufig zum Kriminalroman verkommen, gewissermaßen „in einem Aufwasch", zwei Personen:

Erstens,

sozusagen posthum, meinem ehemaligen Deutschlehrer, der viel zu früh von uns gegangen ist bzw. nicht früh genug, wie böse Zungen behaupteten, ich meine *den* Deutschlehrer, der unter anderem von uns Schülern „der Scheinliberale" genannt wurde, weil er immer so ein flottes Cordjackett trug, und der mir in „Deutsch" im Abitur eine „Fünf" reingewürgt hatte, weil er mich nicht leiden konnte.

Danach konnte ich ihn dann auch nicht mehr leiden.

Und zweitens,

meiner lieben Frau;
ach und dann noch meiner Tochter und meinem Sohn,
meiner Schwiegermutter, der Tante, dem Onkel, dem
Eismann, der anderen Tante, dem anderen Onkel, dem
älteren Bruder, dem jüngeren Bruder, dem Koch der
Muppet-Show, der Musiklehrerin, dem Briefträger, Ernie
und Bert, dem Kontaktbereichsbeamten, der Mannschaft
von Wormatia Worms, dem Klavierträger, der Backwaren-
Fachverkäuferin, den freundlichen Ermittlern von der
Gebühreneinzugszentrale, allen DDR-Grenzsoldaten, der
Lottofee, allen Fleischerei-Fachverkäuferinnen, dem
Schöpfer des neuen Großflughafens, der netten Nachbarin,
die sich immer so schön aus dem Fenster gelehnt hat, sodass
man ihre

---

[1])
Um die Langmut der geschätzten Leserschaft vor Misshandlung zu schützen,
leider auf 2000 Zeichen beschränkt

1. Kapitel

Ein schwülstiger, tiefroter Mund näherte sich meinem Gesicht. Weiche, große Brüste drückten sich an meinen Körper. Gleich mussten unsere Lippen sich finden. Doch statt des leidenschaftlichen Kusses, den ich nun erwartete, packten zwei, an schlanken, um nicht zu sagen, dürren Armen befindliche Hände meine Ohren und zogen daran. Mein rechtes Ohr schmerzte. Ich wollte mich befreien, jedoch vergebens. Über dem Handgelenk hing eine viel zu große Armbanduhr. Es war mehr ein Wecker als eine Armbanduhr; und der Wecker klingelte. Ununterbrochen. Und mein Ohr schmerzte!
Ich hielt es nicht mehr aus, griff an mein Ohr und … zog eine leere Rumflasche unter meinem Kopf hervor.
Langsam wurde ich wach. Ich sah mich auf der Bettkante sitzen mit einer leeren Rumflasche in der Hand und musste mich erst einmal sammeln. Dazu brauchte ich eine ganze Weile. So langsam kam meine Erinnerung wieder: Sie hatte mit mir Schluss gemacht, doch ich habe die Situation ertragen. Ach, was heißt ertragen? Ich habe sie gemeistert! Als wenn mich so etwas umwerfen könnte! Was bildet die sich eigentlich ein? Auch andere Mütter haben schöne Töchter – so sagt man doch. Mich haut jedenfalls so etwas nicht um. Mich doch nicht!

Trotzdem hatte ich, denn so viel gab meine Erinnerung noch her, aber nur prophylaktisch, damit keine falschen Gefühle hochkommen, mir im Laden unten Rum, Cola und Zitronen besorgt. Doch wie ging es dann weiter? Keine Ahnung. Aber eines wusste ich genau:

Von Weibern habe ich erst einmal die Schnauze voll!

Dieses fürchterliche „Wecker-Armbanduhr-Klingeln" setzte wieder ein.
Es kam von der Haustür.
Mühselig schleppte ich mich dorthin, und wäre beinahe über eine auf dem Boden liegende Cola-Flasche gestolpert. Ich öffnete.
„Der Paketbote war da, und weil Sie nicht aufgemacht haben, habe ich das hier entgegengenommen."
Es war meine Nachbarin, Frau Neumann.
„Was denn, mitten in der Nacht?"
„Also, Herr Andreas, es ist bereits elf Uhr!"
„Schon? Na, jedenfalls danke, Frau Neumann."
Ich warf die Tür zu und das Päckchen auf den Tisch.
Nach weiteren drei Stunden Schlaf, einer kalten Dusche und einem starken Kaffee, ging es mir schon wieder besser, und ich packte meine Sendung aus.

Meine neue Maus war angekommen. Direkt aus China. Und billig. Aber dafür musste ich auch zwei Monate warten. Nun war sie also da. Gleich führte ich mit ihr den Zeiger über den Bildschirm. Ja, diese Maus fühlte sich gut an, und sie lief so geschmeidig. Ich übertreibe nicht, wenn ich sage, sie hatte etwas von einer Ballerina. Und ... sie war folgsam! Sie gehorchte auf die Befehle, welche ich ihr, wenn auch nicht durch Worte, so doch aber per Tastendruck erteilte.
Ja, diese Maus werde ich lieben!
Sie ist besser als alle meine anderen Mäuse, die ich zuvor hatte. Als da waren:
Die Störrischen, die machten, was sie wollten.
Oder die Phlegmatischen: Die machten gar nichts oder bestenfalls nur ganz wenig.
Andere wieder rannten wie wild herum, um dann auf Nimmerwiedersehen in einer Ecke zu verschwinden.
Nein, diese hier ist ganz anders. Sie ist die richtige. Bis zu

unserem Lebens- bzw. Betriebsende würden wir vereint sein.
Mäuse sind eben anders als Frauen. Man kann sich auf sie verlassen.
Mit Mäusen hat man keinen Ärger!
Wie falsch ich damit lag, sollte ich noch frühzeitig zu spüren bekommen.
Ich hatte ja keine Ahnung!
„Du, meine Maus!", sagte ich zu ihr, neu verliebt.

Welchen Namen sollte sie bekommen? Ich konnte sie ja nicht mit „Maus" anreden. So spricht man vielleicht zu seiner Verlobten. Winifred ist ein schöner Name, aber vielleicht zu dramatisch und passt auch nicht zu unserem Nachnamen Czybulsky.
Winifred Czybulsky – nein, das passte nun wirklich nicht.
Und Myszka Czybulsky?
Wäre zwar treffend, ist dann aber doch zu polnisch.
Ich hatte es! Wenn schon nicht Myszka, dann aber „My". Das ist kurz und klingt chinesisch. Wenn das englisch ausgesprochen wird, ist es immer noch akzeptabel.
Gut, sie wird My heißen, My Czybulsky.

Doch quälte mich jetzt ein Gedanke: Ist sie überhaupt noch Jungfrau? Bin ich doch nicht der Erste, der sie jemals berührt hat? Schwarze Gedanken durchzogen mein Gehirn. Sie könnte eine Affäre mit einem aus der Fabrik gehabt haben. Allerdings habe ich gehört, dass dort überwiegend Frauen arbeiten. Sollte sie vielleicht sogar lesbisch sein?
Ich schaute sie prüfend an. Vielleicht verrät sie sich ja durch Blinzeln ihrer LED?
Nichts.
Aha, sie versteckt sich hinter ihrem Energiesparmodus. Also hat sie ein schlechtes Gewissen. Sie verheimlicht mir etwas.
Ich werde sie testen, aber wie? Ich werde sie hart

rannehmen. Ich drückte ihre Taste und siehe da: Sie blinzelte. Jedoch keine Spur eines schlechten Gewissens. Ich scheuchte sie von einer Ecke zur anderen, aber alle Aufgaben wurden erfüllt.
Jetzt kam mir die rettende Idee: Wie wird sie sich wohl verhalten, wenn sie mit anderen Mäusen konfrontiert wird? Also gab ich in die Suchmaschine die Worte „Maus" und „China" ein. Es erschienen auch sogleich viele Links zum Thema „China Maus".
Aber was sollten wir nun zu sehen bekommen?
Eine leicht, um nicht zu sagen, gar nicht bekleidete, mandeläugige Schönheit bot sich uns unter diesem Thema dar.
„Das ist nichts für uns", sagte ich zu My. Mit „uns" meinte ich natürlich in erster Linie sie. Außerdem war diese Art von Mäusen auch nicht käuflich, selbst wenn das im allgemeinen Sprachgebrauch so verstanden wird; nein, man konnte sie nur auf bestimmte Zeit mieten.
Wir besuchten also eine Website, auf der Mäuse verkauft werden. Der Zeiger streichelte die verschiedensten Rassen: Große, kleine, teure Luxusmäuse und billige, arme Mäuse; es waren sogar noch einige von der altmodischen Rasse mit den langen Schwänzen dabei.
Keine Reaktion.
Aber hier! Da war etwas. Erst ein Zucken des Mauszeigers, dann ein Blinzeln der LED. Treffer. Es war ganz deutlich zu sehen: Der Zeiger ruckelte bei einer ganz bestimmten Rasse. Ist es ein Wunder? Diese sah fast genauso aus wie meine My. Aber My schien traurig zu sein.
Mir wurde klar, My hat Heimweh, zumindest aber sehnt sie sich nach ihren Schwestern.
Guter Rat ist hier teuer. Im Laden gibt es diese Rasse nicht zu kaufen, und bis ich welche aus China erhalte, vergehen zwei Monate. Ich wusste nicht, ob sie so lange aushält oder

vorher vor Kummer eingeht.
Doch zum Glück erfuhr ich von einem Freund, der bei so einem Käseblatt arbeitet, dass eine ziemlich große Lieferung Mäuse in Deutschland eintraf, welche sich aber noch beim Zoll befinden sollte. Es gab da wohl irgendwelchen Ärger, mehr konnte er nicht sagen.
Ich entschloss mich also, den Zoll aufzusuchen, um für meine My die Genehmigung einzuholen, die neuen Immigranten begrüßen zu dürfen. Was sollte schließlich dabei sein?

Ich stand vor der Tür eines Zollinspektors namens Steinfels und klopfte.
„Herein!"
„Guten Tag, mein Name ist Czybulsky, und ich wollte ..."
„Ah ja, Herr ... Wir erwarten Sie schon."
„Wir ...???"
Herr Steinfels stand von seinem Schreibtisch auf und kam auf mich zu. Er war klein. Sehr klein. Er war überaus klein. Er streckte mir seine Hand entgegen. „Steinfels, angenehm, Herr ..."
Ich musste mich etwas bücken, um seinen Handschlag zu erwidern.
„Czybulsky."
„Ja, Herr Schibulki, nun, mein Kollege Herr Becker und ich warten schon auf Sie. Eigentlich bearbeitet Herr Becker den Fall.
(Welchen Fall denn?)
„Sehen Sie, Herr ..."
„Czybulsky."
„Ja, sehen Sie, es müssen da noch einige Formalitäten erledigt werden. Ein Haufen Papierkram und das Übliche. Dann müssen noch einige Schwierigkeiten überwunden werden, neue kommen täglich dazu. Dann haben wir mit Personalmangel zu kämpfen. Unsere Dienststelle ist

chronisch unterbesetzt ... arbeiten mit Hochdruck ... alles Erdenkliche ... braucht alles seine Zeit ..."

Er sprach am laufenden Band. Ich merkte, dass ich seinen Worten gar nicht mehr folgte. Ich hatte die Hand in der Tasche, umklammerte meine My und starrte auf Herrn Steinfels' Gestalt. Er war wirklich winzig.
Die Erlösung wurde mir durch sein Telefon zuteil: Es klingelte.
„Entschuldigung, Herr ..."
„Bitte!"
„Ja."
Herr Steinfels ging zu seinem Schreibtisch, während ich mich auf eine kleine Holzbank neben der Tür niederließ.
„Steinfels ... na, was wohl? ... Nein ... nein ... doch ... nein ... nein ... ich habe Publikumsverkehr ... nein, Publikumsverkehr, nicht was du denkst! ... Kann das denn nicht warten? ... Ich stecke hier bis zum Hals in Arbeit ... hör ... ... nun hör doch mal ... das halte ich für keine gute Idee ... hör doch mal ... hallo? Hallo?"
Herr Steinfels wandte sich wieder mir zu.
„Wie ich gehört habe, haben Sie ja auch mächtigen Ärger mit dieser Sache, und deshalb schlage ich vor, dass wir als erstes folgende Schwierigkeit aus dem Weg räumen, und zwar ..."
Die Tür ging einen Spalt auf. Ich hörte eine Frauenstimme:
„Körnchen, kannste mal rauskommen?"
Steinfels' Miene verfinsterte sich.
„Verzeihung, Herr ..."
„Czybulsky."
„Herr Schibulki, es dauert nur einen Augenblick."
Er schloss die Tür von außen und man hörte ihn schimpfen:
„Wie oft habe ich dir schon gesagt, dass du mich nicht Körnchen nennen sollst, wenn andere Leute zugegen sind?!"
Die Wände in diesem Gebäude waren offensichtlich sehr

hellhörig. Aber die Stimmen verebbten, Schritte verhallten, und dann wurde es ruhig. Angenehm ruhig.
Ich stand auf und ging zum Fenster, um einen Blick auf den Zollhof zu werfen. Dabei fiel mein Auge auf einen Notizzettel auf dem Schreibtisch. Auf ihm stand in gekritzelter Schreibschrift etwas, das aussah wie „Anal" (so ein Schweinkram), darunter etwas Durchgestrichenes und dann in großen Druckbuchstaben: „SCHLESWIG-SCHUBY".
Diesen Namen hatte ich schon einmal gehört. Es muss im Sommer letzten Jahres gewesen sein. Aber in welchem Zusammenhang?
Ein Telefon klingelte; diesmal im Nebenzimmer. Die Wände hier waren wirklich sehr hellhörig.
„Ja? ... Na, was glaubst du denn? ... Von wegen ... Championsleague, kannste abhaken ... es sollen ungefähr 200.000 Stück sein. Aber die müssen gezählt werden ... je nachdem wie viele Leute dafür abgestellt werden, kann das 'ne Woche dauern ... natürlich ist das Verschwendung von Steuergeldern, aber was willste denn machen, muss ja alles seine deutsche Ordnung haben."
Er kicherte.
„Und das Beste: Anschließend kommt die ganze Scheiße in den Schredder ... ja ... jaja ... aber wir warten ja noch auf den Heini ... Schlesien-Azubi oder so ähnlich ... na, den Anwalt von Technik Logistica oder so ähnlich ... kannst mir ja beim Zählen helfen."
Er kicherte wieder. Dann wurde es wieder ruhig. Mir wurde mulmig. Mir wurde richtig schlecht. Kalter Schweiß stand auf meiner Stirn. Ich umklammerte My in meiner Hosentasche. Beinahe hätte ich dabei eine Taste abgebrochen.
Hier ging es also um die Vernichtung von 200.000 Mäusen. Unvorstellbar! Ich musste dagegen etwas unternehmen. Offensichtlich hing alles an einem Herrn ...

Die Tür ging wieder auf, Herr Steinfels kam zurück.
„Nochmals Entschuldigung ... ach Gottchen, wie sehen Sie denn aus? Ist Ihnen nicht gut? Möchten Sie ein Glas Wasser, Herr ... ?"
„Schleswig-Schuby", sagte ich diesmal und, „nein danke."
„Ja, Herr Schlesinger, ich denke, es ist das Beste, wenn ich Sie jetzt zu Herrn Becker bringe. Ich muss da nämlich noch einen anderen dringenden Fall bearbeiten. Er schob mich hinaus und öffnete die nächste Tür.
„Becker, das ist der Herr Anwalt, du weißt schon."
Aha, das Gekrakel auf dem Zettel auf Steinfels' Schreibtisch sollte also „Anwalt" heißen (also kein Schweinkram). Ich war jetzt also der Anwalt Schleswig-Schuby. Trotzdem klickte in meiner Erinnerung nichts. Ich hatte seit mehr als fünf Jahren mit Anwälten nichts zu tun.
Woher kannte ich diesen Namen?
Becker schien zu wissen, strich aber vorsichtshalber mit dem Finger noch einmal über die vor ihm liegende Akte.
„Guten Tag, Herr ... Herr Schleswig-Schuby? Richtig?"
Offensichtlich hatte er den Namen unter den Zeilen gefunden.
„Ja, richtig", antwortete ich. „Der Heini", hätte ich beinahe hinzugefügt, denn Herrn Beckers Stimme erkannte ich.
Steinfels stand schon ungehalten zwischen Tür und Angel.
„Auf Wiedersehen, Herr Schibulka" und zu Becker gewandt: „Ich muss mich jetzt noch um den anderen Fall kümmern."
„Welchen anderen Fall?", fragte Becker.
„Na, du weißt schon."
Becker wusste diesmal wohl nicht. Aber Steinfels entschwand.
Becker legte los:
„Wir müssen aber noch eine Hürde nehmen, bis die Sache endlich steigen kann ..."
„Steigen?" Bei diesem Ausdruck wurde mir wieder schlecht.

Der Schweiß auf meiner Stirn zeigte sich auch wieder.
Ich stellte mir gerade vor, wie der Qualm aus den Schornsteinen der Müllverbrennung wie ein letzter klagender Gruß von 200.000 Mäusen gen Himmel stieg. Meine Knie wurden weich.
„Was haben Sie denn, Herr Schlesinger? Sie sind ja ganz bleich. Möchten Sie ein Glas Wasser?"
Eh ich dankend ablehnen konnte, schwand Beckers Besorgnis und er fuhr fort:
„Wir müssen da noch einige Schwierigkeiten überwinden, dazu kommt, dass unsere Behörde chronisch unterbesetzt ..."
Wusste ich schon, aber ich ließ ihn reden bis ich mich wieder an den Grund meiner Anwesenheit erinnerte. Also riss ich mich zusammen und unterbrach ihn.
„Ich würde die Mäu... ich meine die Ware gerne einmal in Augenschein nehmen."
Beckers Gesicht erhellte sich. Das kam ihm wohl sehr gelegen. Er tastete auf seiner Telefonanlage herum.
„Mau... äh, Frau Schmitt-Witzleben können Sie mal kommen, bitte?"
Frau Schmitt-Witzleben kam. Eine gut ausgestattete Frau, das Alter schwer einzuschätzen, in einem die Figur betonenden eleganten Kostüm und das Haar hoch gesteckt. Eine von diesen Sekretärinnen!
„Frau Schmitt, Sie wollten doch mit Herrn Schlesien zum Container mit den Mäusen gehen. Das ist der Numero ... Augenblick", er kramte in einer Kladde, fand einen losen Zettel, klemmte ihn an eine andere Kladde auf seinem Schreibtisch und übergab beides Nicole.
(So hatte ich inzwischen Frau Schmitt-Witzleben getauft. Ich fand, der Name passte gut zu ihr. Sie hatte so etwas Französisches.)
„Steht alles da drauf", fügte Herr Becker noch hinzu.
„Ich geh' dann mal voran", sagte Nicole und stolzierte durch

die Tür. Ich hinterher.
Durch die halb geschlossene Tür rief uns Becker noch etwas nach:
„Ach, Mausi, ... den Schlüssel hat Kurt!"
Der Ausruf galt offensichtlich nicht mir.
Aber ausgerechnet „Mausi"?
Es amüsierte mich. Ich sah Frau Schmitt-Witzleben an, und sie sah mich an. Ich versuchte etwas in ihrem Gesicht zu lesen, vielleicht Scham, wegen der Anrede eben. Sie hatte wunderschöne geheimnisvolle Augen, aber sie verzog keine Miene.

Die Gänge in diesem Gebäude schienen endlos lang zu sein. Zum Trost durfte ich aber Nicole folgen und hatte auf diese Weise noch die Gnade, von ihrer Parfümwolke etwas abzubekommen, während sie auf ihren hochhackigen Schuhen vor mir her schritt und dabei einen wohltuenden Anblick ihrer sich wiegenden Kehrseite preisgab.
Während unseres Spaziergangs öffnete sie die eine oder andere Tür, um nach Kurt zu fragen, jedoch ohne Erfolg. Ich hinter ihr her. Mit jedem Meter Gang gefiel sie mir besser. Ihr enger Rock endete kurz über den Knien und brachte ihre Beine voll zur Geltung. Ob sie mit mir heute Abend französisch essen gehen würde? Sekretärinnen sollen ja in dieser Beziehung sehr aufgeschlossen sein. Ich werde sie am Ende einfach fragen.
Der Gang nahm immer noch kein Ende.
Was für schöne Beine sie hatte!
Vor uns befand sich eine Schwingtür, welche wir passieren mussten. Auf der anderen Seite der Tür kam uns ein unsympathisch aussehender Mann im dunkelgrauen Anzug entgegen.
Frau Schmitt hatte wohl mit einem Kavalier gerechnet – ein Fehler. Beide stießen zusammen. Dabei fiel das

Aktenköfferchen des Schlipsträgers auf die Erde, welches er zuvor unter dem Arm eingeklemmt hatte, da ja beide Hände mit irgendwelchen Smartphones oder Tablets belegt waren.
„Oh, pardon", sagte Nicole charmant.
„Schon okay", darauf der Unsympathling etwas säuerlich mit einer schmierigen Stimme, während er weiter hetzte.
Aber auch Nicoles Kladde war zu Boden gefallen. Einige Blätter lagen lose herum. Ich wollte ihr natürlich beim Einsammeln behilflich sein, als mein Blick auf ein Kuvert fiel:
„Frau Oberinspektorin Dr. Edeltraut Schmitt-Witzleben."
Beinahe hätte ich mich verschluckt.
Soweit das Thema Französisch.
Jedenfalls der Appetit auf Froschschenkel heute Abend ist mir gründlich vergangen. Nun musste ich wieder an My, meine kranke Maus denken.
Jetzt kam Kurt!
Er musste schon informiert gewesen sein, denn er drückte Frau Doktor wortlos einen Schlüssel in die Hand, quasi im Vorbeigehen. (Der Ausdruck „en passant" erschien mir nun nicht mehr recht passend.)
Endlich erreichten wir den Hof und Frau Doktor fand auch recht schnell den Container.
„So, da wären wir." Sie machte sich an dem Schloss zu schaffen, ein zusätzlicher Hebeldruck und die schwere Eisentür des Containers fiel von selbst auf.
Ich erstarrte.
Ein Anblick des Grauens bot sich mir dar. Ich kann wohl behaupten, dass ich in meinem ganzen Leben noch nie so etwas Schreckliches gesehen habe. Der Container war von unten bis oben vollgeladen mit Gitterboxen, welche wiederum vollgestopft waren mit Mäusen. Armselige Kreaturen, lediglich mit einer dünnen Plastiktüte bekleidet, keine Polsterung, kein Styropor, nicht einmal Pappe

zwischen den Mäusen. Einfach nur grauenhaft. Von artgerechter Haltung keine Spur.
Und da waren sie auch schon wieder, meine Symptome.
„Was haben Sie denn?", fragte Frau Dr. Schmitt. „Sie sind ja ganz bleich! Möchten Sie ein Glas Wasser?"
Nein, ich mochte kein Glas Wasser. Wasser ist in dieser Behörde anscheinend ausreichend vorhanden.
„Vielen Dank, Frau Dr. Schmitt-Witzleben", gab ich zur Antwort. „Nicht nötig. Ich habe auch genug gesehen."
Ich drückte meine Hand ganz fest um meine My in der Hosentasche. Diesen Anblick wollte und musste ich ihr ersparen.

Mit den Worten „gut, dann bringe ich Sie wieder zurück" verschloss Frau Doktor den Container und schritt wieder voran, diesmal in die andere Richtung. Jetzt erschienen mir die Gänge noch länger als auf dem Hinweg. Auch fand ich den Hintern von Frau Schmitt zu groß, um nicht zu sagen fett. Und bei näherer Betrachtung konnte man auch Hüftspeck erkennen. Bestenfalls durchschnittlich, urteilte ich über Frau Doktor. Nicht gerade eine Schönheit. Auf jeden Fall aber:
Kein Frau, die für mich in Frage käme!
Wahrscheinlich war sie auch schon viel zu alt. Ich mag keine alten Frauen – und keine dicken. Nur junge und schlanke.
Und schon gar nicht so eine krummbeinige Schickse.
Endlich fand der Weg ein Ende. Wer weiß, was mir sonst noch alles an ihr aufgefallen wäre.
Kurz bevor wir Herrn Beckers Büro erreichten, öffnete sich eine Tür:
„Frau Doktor, wir wollten doch noch etwas Wichtiges klären."
„Ach ja", sagte Frau Doktor und zu mir gewandt:
„Herr Schleswig-Schuby, Sie finden doch jetzt allein zu

Herrn Becker."
Meine Antwort nicht mehr abwartend, verschwand die Doktorin hinter der Tür, um etwas Wichtiges zu klären.

Blöde Zicke!

Einige Schritte weiter stand ich wieder vor Herrn Beckers Büro. Gerade wollte ich die Klinke hinunterdrücken, als ich eine schmierige Stimme hinter der Tür sagen hörte: „Was soll das heißen, ich wäre schon da?"
Darauf Beckers Stimme: „Ich will es mal so ausdrücken: Wenn Sie Herr Schleswig-Schuby sind, wie viele Schleswig-Schubys gibt es denn in Ihrer Kanzlei?"
In diesem Augenblick entschloss ich mich, doch nicht einzutreten und suchte den nächsten Ausgang, aber zuallererst das Weite.

Endlich wieder draußen, war mein erster Gedanke „ein kaltes Bier". Zum Glück war auch ein Restaurant gleich in der Nähe: „Fidel Castro", ein Italiener, aber mit Vorgarten. Jetzt merkte ich erst, was ich für einen Durst hatte, und dabei konnte ich die Ereignisse der letzten Stunde noch einmal Revue passieren lassen.
„Schleswig-Schuby … Schleswig-Schuby", zum Teufel, woher kannte ich diesen Namen?"

2. Kapitel

Wenn der Berg nicht zur Maus kommt, dann muss die Maus zum Berg gehen.
„Na, meine süße Myszka", so nannte ich sie dann doch manchmal, aber nur, wenn wir allein waren und ich ein Bedürfnis nach Intimität hatte, „wollen wir eine kleine Reise machen, du kannst mir ja beim Buchen helfen."
Ihre grünen Leuchtdioden strahlten.
Nachdem die Sache mit dem Zollhof so richtig in die Hose gegangen ist, musste nun ein anderer Weg beschritten werden.
My war mit großer Begeisterung bei der Sache. Mit Wonne wurden die Angebote der Reiseveranstalter angeklickt, passende Flüge gesucht und Preise verglichen.
Und das aber war die springende Maus bzw. der springende Punkt. Selbst die günstigste Reise nach China ließ mein Geldbeutel nicht zu.
My wurde schon wieder traurig. Alles nur das nicht, dachte ich. Ich wollte sie vertrösten:
„Wir können ja woandershin fahren, dorthin wo es auch Mäuse gibt."
Ihr Led-Blinzeln war sehr verhalten. Sie schien skeptisch. Auf dem Monitor sah ich, wie der Mauszeiger plötzlich ohne mein wissentliches Zutun auf einem Tourismus-Werbefenster verharrte:
„Super-Schnäppchen: Ägypten."
Ich wurde aufmerksam. Gibt es in Ägypten Mäuse? Möglicherweise. Aber dann bestimmt nicht die gesuchte Rasse. Ich war schon einmal in Ägypten. Dort habe ich zwar Ratten gesehen, aber keine Mäuse.
„Last minute: Cote d'Azure", wurde eingeblendet. Das stimmt. Hier sind Mäuse vorhanden, und zwar reichlich vorhanden. Aber nicht die, die wir suchen.

Karibik? Genau dasselbe und auch zu teuer!
Mittlerweile hatte ich schon viereckige Augen bekommen vom Anstarren des Monitors und beschloss, die Suche zu verschieben und ein Bier trinken zu gehen.
Durstig und voller Vorfreude schritt ich zu Luigi, dem Italiener in meiner Straße. Aber was erwartete mich schon von Weitem: Knackevoll der Laden. Kein einziger Platz draußen frei. Und ein Lärm! Offensichtlich hatte die Senioren-Abteilung des hiesigen Kegelvereins heute Betriebsausflug. Das Gegacker und Gekicher übertönte sogar noch den Straßenlärm.
„So eine Scheiße", ging mir durch den Kopf. Wohin jetzt?

Auf der Straße stand gerade eine Taxe, der Fahrer war mit dem Ausladen irgendwelcher Gerätschaften beschäftigt. Ich musste mich an das erfrischende Bier vorgestern in der Nähe des Zollhofes erinnern. Ich also zur Taxe:
„Hallo, Taxi!" Ein Glück, der Fahrer hielt.
„Kennen Sie das Fidel Castro?"
„Philharmonie heute zu!"
„Nein, nein, nicht die Philharmonie. Fidel Castro ist ein Italiener."
„Italienisch nix gut, wir fahren türkisch Restaurant, isse viel besser."
Ich versuchte es anders:
„Kennen Sie den Zollhof?"
„Ja."
„Gut, dann fahren Sie mich jetzt bitte dahin."
„Ja."
„Warum fahren Sie denn nicht los?"
„Du mir sagen."
„Fahren Sie, ich zeige Ihnen den Weg."
Das war vielleicht etwas voreilig, denn so ganz genau kannte ich den Weg auch nicht mehr. Schließlich erreichten wir aber

unser Ziel.
„Kriege 39,90!"
„Hier bitte, 40 €. Stimmt so." Daraufhin brabbelte der Taxifahrer etwas auf Türkisch in seinen Bart, wahrscheinlich eine Verwünschung, gab richtig Gas, und eine riesige schwarze Rußwolke nebelte mich noch als Abschiedsgruß ein."
„40 Mäuse", ging mir durch den Kopf, „aber vielleicht war es das wert, zumal man bedenken muss, dass ich während der Fahrt etliche Häuser, und darunter waren auch einige sehr schöne, mehrfach betrachten durfte.
Jetzt waren es zum Fidel Castro nur noch etwa 10 Minuten Fußweg. Und ich hatte einen Brand!
Gott sei Dank! Die Kneipe kam in Sichtweite, und es waren draußen noch Plätze frei. Was sollte jetzt noch schief gehen?

„Also, wenn das nicht der Herr Schleswig-Schuby ist?!"
Diese Stimme hinter meinem Rücken hatte eine lähmende Wirkung.
Unwillkürlich versuchte mein Kopf zwischen den Schultern zu verschwinden.
Halb aufstehend drehte ich mich um.
Da stand sie, wieder in so einem die Figur betonenden Kostüm, der Rock noch etwas kürzer als bei unserem ersten Zusammentreffen.
O mój Boże! (Bei besonderer Erregung fluche ich immer auf Polnisch – wenn auch nur im Geiste.) Was hat die Kuh hier zu suchen?
„Nanu, Ni ... ich meine Frau Dr. Ni ... Dr. Witzleben, was machen Sie denn hier?", stammelte ich.
„Das könnte ich Sie genauso fragen; möchten Sie, dass ich Sie weiterhin mit ‚Herr Schleswig-Schuby' anspreche?"
Zack! Das hat gesessen!
„Sind Sie mir jetzt böse, Frau Doktor? Kommen Sie, setzen

Sie sich zu mir, ich lade Sie auf ein Gläschen ein", sagte ich mit meiner lieblichsten Stimme. Ich versuchte es einmal auf die süße Tour, weil ich ja nicht wusste, was sie vorhatte. Zu meiner Überraschung setzte sie sich zu mir an den Tisch.
„Kommen Sie mir ja nicht auf die süße Tour, Herr ... wie lautet eigentlich Ihr richtiger Name?"
(Gute Frage) – auf der Straße fuhr gerade ein Pizza-LKW vorbei – „Wagner", entfuhr es mir. „Andreas Wagner."
Sie sah mich wieder so an wie auf dem Gang neulich. Sie hatte wirklich geheimnisvolle Augen.
„Ach wohl verwandt mit dem Komponisten?"
„Welchem Komponisten?"
Der Blick, den ich mir nun einfing, hatte eine andere Qualität: Einer von dieser tötenden Sorte.
„Ach der ... der Komponist." Ich versuchte ein kleines Lachen aufzusetzen, aber es gelang nicht.
„An den habe gerade nicht gedacht." Das entsprach ausnahmsweise der Wahrheit.
Sie sagte nichts. Sie sah mich nur an mit ihren geheimnisvollen Augen. Direkt unheimlich.
Ich kam einfach aus meiner Verlegenheit nicht heraus und sollte jetzt etwas Konversation betreiben.
„Dabei ist doch Wagner mein Lieblingskomponist", musste ich jetzt unbedingt zum Besten geben.
„Ach, ja? Meiner auch. Welche ist denn Ihre Lieblingsoper?"
Ich merkte, wie die Temperatur in meinem Kopf die 41-Grad-Marke überschreiten wollte. So ein verdammter Schlamassel. Ich kenne doch keine Opern. Hätte ich doch nur die Schnauze gehalten.
Das heißt, doch, ich kenne bestimmt zehn Opern, vielleicht sind es ja auch nur sechs oder fünf, aber garantiert drei ... so zwei bis drei. Aber nicht eine wollte mir einfallen. Da:
Der Bajazzo (?) ist mir schon zu Ohren gekommen.
Aber das ist bestimmt italienisch. Und Wagner war doch

garantiert kein Italiener – obwohl, die Pizza ist ja auch italienisch.
Die ganze Zeit durchbohrte sie mich mit einem erwartungsvollen Blick – ihre Augen waren außerordentlich geheimnisvoll. Meine Kehle war schon ganz trocken. Ich nahm mein Bierglas und leerte es in einem Zuge.
„Prost!", sagte Frau Doktor schnippisch. Ich hätte eh nicht zurück prosten können, meine Kehle war zu trocken.
Rettung nahte wieder in Form eines LKW. Diesmal war es ein Blumenlaster.
„Der Grü… äh, der Fliegende Holländer", schoss es aus mir heraus. Ich war richtig stolz auf mich. Die Antwort konnte nicht falsch sein, ich hatte nämlich diesen Stoff vor gefühlten hundert Jahren im Musikunterricht an der Oberrealschule vorgesetzt bekommen. Ich konnte mich aber an nichts mehr erinnern, nur, dass meine Musiklehrerin bei uns „Traute" hieß.
„Ist ja interessant", Frau Doktor sprach auf einmal mit veränderter Stimme, so wie man manchmal mit kleinen Kindern spricht, „das ist auch meine Lieblingsoper. Besonders gut gefällt mir der Akt, in dem der Bösewicht der armen Holländerin das Messer in den Hals sticht."
„Das ist auch meine Lieblingsstelle", entgegnete ich, und dabei stellte ich mir vor, wie der Bösewicht hier bei uns am Tisch sitzend auf genau die gleiche Weise dem ganzen Spuk ein Ende bereiten würde.
Wieder sah sie mich so merkwürdig an. Um diese Augen wäre es wirklich schade. Der Bösewicht musste wieder aus meinen Gedanken verbannt werden.
Der Ober kam an unseren Tisch. Überaus freundlich zu ihr gewandt: „Buenas tardes, Señora, wie immer?" (Aha, die kannten sich also schon. Da sitze ich ja schön in der … in der … Höhle des Löwen.)
„Naturalmente, gracias Alfredo", antwortete die

hochgebildete Doktorin.
Und er dann kühl zu mir: „Noch ein Bier, Señor?"
„Ach nein, ich nehme dasselbe wie die Señora."
Ich wollte schließlich auch einmal vornehm wirken.
Wieder Schweigen. Langes Schweigen. Und wie sie mich wieder dabei ansah. Was hatte sie vor? Dumm ist sie jedenfalls nicht. Was würde wohl als Nächstes kommen?

Jetzt kam erst einmal der Ober. Er stellte zwei riesige Gläser, deren Böden mit Rotwein benetzt waren, vor uns auf den Tisch. Ich hätte besser doch Bier bestellen sollen. Bevor er verschwand, warf er der Señora noch einen unverschämten Blick zu.
„So ein Gockel", dachte ich. „So ein schmieriger Papagallo – oder besser Torero, denn dass es sich hier nicht um italienisches Gebiet handelte, hatte sogar ich schon mitbekommen.
Ich nahm mein riesiges Glas in die Hand, um nicht zu sagen, es nahm mich an den Stiel.
„Salut, Frau Dr. Schmitt-Witzleben!" Das sollte imponieren, so viel Spanisch beherrschte ich.
„A tu salut", sagte Frau Doktor und: „Wie heißen Sie denn nun mit richtigem Namen?"
„Mit richtigem Namen?"
Mir fiel fast das Glas aus der Hand. Wenn da mehr drin gewesen wäre, hätte ich geplempert.
„Nun", fuhr sie fort, „Sie haben doch noch nie ein Opernhaus von innen gesehen und falls doch, haben Sie sich wahrscheinlich mehr für Ihre Nachbarin interessiert als für die Handlung auf der Bühne."
„Woher ..."
„Das kann ich Ihnen sagen, woher ich das weiß. Tod infolge Messerstiches ist aus Tosca oder Madame Butterfly, aber niemals aus dem fliegenden Holländer!"

„Niemals?"
„Niemals!"
So eine Scheiße.

Hätte ich doch damals in der Schule nur besser aufgepasst! In diesem Augenblick fiel mir wieder die Situation ein, als unsere Musiklehrerin die Klasse befragte:
„Habt Ihr Euch alle das Textheft besorgt?"
„Jawoll."
„Das will ich sehen – alle mal die Reclam-Hefte hochhalten!"
Wir taten es. Wir wedelten alle mit unseren neuen Errungenschaften.
Nur, dass in meiner weder eine Senta noch ein Herr Daland darin vorkamen, sondern ein gewisser Sir MacBeth nebst anderen dunklen Gestalten, und wenn mich nicht alles täuscht, gab es da auch ein überaus nerviges Weib. Und neu war mein Heft auch nicht. Diesen Schmöker hatte ich noch aus dem Deutschunterricht übrig.
Da hatten wir es wieder: Auch die kleinsten Verbrechen werden irgendwann einmal gerächt.
Aber egal, in diesem Augenblick wusste ich nicht, ob mir kalt oder heiß war. Jedoch eines wusste ich:
Ich will sterben. Sofort. Auf der Stelle. Ich ertrage das nicht länger. Ich werde jetzt auf die Toilette gehen und mich aufhängen.

„Na, Wagner heißen Sie jedenfalls nicht", unterbrach die Unerbittliche meine Selbstmordabsichten.
„Nicht?"
„Mitnichten!"
Jetzt machte sie mich richtig fertig; so nach Strich und Faden.
Der Kellner nahte.

„Camerero, otros dos, por favor!"
Und dabei zeigte sie noch mit zwei Fingern an ihrem
Weinglas den Pegelstand an.
„Si, Señora."
Sie rückte etwas vom Tisch ab und schlug das linke Bein
über das rechte, dabei kramte sie in ihrer Handtasche und
zündete sich eine Zigarette an. So eine von diesen besonders
schlanken Modezigaretten. Sie blies den Rauch ihres ersten
Zuges genüsslich in die Lüfte, um dann noch zur
Abwechslung das rechte Bein über das linke zu schlagen.
Der Rock rutschte dabei auch ein klein wenig höher als eben
noch.
So ein Luder!
Normalerweise hätten meine Hormone jetzt verrückt
gespielt. Aber in meiner augenblicklichen Gemütsverfassung
hatten die Hormonkiller – wenn es so etwas überhaupt gibt
– die Oberhand.
„Wenn Ihr Name wirklich ‚Wagner' wäre", begann sie
wieder, „dann hätten Sie sich schon längst mit dem
Komponisten befasst. Schon in Ihrer Kindheit hätte man mit
Ihnen Witzchen wegen Ihres Namens gemacht. Also
spätestens in der Grundschule hätten Sie gewusst, wer
Richard Wagner ist."
„Ich weiß doch aber, wer Richard Wagner ist", entgegnete ich
kleinlaut, mich aber schon wieder etwas stärker fühlend.
„Ach ja?"
Und wieder dieser Blick!
Sie hatte wirklich schöne Augen.
Sie wippte mit ihrem rechten Bein, dabei hätte sie beinahe
ihren Schuh verloren. Wieder so ein hochhackiger. Der hing
jetzt nur noch mit seiner Spitze an ihren Zehen.
Ein paar von den Hormonen in meinem Körper haben sich
inzwischen offensichtlich an den Hormonkillern
vorbeischleichen können. Das merkte ich. So etwas merke

ich immer.
Sie hatte nicht nur schöne Augen!
Der Gockel brachte uns zwei neue Gläser.
Bemerkenswert, diesmal war doch deutlich mehr Wein drin.
Allerdings, wenn ich jetzt auf Streit aus gewesen wäre ... beim genauen Hinsehen war in meinem der Füllstand niedriger.
Aber ich war ja nicht auf Streit aus. Schon gar nicht mit so einem Fatzke.
Wir tranken – diesmal nur nach einer verkürzten Zeremonie des Zuprostens.
„Also?", begann sie wieder.
„Also was?"
„Ihr Name, ich meine Ihren richtigen Namen. Sie haben doch vorhin geschwindelt."
„Aber wo denken Sie hin. Das stimmte alles. Ich meine fast alles. Jedenfalls teilweise. Also der Vorname stimmt ... fast."
„Fast?"
„Ja."
„Das ist ja zum Verrücktwerden mit Ihnen", polterte jetzt Frau Doktor los. Aber in ihrer Stimme zeichnete sich schon der bereits konsumierte Wein ab. Sie klang ein wenig versöhnlicher. Und wieder dieser erwartungsvolle Blick, dem ich nun nicht mehr widerstehen konnte.
„Ich heiße Andrzej. Andrzej Czybulsky", brachte ich mit dem Mute der Verzweiflung heraus und dabei musste ich auch noch hüsteln.
Ihr rechtes Bein zuckte.
Jetzt hatte sie ihren Schuh wirklich verloren. Als sie sich bückte, um ihn wieder anzuziehen, kam ihr Dekolleté erst richtig zur Geltung. Und dabei hörte ich aus dem Restaurant-Lautsprecher das Lied von den Glocken von Rom erklingen.
Sie hatte nicht nur schöne Augen und schöne Beine.

„Ist doch gemütlich hier", sagte sie, fast ein wenig verträumt, „nur schade, dass es heute keine Musik gibt. Wahrscheinlich haben sich die Anwohner beschwert." Während ich noch damit geistig beschäftigt war, an meinem Hörvermögen zu zweifeln, fing sie wieder an:
„Mögen Sie Tapas?"
Ich mag keine Tapas. Davon ist mir einmal schlecht geworden.
Allerdings, von den beiden Tapas, deren Anblick ich für den Bruchteil einer Sekunde soeben genießen durfte, hätte ich schon gerne genascht.
„Oh ja. Sehr sogar", sagte ich.
Sie machte zum Kellner gewandt eine bedeutende Handbewegung.
„Ihr Name kommt doch aus dem Polnischen."
„Ja."
„Und?"
„Was und?"
„Und verwandt?"
„Mit dem Schauspieler?"
„Ja, ob Sie mit dem Schauspieler verwandt sind?"
„Nein, der schreibt sich auch ohne „z" und mit einem „i" am Ende."
„Sehen Sie!"
Ich bin ihr auf den Leim gegangen.
„Was sehe ich?"
(Ich stellte mich dumm.)
„Stellen Sie sich jetzt nicht dumm, Herr ... Wagner."
Ich wurde verlegen. Sie lachte. Sie lachte mich aus. Aber dabei wirkte sie noch schöner.
Ein anderer Kellner stellte diesmal zwei Tellerchen vor uns auf den Tisch.
Nun tranken wir wieder und aßen, sofern man bei diesen Portiönchen von „Essen" reden konnte.

„Schmecken doch gut hier die Tapas, nicht?"
Ihre Laune schien stetig besser zu werden.
„Oh ja! Möchten Sie von meinen eine ab haben?"
„Ich muss auf meine Linie achten", wandte sie ein, und dabei stibitzten zwei reizende Finger oder vielmehr Fingernägel von meinem Teller eine dieser Köstlichkeiten.
Mittlerweile waren wir die einzigen Gäste. Um uns herum wurde es dunkler.
„Ich glaube, wir sollten langsam gehen, Frau Dr. Schmitt-Witzleben, die wollen uns rausschmeißen", gab ich zu bedenken.
„Sie dürfen mich ‚Trau...'" – sie bekam einen Schluckauf – „‚Traute' nennen!"
„Ach, nicht ‚Mausi'?", sagte ich lachend. Das konnte ich mir jetzt nicht verkneifen.
„Unterstehen Sie sich! Ich hasse das!"
Sie warf mir einen bösen Blick zu.
„Traute?", sagte ich, und dabei schaute ich zum Himmel. „So hieß meine Musiklehrerin, Gott sei ihrer Seele gnädig. Das war vielleicht ein Drachen."
„Ein Drach ... ein Drachen?" Jetzt musste sie wieder lachen, und weil sie gerade trank, verschluckte sie sich auch noch und prustete kleine Mengen des Rotweins über den Tisch.
„Na, Sie happ ... Sie haben mich noch nicht kennengelernt. – Oh, das tut mir jetzt aber rick ... richtig leid", fügte sie noch an, als ich versuchte, so unauffällig wie möglich mit der Papierserviette einige Tröpfchen aus meinem Gesicht zu wischen.
Frau Doktor, ich meine Traute, hatte einen Schwips.
Mit den Worten „ich muss mich noch einmal frisch machen gehen", stand sie auf und schritt mehr oder weniger eine gerade Linie laufend auf ihren Stöckelschuhen in Richtung der sanitären Einrichtungen.

Während ich ihr hinterherblickte, stellte ich fest, dass die Hormonkiller nun endgültig das Feuer eingestellt hatten.
Was für ein faszinierendes Weib! So eine Figur!
Auch bei mir zeigte der Wein seine Wirkung. Ich war direkt betrunken. Aber war das nur der Alkohol oder diese Frau? Ich verharrte schmachtend am Tisch und ließ meiner Phantasie freien Lauf, bis sie wieder erschien – in Kleidern. Natürlich in Kleidern, wir waren ja noch im Biergarten, in der Öffentlichkeit. Ich erwachte aus meinem Sekunden-Traum.
Ich wollte bezahlen.
„Ist schon erledigt", sagte Traute.
„Aber ich wollte doch …"
Sie drückte ihren Zeigefinger auf meine Lippen. Ihre Augen blickten unwiderstehlich.

Von diesen Hormonkillern war aber wirklich auch nicht ein einziger mehr bei der Arbeit. In meinem Bauch ging es nun zu wie in einem Fußballstadion. Etwa gefühlte 100.000 Hormone bildeten eine La-Ola und skandierten „küss die Trau-te, küss die Trau-te!"
Aber ich traute mich nicht.
Sie hakte sich bei mir ein und wir gingen zur Straße. Ich rief ein Taxi.
„Darf ich Sie nach Hause bringen?"
„Nein", sagte sie, „wir fahren zu Ihnen."
Donnerwetter! Die geht jetzt aber ran wie Blücher; aber auch gut, dachte ich. Meine Bude war zwar nicht aufgeräumt, doch frisch Verliebte dürfte das ja nicht stören. Ich gab dem Taxifahrer meine Adresse. Während der Fahrt versuchte ich, ihre Hand zu ergreifen, was aber misslang. Sie entzog sie mir und umklammerte ihre Handtasche. Und da war er wieder, dieser strafende strenge Blick. Ach was, den ignorierte ich einfach. Endlich angekommen, durfte ich

wenigstens die Taxe bezahlen: 16,50 €.
Als ich schon ausgestiegen war, um der Dame nach Art eines Kavaliers die Wagentür zu öffnen, tuschelte sie dem Taxifahrer noch etwas ins Ohr.
Sie schäkert mit ihm, dachte ich.
Vor meiner Haustür stehend suchte ich nach meinem Schlüssel.
„Klingeln bringt nichts", sagte ich zu ihr, „es ist doch niemand zu Hause." Sie war nämlich gerade dabei, die Klingelschilder abzusuchen.
„Ich klingle ja auch nicht", wandte sie ein und sagte knapp: „Gute Nacht, schlafen Sie gut!"
Ihre Worte trafen mich wie ein Keulenschlag.
Während ich benommen mit dem Schlüssel in der Hand wie angewachsen vor der Haustür stand, trippelte sie mit ihren hochhackigen Schuhen zum immer noch wartenden Taxi und fuhr davon.

3. Kapitel

Am nächsten Morgen erwachte ich auf der Couch, nur mit Socken und Unterhose bekleidet. Alles, aber auch wirklich alles schmerzte. Mit dem ausgestreckten Arm hätte ich mich am Kopf kratzen können, so dick fühlte der sich an. Warte, au warte, war mir schlecht. Ich musste mich übergeben und schaffte es gerade so zur Toilette. Danach ging es mir ein klein wenig besser, so etwa ein Prozent.
Zum Teufel, was stank denn hier so?
Auf dem Teppich lag eine umgekippte fast leere Whiskyflasche. Allein von dem Geruch wurde mir wieder übel.
Was war seit gestern Abend vorgefallen? Ich kann mich an nichts erinnern. Jedenfalls nur noch an wenig.
Ich ließ mich wieder auf die Couch fallen und wollte nachdenken. Aber der Gestank war nervig. Mit großer Mühe bückte ich mich, ergriff die Flasche und wollte sie in den Papierkorb neben der Küche werfen. Natürlich traf ich nicht. Die Flasche flog in die Küche und zerschellte dort auf dem Fliesenboden.
„Himmel, Arsch und Wolkenbruch!", entfuhr es mir. (Bei besonders großer Erregung fluche ich wieder auf Deutsch.) Da die Pulle nun nicht nur das Zeitliche gesegnet hatte, sondern auch außer Reichweite meiner Nase war, ließ ich mich wieder nieder und versuchte erneut einen klaren Gedanken zu fassen.
Das Letzte, an das ich mich erinnerte, waren ein paar Beine, die in Stöckelschuhen in einem Taxi verschwanden. Danach muss ich gestorben sein, und das hier ist mein neues Leben. Also haben die Moslems doch recht!
Es klingelte an der Tür.
In dem Zustand konnte ich doch nicht die Tür aufmachen.
„Wer ist da?", es war mehr ein Knurren als ein Rufen. Ich

war auch sehr heiser.
„Ich bin's, ich bringe Ihnen Ihre Hosen."
„Meine Hosen?" Unwillkürlich warf ich einen Blick zur Couch. Dort hätten eigentlich Hosen liegen müssen.
„Herr Andreas, nun machen Sie doch auf!"
Das war Frau Neumann aus dem ersten Stock. Ich bin also noch am Leben, denn Frau Neumann zählt garantiert nicht zu den sieben oder zehn oder weiß der Kuckuck wie viel Jungfrauen, die im Paradiese für mich sorgen würden.
Ich öffnete.
„Herr Andreas, Sie sehen aber gar nicht gut aus, soll ich Ihnen vielleicht etwas von meiner Fischsuppe bringen? Die wird Ihnen guttun!"
„Augenblick, Frau Neumann", konnte ich noch gerade so herausbringen und musste wieder zum Klo rennen, um etwas anderes herauszubringen. Bei dem Gedanken an Fisch, fielen mir wieder die Tapas ein, und die sind heute Nacht garantiert nicht den üblichen Weg der Verdauung gegangen.
Nach etwa fünf Minuten stand ich wieder an der Wohnungstür. Frau Neumann stand auch immer noch da. Und mir stand alles bis zur Oberkante Unterlippe.
„Och, das tut mir ja so leid, Herr Andreas. Hier sind Ihre Hosen."
„Meine Hosen? Wie kommen Sie zu meinen Hosen?"
„Na, wissen Sie denn nicht mehr? Sie wollten ..."
Nein, ich wusste nicht mehr. Und ich wollte es nun doch nicht mehr wissen.
„Vielen Dank, Frau Neumann", beendete ich vorzeitig eine vielleicht interessant zu werdende Geschichte, „ich werde mich bei Ihnen melden, wenn es mir besser geht." Ich schloss die Tür.
„Gute Besserung, Herr Andreas", hörte ich noch von draußen.

Wie kam die Alte an meine Hosen?
Mann, Mann, Mann, muss ich besoffen gewesen sein!
Ich ging wieder zur Couch, der klaren Gedanken wegen, hatte mich kaum gesetzt, als es wieder klingelte.
„Pjerunje!"
Ich schleppte mich zur Tür.
„Wer da?"
„Gisela. Wir wollten doch einen zusammen trinken."
Mit der? Nie im Leben! Mit der würde ich mich nicht einmal über das Münchner Oktoberfest schieben lassen.
„Ich kann gerade nicht, können Sie denn nicht ein andermal wiederkommen?"
„Ja, wollen Sie denn nicht Ihre Jacke wiederhaben?"
„Meine Jacke?"
„Nun machen Sie schon auf!"
Ich machte auf. Aber es war ein Fehler. Ein großer Fehler. Ich weiß auch nicht, welcher Teufel mich geritten hatte. Die wirst du nicht mehr los.
Draußen stand Gisela, in der einen Hand eine Flasche Asti Spumante und in der anderen meine Jacke.
„Eigentlich ... ich bin im Augenblick ... nun, Sie kommen etwas ungelegen ... und auch nicht aufgeräumt", stammelte ich.
„I wo, das stört mich nicht", sagte Gisela und stratzte herein, wie eine gute alte Freundin.
„Iiiiii", ein fürchterlicher Aufschrei, den ich wie einen schmerzenden Kopfschuss wahrnahm.
„Wie sieht es denn hier aus?"
Sie war mit ihrer Sektflasche auf dem Weg in die Küche.
Ich war jetzt nicht in der Lage zu antworten, ließ mich auf die Couch fallen und ergab mich meinem Schicksal. Ein weiterer Beweis für die Nichtexistenz des Paradieses. Denn die, ich meine Gisela, gehört garantiert auch nicht zu Allahs Blumengarten.

Sie musste irgendwo eine Müllschippe gefunden haben, denn sie kramte und werkelte in der Küche herum und kam schließlich mit der Pulle und zwei Gläsern, einem Wein- und einem Senfglas, in der Hand triumphierend zu mir auf die Couch.
„So, Andi, wann machen Sie denn Ihr Versprechen wahr? Aber erst einmal Prösterchen!"
Ich nippte nur, aber selbst das war schon zu viel. Mann, war mir übel. Und ihre Stimme kam rüber wie ein Bohrhammer.
„Prost, wie kommen Sie denn zu meiner Jacke?", entgegnete ich mit schwacher Stimme.
„Na, wissen Sie denn nicht mehr? Sie saßen vor meiner Wohnungstür und sangen immer wieder dieses Lied, aber mit einem anderen Text, warten Sie, Sie sangen ‚Halt den Lohn schon bereit', oder so ähnlich." Ich schaute sie ungläubig an.
„Halt den Lohn schon bereit?"
„Vielleicht war es ja auch ‚War der Sohn schon bereit'."
„Gisela, ich kann überhaupt nicht singen."
„Nun, so gut wie bei Peter Alexander hat es sich auch nicht angehört, aber immerhin, man konnte es erkennen, und als ich die Tür öffnete, fielen Sie rücklings in meine Wohnung. Und dann waren da ganz viele Katzenhaare an Ihrer Jacke und Sie sagten, Sie mögen keine Katzen, Katzen soll man alle zum Chinesen bringen und so lauter schauderhaftes Zeug. Na ja, Sie waren betrunken, das haben Sie ja nicht ernst gemeint."
Doch, das hatte ich sehr wohl ernst gemeint.
„Nein, natürlich habe ich das nicht ernst gemeint", knurrte ich.
„Sehen Sie, ich habe Ihre Jacke ausgebürstet, sie sieht wieder wie neu aus."
Ja, ich sah. An ihr klebten noch lauter Katzenhaare.

„Danke, Gisela, aber mir geht es im Augenblick gar nicht ..."
„Ich weiß doch, Sie brauchen was zu essen. Ich habe noch Rollmöpse im Kühlschrank. Ich werde sie holen."
Weg war sie.

Der Volume-Knopf meines Würgereiz-Generators stand bereits auf Rechtsanschlag, und die redete von Rollmöpsen! Ich war jetzt nicht empfänglich, nicht für Rollmöpse und auch nicht für andere Möpse.
„Halt den Lohn schon bereit", rätselte ich, „war der Sohn schon bereit". So ein Blödsinn! Vielleicht war es ja „War der Mond schon befreit", befreit von der Okkupation durch die Amis. Na, unwichtig. Wichtiger ist jetzt, wie ich die Gunst der Stunde, ich meine die Gunst der wenigen Minuten, die mir jetzt blieben, nutze, um mich von Gisela zu befreien.
Ich werde runter in die Kneipe gehen.
So wie ich aussehe, ohne Hosen? Eh ich die angezogen habe, ist die Schonzeit verstrichen. Nicht gut.
Die Tür einfach nicht öffnen ... hat bei der doch keinen Zweck. Die klingelt noch morgen, wenn die weiß, dass ich zu Hause bin. Auch nicht gut.
Ich quälte mich erst einmal in meine Hosen hinein. Ich muss doch runter gehen, dachte ich. Ich brauche etwas gegen die Kopfschmerzen und noch einen Six-Pack Bier. Ich hatte nichts mehr im Hause. Jetzt ein Bier – sozusagen als Gegengift – und es ginge mir wieder besser. Das war schon ein altes Hausrezept meines Stiefvaters.
So, geschafft. In der Hose war ich drin. Jetzt nichts wie runter zum Vietkong (so nannte ich den kleinen vietnamesischen Spätkaufladen in meiner Straße).
Da kam die Erinnerung bzw. Teile davon zurück: Ich war gestern noch beim Vietkong und habe den Whisky gekauft, und während ich wieder nach Hause lief, nahm ich schon mal ein paar Schluck aus der Flasche, und dann ... ja was

war dann?
Dann klingelte es.
„Gisela", schoss es mir durch den Kopf. Versungen und vertan! Ich mach lieber gleich auf.
„Guten Tag, sind Sie Andre Schibulski?"
Ich rieb mir die Augen. Vor meiner Tür stand ein Mann im zerknitterten Trenchcoat, den ich aus dem Fernsehen kannte, glaubte ich zumindest beim ersten Schreck. Er hielt mir einen Ausweis vor die Nase. Dabei konnte ich aber erkennen, dass er kein Glasauge hatte.
„Sind Sie von der Polizei? Habe ich vergessen, meinen Whisky zu bezahlen?"
„Zollfahndung", meinte er trocken, „darf ich eintreten?"
„Nein!", lag mir auf den Lippen.
„Ja, treten Sie näher." Er sog ein paarmal die Luft durch seine Nasenlöcher ein.
„Sie hatten wohl eine Party hier?" Er grinste unverschämt.
„Party würde ich es nicht nennen."
„Herr Schibulski, würde es Ihnen etwas ausmachen, mich zu meinem Revier zu begleiten, um ein paar Fragen zu beantworten?"
„Und wenn mir das etwas ausmacht?", brauste ich auf. „Sie kommen hier früh am Morgen in meine Wohnung, um mich zu verhaften. Was wirft man mir denn vor, und wie ist überhaupt Ihr Name?"
„Erstens ist es bereits nach 11 Uhr." Er blieb ganz ruhig. „Zweitens werden Sie nicht verhaftet, und drittens sind Sie zurzeit unser Hauptverdächtiger. – Ach und viertens, ich heiße Sobeck, Zollinspektor Sobeck."
„Hauptverdächtiger?", rief ich ungläubig, „in welcher Sache denn?"
„Hören Sie, Herr Schibulski, ich halte es für das Beste, wenn wir das alles auf dem Revier besprechen und nicht hier zwischen Tür und Angel."

Mittlerweile sah ich das auch so.
Es klingelte nämlich wieder.
„Gisela ist im Anmarsch!", dachte ich.
Ja, ich sah das auch so. Ich sah das absolut ganz genauso wie der Herr Inspektor.
Es *war* Gisela.
„Leider habe ich nur noch einen Rollmops gefunden. Wissen Sie, Andi, der Teller stand auf dem Küchentisch, und da hat sich wohl mein Kater davon bedient ... Sie haben ja Besuch, oh Verzeihung, dann trinken wir jetzt doch keinen Schammpanja zusammen?"
„Ein andermal", tröstete ich sie. „Ich muss jetzt leider zu einer wichtigen Besprechung und danke für den Rollmops."
Ich verschloss die Tür, schob Gisela zur Seite und folgte dem Inspektor auf dem Weg nach unten.
Diese Sache hatte wenigstens auch ihr Gutes.
„Ach Gisela", rief ich noch zurück, denn eine Frage quälte mich noch. „Wie heißt denn dieses Lied von Peter Alexander?"
„Na, aber Andi ... !"
Das klang sehr vorwurfsvoll. Und dann jodelte sie durch das Treppenhaus:
„Bist du einsam heut' Nacht, lalali lalala – und vergessen Sie Ihr Versprechen nicht, Andi!"
Unten angekommen, verfrachtete mich Zollinspektor Sobeck in einen dunkelblauen Ford oder Opel und setzte sich selbst ans Steuer. Rein zufällig standen auch zwei Polizeiautos ganz in der Nähe.
Die Fahrt ging wesentlich schneller als neulich mit dem Taxi. Ich kam gar nicht zum Nachdenken, aber entweder hatte das ganze mit den Mäusen zu tun, oder dieses Weibstück hat mir das alles eingebrockt. Da war es auch schon, das Hauptzollamt.
Das Gebäude kannte ich ja schon, nur diesen Eingang noch

nicht. Wir fuhren in eine Einfahrt und eine Schranke öffnete sich. Aber nach der nächsten Ecke fühlte ich mich wieder heimisch. Da standen die Container. Für einen von Ihnen schienen sich mehrere Personen, zum Teil uniformierte, zu interessieren. Schräg gegenüber waren die Parkplätze für die Dienstkräfte. Vor jedem Parkplatz war ein Schild mit einem Namen oder einer Autonummer angebracht. „Damit alles seine deutsche Ordnung hat", dachte ich. Der Inspektor parkte natürlich bei „ZI Sobeck" ein. Als ich ausstieg, fiel mein Blick auf eines der Schilder der freien benachbarten Parkplätze:
„ZOI Schmitt-Wi"
Ich fühlte ein Stechen in der Brust.
Herrn Sobeck schien das aufgefallen zu sein.
„Ist Ihnen nicht gut?"
„Nein", sagte ich, „ich möchte kein Wasser."
Mit gemischten Gefühlen folgte ich Sobeck auf diesen bekannten, langen Gängen. Es war wie damals in der Schule, wenn man zum Rektor gerufen wurde. Diesmal ging es aber in eine andere Etage. Wir betraten so etwas wie einen Konferenzraum.
„Na, Sie haben uns ja neulich einen schönen Bären aufgebunden, Herr Schibulki", mit diesen Worten begrüßte uns Herr Becker, halb fröhlich und halb giftig.
„Na, nun setzen wir uns mal hin."
Becker saß schon an einem großen Tisch, Herr Sobeck und ich setzten uns dazu.
„Und erzählen Sie mal."
„Und was, bitte?"
„Herr Schibulki", er wurde jetzt richtig unfreundlich. „Alles! – Alles, was Sie uns erzählen, brauchen wir aus Ihnen nicht herauszuquetschen."
‚Herausquetschen', haha, ich zeige dir gleich, was du aus mir herausquetschen kannst. Ich dachte dabei an Tapas und

Whisky. Mir war immer noch übel. Mir wurde sogar noch übler.
„Nun, ich heiße Andrzej Czybulsky und wohne in der Knobelsdorffstraße 33 ..."
„Das wissen wir schon, ich meine Ihre Auftraggeber, oder sollte es sogar Ihre eigene Firma sein?"
„Meine Firma?"
Als Student hatte ich mal kurzzeitig einen Elektrohandel, eine Scheinfirma, um billiger an das Zeug heranzukommen.
„Ja, Ihre Firma!" Becker glaubte jetzt ins Schwarze getroffen zu haben.
„Diese Firma habe ich nicht mehr. Abgemeldet. Hat sich nicht mehr gelohnt."
„So, so! Also 4 Millionen Euro haben sich nicht mehr gelohnt? Da bin ich ja mal gespannt, was für lukrative Geschäfte Sie jetzt betreiben", sagte Becker zynisch.
4 Millionen! Mir fehlten die Worte.
„Nun reden Sie schon!"
„Mir fehlen die Worte!"
Jetzt mischte sich Sobeck in das Gespräch oder besser Verhör ein: „Nach Recherchen unserer Oberinspektorin, Frau Dr. Schmitt-Witzleben hat die Firma aber gestern noch existiert."
Nach dem Fallen dieses Namens hörte ich nicht mehr, was sie sagten. Ich hörte nichts und ich sah auch nichts. Ich war auf einmal wie abwesend. Ich war gar nicht da.
Nach einer Weile wurde ich durch ein Rütteln an meiner Schulter in die Realität zurück geholt. Es war Inspektor Sobeck: „Herr Schibulski, möchten Sie ein Glas Wasser?"
„Ja bitte!"
Als ich ausgetrunken hatte, zeigte sich offenbar wieder etwas Farbe in meinem Gesicht, sodass meine Peiniger glaubten, fortfahren zu können.
„Versuchen wir es einmal anders." Becker ließ nicht locker.

„Die F. I.L.U.T. GmbH und Co. KG ..."
„Und? Weiter?"
„Wir hofften eigentlich, dass *Sie* uns darüber etwas erzählen."
„Worüber?"
„Über die F.I.L.U.T. GmbH!"
„Über Filut???"
„Genau die!"
„Ich dachte, Sie wollten etwas über meine Firma wissen."
„Ist die F.I.L.U.T. nicht Ihre Firma?"
„Nein!"
„Ach", kalkulierte Becker jetzt haarscharf, „wenn das also nicht Ihre Firma ist, dann handelten Sie also nur im Auftrag. Dann können Sie uns also etwas über Ihre Auftraggeber erzählen."
„Meine Auftraggeber? Welche Auftraggeber?"
„Sie sind ja ein ganz harter Brocken", schaltete sich jetzt wieder Herr Zollinspektor Sobeck ein. Aber er setzte ganz besonnen fort:
„Sie sagten, Ihre Firma haben Sie abgemeldet, wann war denn das? In dieser Woche?"
„Vor etwa 20 Jahren."
Jetzt guckten sich beide mit offenen Mündern an.
„Vor 20 Jahren?"
„Etwa."
„Wie hieß denn Ihre Firma?"
„Radio Czybulsky."
Becker starrte mich an, dann verzog sich sein Gesicht zum Grinsen, darauf verlor er völlig die Fassung. Er lachte schallend drauflos. „Radio Schibulski, hahaha ... Radio Schi... hahaha ..."
Ihm liefen schon die Tränen runter. Und jetzt hatte er auch noch den besonnenen Inspektor Sobeck angesteckt:
„Radio hahaha Schibulski hihihi. Ich fass' es nicht ..."

Die beiden hatten buchstäblich einen Lachkrampf.
Ist ja schön, dachte ich, dass ich auf diese Weise zur
Erheiterung dieser Dienststelle beitragen kann.
Das ging eine ganze Weile so. Ich hätte auch gerne dabei
mitgemacht, aber ich war nicht in der Stimmung, außerdem
war mir übel.
Endlich fingen sie sich wieder ein, und die Zeremonie konnte
fortgesetzt werden. Diesmal sprach Sobeck als erster:
„Sie behaupten also, mit der Firma F.I.L.U.T. nichts zu tun
zu haben?"
„Richtig!"
„Und ‚FILUT' haben Sie noch nie gehört!"
„Doch!"
„Doch? Ich denke NICHT, ich meine, Sie selbst sagten
NICHT."
„Ich sagte, dass ich mit dieser Firma nichts zu tun hätte."
„Aha, aber Sie kennen die Firma."
„Nein."
„Aus Ihnen soll einer schlau werden, mal kennen Sie die
Firma, dann mal wieder nicht."
Herr Sobeck schien langsam ungeduldig zu werden. Von der
lustigen Stimmung noch eben war nicht mehr viel übrig.
„Ich habe nie behauptet, die Firma zu kennen!", gab ich zur
Antwort.
„Aber gehört haben Sie von ihr."
„Noch nie!"
„Zum letzten Mal, eh mir endgültig der Kragen platzt:
Vorhin habe ich Sie gefragt, ob Sie von der Firma F.I.L.U.T.
noch nie gehört haben und daraufhin haben Sie ‚doch'
gesagt. Ist das wahr?"
„Nein!"
Jetzt musste ich aber befürchten, dass sie zu
Foltermethoden übergehen würden, deshalb fügte ich
erläuternd hinzu:

„Sie fragten mich ja nicht nach der Firma, sondern, ob ich schon einmal ‚Filut' gehört habe."
Das wirkte ein klein wenig beruhigend. Jedenfalls erst einmal.
Nun wieder Becker (jetzt hoffte er, durch eine geschickte Fragestellung, etwas aus mir herauszukitzeln):
„In welchem Zusammenhang haben Sie denn schon einmal – ich betone –‚FILUT' gehört?"
„Weiß ich nicht mehr."
„Na, dann anders herum: Woher kennen Sie ‚FILUT'?"
„Von meiner Mutter."
„Und was hatte Ihre Mutter mit ‚FILUT' zu tun?"
„Nichts. – Soweit ich weiß."
Becker verlor die Beherrschung. Er stand auf, dabei warf er seinen Stuhl um, und polterte los:
„Mann, Schibulski, wollen Sie uns hier verarschen? Sie stehen kurz davor, einige Jahre in den Bau zu wandern. Ich an Ihrer Stelle würde jetzt nicht so eine Show abziehen!"
„Brauche ich jetzt einen Anwalt, Herr Becker?"
Er stellte seinen Stuhl wieder auf, setzte sich und fuhr, nachdem er sich den Schweiß von der Stirn gewischt hatte, etwas ruhiger fort:
„Nein, natürlich nicht. Dies hier ist schließlich nur eine Befragung. Erzählen Sie uns einfach kurz und knapp, welche Bedeutung ‚FILUT' hat!"
„Schelm!", gab ich zur Antwort. „Das ist polnisch!"

Die Tür sprang einen Spalt auf. Etwa in Höhe der Türklinke wurde ein Kopf durchgesteckt.
„Isser schon da?"
An das Gesicht konnte ich mich auch noch erinnern. Das war Felsenstein oder so ähnlich, „Körnchen".
Becker machte eine unwirsche Handbewegung und zog die Stirn hoch. „Körnchen" trat ein, streckte seinen Arm nach

mir aus und sagte:
„Ah, Herr Schibulka, ich habe Sie gar nicht erkannt. Beim letzten Mal sahen Sie irgendwie jünger aus."
Dabei legte er eine Akte vor Becker auf den Tisch und ging wieder zur Tür. Er war fast draußen, als Becker aufstand und ihm nachrief: „Steinfels, warte mal!" Mit diesen Worten ging er zu ihm auf den Flur und schloss nachlässig die Tür, sodass sie wieder einen Spalt aufsprang. Sie sprachen diesmal sehr leise, so dass ich nicht alles verstehen konnte.
„Hast du sie noch gesprochen?", fragte Becker.
Darauf Steinfels: „Ja, kurz."
Becker: „Und?"
Steinfels flüsterte etwas.
Becker: „LKA? Hab ich's mir doch gedacht. Und was will sie mit dem da anstellen?"
Darauf Steinfels: „Sie hätte da keinen Bock drauf, wir sollen uns alleine um den Klopskopf kümmern. Mehr sagte sie nicht. Das waren ihre letzten Worte."
Während dieser letzten Worte sprang Sobeck auf und knallte missmutig die Tür zu, dabei sah er mich sehr streng an.
Der Herr Inspektor trat wieder ein, machte es sich auf seinem Platz bequem, schaute mit studierendem Blick in die neue vor ihm liegende Akte, murmelte etwas und begann endlich seine bedeutungsvolle Rede mit dem Wort „also". Er räusperte sich noch einmal, dann nahm er einen Schluck aus seinem Wasserglas (oha, dachte ich, jetzt kann ich mich wohl auf einiges gefasst machen) und sagte:
„Möchten Sie auch noch etwas Wasser, Herr Schibulski?"
„Nein danke!"
Und offensichtlich belustigt, fügte er hinzu: „Whisky kann ich Ihnen hier leider nicht anbieten."
Jetzt mussten die beiden Inspektoren wieder grinsen. Muss ich noch eine Fahne gehabt haben!
„Also", begann er von Neuem, und dabei überflog sein Blick

die Akte (diesmal klang sein „also" noch etwas schwergewichtiger als vor der Getränkepause).
„... Die F.I.L.U.T. Import-Export GmbH und Co. KG, vertreten durch die Geschäftsführer Mustafa Yil-di-riz, sowie Gojko Stoja-nović ...", er blickte kurz auf, „sagen Ihnen die Namen etwas?"
„Stojanović? Sicher!"
„Interessant!"
„Das war ein Torwart bei Wormatia Worms. – Ich glaube so 1965."
Becker winkte unwirsch ab und fuhr fort.
„... Mit Sitz in der Pariser Straße, erscheint auf den Frachtpapieren vom soundsovielten, mmm ... mmm, als Adressat einer Lieferung aus Hong-Kong, deklariert als Computerzubehör, Tastaturen. Beschlagnahmungsantrag liegt vooor ... dazu kommen wir später."
Er machte eine Pause. Eine lange, bedeutungsvolle Pause.
„Jetzt wäre eigentlich ein guter Zeitpunkt, um mir Wasser anzubieten", ging mir durch den Kopf.
„Die Frachtpapiere", fuhr er schließlich trocken fort, „wurden unvollständig ausgefüllt, als Gesamtstückzahl steht hier lediglich 100–200 Tausend, das veranlasste uns, die Ware oberflächlich in Augenschein zu nehmen, was zu dem Ergebnis führte, dass es sich hier anscheinend ausschließlich um sogenannte Mäuse handelte, was uns wiederum veranlasste, einem Hinweis der Firma Technilog nachzugehen, die das Eintreffen einer beträchtlichen Menge von Plagiaten ihrer Industrieprodukte aus China in Erfahrung gebracht hatte und natürlich verhindern will, dass diese Plagiate in den Handel kommen, der wirtschaftliche Schaden betrüge immerhin rund 4 mio Euro, woraufhin eine Prüfung der Fracht unter Beteiligung eines Sachverständigen der Firma Technilog, sowie des Rechtsanwaltes Schleswig-Schuby – selbstverständlich unter

Aufsicht unserer Behörde – stattfand."
Pause.
„Die Prüfung fiel positiv aus!"
Er schaute mich überlegen an.
„Gut", sagte ich. „Ist das für mich auch positiv?"
Mir war zwar immer noch übel und Kopfschmerzen hatte ich auch noch, aber ein leichtes Grienen konnte ich mir dann doch nicht verkneifen.
„Das Grinsen wird Ihnen vielleicht vergehen", sagte Becker gar nicht freundlich, „wenn wir auf Grund der Tatsache, dass die ganze Firma FILUT offensichtlich nur aus einem Briefkasten besteht und beide Geschäftsführer spurlos verschwunden sind, davon ausgehen müssen, dass letztlich Sie, Herre ... Schibulski, unser derzeitiger Ansprechpartner sind", konterte Becker gnadenlos.
„Inwiefern Ansprechpartner?"
„Wollen Sie vielleicht leugnen, dass Sie sich hier vor wenigen Tagen illegalen Zutritt verschafft haben, um an interne Informationen zu gelangen oder vielleicht sogar Beweismittel zu manipulieren?"
„Illegal??? Manipulieren??? – Ich bin doch kein Illegaler! Ich habe angeklopft und man hat mich hereingebeten. Illegaler! Im Gegenteil, ich wurde sogar erwartet! – Das hat jedenfalls Herr Felsenstein gesagt."
„Zollinspektor Steinfels", verbesserte mich Becker.
„Von mir aus auch ‚Steinfelsen' oder ‚Felsenkorn' oder weiß ich was. Hören Sie, mir brummt der Schädel und mir ist unheimlich schlecht; wenn Sie nicht bald zum Schluss kommen, dann kotze ich Ihnen noch den Tisch voll!"
Ich wurde jetzt richtig ungehalten.
Becker schien plötzlich ratlos, offensichtlich war er gerade dabei, sich meine letzten Worte auszumalen.
Aber er verdrängte alle Ängste:
„Wir sind hier gleich fertig, wenn Sie uns den wahren Grund

Ihres ersten Besuchs nennen."
„Den wahren Grund?"
„Den wahren Grund!"
„Den wollen Sie, glaube ich, nicht hören!"
„Wieso das?"
„Sie würden mir eh nicht glauben."
Sobeck mischte sich mit diplomatischer Raffinesse ein:
„Lassen wir es doch auf einen Versuch ankommen."
Sie glotzten mich erwartungsvoll an. Den weiteren Verlauf dieses Nachmittags konnte ich mir ausmalen: Ich erzähl' meine Geschichte, darauf folgt ein Alkohol-Test (natürlich freiwillig) und dann ab in die Ausnüchterungszelle, wenn sie so etwas hier auch haben. Ich wollte aber nur noch nach Hause.
„Es war eine Wette!"
„Eine Wette?"
„Ja, eine Wette mit einem Freund, der bei der Zeitung arbeitet. Er hat gesagt, er setzt 500 Mäuse, dass ich es nicht schaffe, auch nur in die Nähe der Container zu kommen."

Inspektor Becker schaute auf seine Uhr.
„Herr Schibulski, Sie dürfen jetzt gehen, aber halten Sie sich zu unserer Verfügung. – Ach, noch eins, Herr … beabsichtigen Sie, in nächster Zeit das Land zu verlassen, oder planen Sie eine größere Reise?"
„Ja", sagte ich, „ich würde gern nach China fahren."

4. Kapitel

Meine Hoffnung, von Inspektor Sobeck wieder nach Hause gebracht zu werden, wurde nicht erfüllt, also nahm ich mir ein Taxi. Der Typ fuhr wie ein Henker. Meinem Magen bekam das gar nicht.
„Macht 24,70 €!"
„Augenblick", ich kramte in meinen Hosentaschen. Verdammt, alles leer! Wo war mein Portemonnaie? Jetzt war mir richtig, richtig schlecht. Vorsichtshalber öffnete ich die Wagentür.
„Nicht abhauen, erst bezahlen!", schimpfte der Taxifahrer.
„Hören Sie", sagte ich. „Sie kennen bestimmt den Taxi-Witz mit dem Kasten Bier und der Currywurst, oder? So etwas wollen Sie sicher nicht haben, oder?"
Er wurde bleich.
„Ich muss jetzt nach oben gehen, um Geld zu holen, und Sie warten solange. Ich lass' Ihnen meine Rolex als Pfand zurück, es geht ganz schnell."
Er war einverstanden.
So schnell es meine Konstitution zuließ, schlich ich nach oben. Auf halbem Wege fiel mir ein, dass sich meine gesamte Barschaft und meine Kreditkarten im Portemonnaie befanden, und das war ja weg. Ich stand vor Frau Neumanns Wohnung.
Gott sei Dank, sie war da.
„Verzeihung wegen der Störung, Frau Neumann und danke nochmals, dass Sie meine Hosen brachten. Meine Geldbörse haben Sie aber nicht zufällig gefunden?"
„Nicht dass ich wüsste, Herr Andreas, das wäre mir doch beim Saubermachen aufgefallen. Aber sagen Sie, Herr Andreas, sind Sie wirklich ganz gesund?"
„Ganz gesund? Aber ja. Ganz gesund! Völlig in Ordnung!"
„Dann bin ich ja beruhigt. Ich dachte nur, wegen der

Blutflecken."
Welche Blutflecken? Aber mir fehlte jetzt die Zeit, um weitere Einzelheiten zu erfragen.
„Ach, liebe Frau Neumann, hätten Sie vielleicht … ich meine, könnten Sie mir mal kurz mit 25 oder 30 Mark aushelfen? Meine Geldbörse ist weg und ich muss das Taxi unten bezahlen."
„Aber sicher, Herr Andreas. Ich habe aber leider nur Euros."
Sie kicherte.
„Frau Neumann, Sie sind ein Schatz."
Unten angekommen, hielt ich vergeblich Ausschau nach meinem Taxi. Es war weg und mit ihm meine schöne Uhr. Sie war ein Erinnerungsstück an einen schönen Urlaubsort und an einen noch schöneren Basar, wo ich sie günstig erstanden hatte.
„Auch gut", dachte ich. „Kaufe ich mir beim nächsten Mal eine neue." So toll fand ich die alte nun auch wieder nicht. So 'ne richtige Angeber-Uhr. Ich würde sogar sagen, sie war ausgesprochen hässlich. Und die Batterie war auch alle paar Wochen leer.
Was jetzt? Jetzt hatte ich aber wenigstens wieder etwas Geld in der Tasche, und in Sichtweite war Luigi. Hat der so früh überhaupt schon offen? Wie spät ist es eigentlich? Ich schaute auf meine Armbanduhr.
April, April!
Ich versuchte es auf gut Glück. Gott sei Dank. Geöffnet! Es waren schon einige Gäste da. Ich setzte mich an einen kleinen Tisch. Nun kann ich endlich mit der Therapie beginnen, die heute Morgen schon fällig war. Ich brauchte jetzt unbedingt mein Gegengift.
„Ein großes Bier, bitte", rief ich zum Ober, den ich noch nie zuvor hier gesehen hatte.
Das Sitzen hier an der frischen Luft beruhigte meinen Körper. Alles mögliche fuhr mir durch den Kopf. Die letzten

Ereignisse wirkten noch nach, und nun ist auch noch mein Portemonnaie futsch, und dann war da noch … der Kellner, er stellte ein Glas vor mich hin.
Nein, da war noch diese Frau, diese Frau Doktor. Gedankenverloren ergriff ich das vor mir stehende Rotweinglas und trank. Ich trank und ich träumte. Ich träumte von einem Paar schöner Beine und von langen roten Fingernägeln, oder waren sie blau? Ich weiß nicht mehr.
„Hallo, ich hatte doch aber kein Bier bestellt!", holte mich eine schrille Frauenstimme vom Nachbartisch zurück in die Realität.
Ich hielt jetzt mein Weinglas noch fester in der Hand, da ich befürchten musste, dass es mir wieder weggenommen würde. Ich nahm noch einen Schluck und tauchte wieder in meine Träume ein, oder besser, ich versuchte es.
„Hallo, Andi! Ist die Besprechung zu Ende?"
„Ja, Gisela."
Die Träumerei hatte damit auch ein Ende.
„Wollen Sie was trinken, Gisela?" Ich hoffte, dass sie „nein" sagen würde. Sie wollte sicher einkaufen gehen.
„Ein Schlückchen Sekt vielleicht, Andi?" Sie schnurrte wie ein Kätzchen.
„Herr Ober, einen Piccolo, bitte", rief ich, „und mir noch ein Bier", fügte ich hinzu.
„Sagen Sie, Gisela", ich räusperte mich verlegen, „was habe ich Ihnen gestern versprochen?"
„Das wissen Sie nicht mehr?"
„Nicht mehr so richtig", log ich. Ich wusste gar nichts!
Sie setzte einen bedeutungsvollen Gesichtsausdruck auf: „Ich sage nur ‚Brasilien'!" Sie sagte es nicht, es war mehr ein Singen.
„Brasilien?"
Es dämmerte etwas, aber nur ganz, ganz schwach. Aber ihre Worte wirkten auch beruhigend. Ich fürchtete schon, ich

hätte ihr die Heirat versprochen oder etwas noch Schlimmeres."
Sie half mir auf die Sprünge:
„Sie waren doch gestern in meiner Wohnung und luden mich auf einen Whisky ein ..."
„Wir haben also bei Ihnen zu Hause Whisky getrunken?"
„Na ja, den Whisky haben Sie nur getrunken. Ich hatte noch Erdbeersekt."
„Also ich trank Whisky und Sie Erdbeersekt?"
Der Ober kam und servierte Gisela den Piccolo und mir ein Glas Rotwein.
„Nicht ganz", fuhr Gisela fort, „denn als Sie vom Whisky Durst bekamen, haben Sie von meinem Erdbeersekt mitgetrunken."
Die Blutflecken bei Frau Neumann, schoss es mir durch den Kopf.
„Sie haben fast eine Flasche ganz alleine ausgetrunken. ‚Köstlich, köstlich', haben Sie gesagt und dann haben Sie wieder gesungen."
„Etwa: ‚War der Lohn schon bereit'?"
„Nein, anders, jetzt weiß ich, Sie sangen: ‚Kühlende Labung gab mir der Quell, des Müden Last machte er leicht' usw."
„Usw.?"
„Ja, es ging noch weiter: ‚Erfrischt ist der Mut, das Aug' erfreut des ... des ...'"
„... des Sehens selige Lust", vervollständigte ich und fragte ungläubig:
„Das konnten Sie sich alles merken?"
„Sie haben es mir ja mindestens zehnmal vorgesungen. Und das war noch nicht alles. Sie legten Ihre Hand an meine Wange und sangen dann: ‚Wer ist es, der mich so labt', jedenfalls sinngemäß."
„Ich habe Sie im Gesicht berührt und dabei gesungen: ‚Wer ist's, der so mir es labt?'"

„Ja, ganz genau so war es, ‚der so mir es labt' und dann fragten Sie mich, ob ich Flöhe hätte."
„Ob Sie *was* hätten?"
„Na ja, Andi, das kam nämlich so. Ich kratzte mich unter den Achseln, weil es da juckte – übrigens nicht nur da." Sie gackerte fröhlich.
„Und dann erzählte ich Ihnen, dass ich meine Haare vor zwei Tagen da und da – Sie wissen schon – abrasiert habe, und nun pieken diese blöden Stoppeln, und ich müsse mich andauernd kratzen, und da sagten Sie, warum ich es nicht auf die brasilianische Tour versuche, Sie machten es schließlich auch so, und weil ich das nicht kannte, haben Sie gesagt, dass Sie mit mir in so ein Studio gehen werden."
„In ein ..."
Ich brachte keinen Ton heraus und musste einen Schluck trinken.
„... In ein Brazilian Waxing Studio?"
„Ja, sicher! Haben Sie gesagt. Und dazu haben Sie wieder gesungen."
„Was habe ich denn diesmal gesungen?"
„Tralla lala, tralla lala, Kümmel ist mein Leiblikör!', und als ich Sie dann fragte, ob Sie mich denn nicht ein ganz klitzekleines bisschen lieb haben, haben Sie wieder gesungen."
„Jetzt sagen Sie nicht: ‚Love me tender'!"
„Nein, sondern ‚Tralla lala, tralla lala, Hunger ist der beste Koch'. Hat das was zu bedeuten, Andi?"
„Jessus, Maria! Jessus, Maria und Josef!" Mehr bekam ich nicht heraus.
„Ich hätte heute Zeit." Gisela ließ nicht locker.
„Heute geht es leider nicht, weil ich erstens total pleite bin und zweitens noch zur Polizei muss, wegen meiner verlorenen Papiere."
„Sie haben Ihre Papiere verloren?"

„Genau. – Gestern."
„Und Sie meinen nicht Ihr Portemonnaie?"
„Doch genau das meine ich!" Sie nervte jetzt aber.
„Andi, gucken Sie mal hie-hier!"
Ihre Augen leuchteten und dabei brachte sie, in ihrer Tasche kramend, das vermisste Objekt zum Vorschein.
Jetzt wusste ich nicht, ob ich sie knutschen oder unangespitzt in den Erdboden rammen sollte.
„Wieso haben Sie ... ich meine, woher wussten Sie überhaupt, dass ich hier sitze?"
„Wusste ich ja gar nicht. Es lag noch von gestern bei mir auf dem Tisch. Ich dachte, wenn Sie es abholen, können wir zusammen noch ein Fläschchen Erdbeersekt trinken, ich hab' nämlich schon eine neue Flasche kalt gestellt, weil der Ihnen doch so gut geschmeckt hat, und dann wollte ich einkaufen gehen, und dann habe ich Sie hier sitzen sehen, und dann bin ich noch mal hoch und habe es geholt. Gut, gell?"
„Ja, gut", sagte ich, schwer ausatmend, und ließ mich mit ausgestreckten Beinen in meinen Stuhl sinken.
„Oh, jetzt muss ich mich aber mit dem Einkaufen beeilen."
Mit diesen Worten sprang sie auf und jodelte noch im Weggehen:
„Arrivederci Copacabana!"

„Jessus – Jessus – Jessus. Mann – Mann – Mann! Da habe ich mir ja was schönes eingebrockt", rotierte es in meinem Kopf. Jetzt brauchte ich aber wirklich ein Bier.
„Ach, Herr Ober!", rief ich, „ich hätte gerne ein Bier!" Er nickte zustimmend.
„Herr Ober? Ein wirkliches, richtiges Bier – so etwas Gelbes, wie der Herr hier hat." Ich zeigte auf den Nachbartisch. Der Camerere machte ein beleidigtes Gesicht.
Na, hoffentlich spuckt der da jetzt nicht rein. „Sic tacuisses

philosophus mansisses", dachte ich. So viel war von meiner humanistischen Bildung noch übrig. Frei übersetzt: „Hättste bloß die Klappe gehalten." Da kam auch schon mein Bier. Unwillkürlich drehte ich das Glas einmal herum, um das Bier von allen Seiten genau zu betrachten. Es sah ganz normal aus. Und just wollte ich zum Trinken ansetzen, da sehe ich ... Frau Neumann von Weitem ankommen. Nun kann ich reinen Tisch machen, dachte ich. Mir fiel wieder die Hose ein. Sie sah mich ebenfalls.
„Sie sehen aber schon viel besser aus, als heute Morgen", begrüßte sie mich.
„Frau Neumann, wie wäre es denn mit einem kleinen Tiramisu?"
Sie strahlte.
„Sie wissen doch, da kann ich nicht nein sagen, Herr Andreas."
Also bestellte ich noch zwei Cappuccini und ein Tiramisu.
„Hier, Frau Neumann, haben Sie Ihre dreißig Mark wieder."
Ich wollte sie ein bisschen ärgern.
„Immer müssen Sie mich ärgern, Herr Andreas", lachte sie, „ist ja schön, dass Sie Ihr Portemonnaie gefunden haben, wo war es denn?"
„Gisela hatte es auf ... ich meine gefunden."
Als Frau Neumann voller guter Laune am Naschen war, trank ich mein Bier in einem Zuge aus. Ich war jetzt bereit, der Wahrheit ins Auge zu blicken und gespannt darauf, zu erfahren, ob ich womöglich Frau Neumann einen gemeinsamen Saunagang versprochen hätte.
„Sagen Sie, Frau Neumann, woher hatten Sie meine Hosen?"
Sie schmunzelte.
„Na, kein Wunder, dass Sie das nicht mehr wissen, bei dem, was Sie intus hatten."
„Nun spannen Sie mich nicht auf die Folter!"
„Heute Nacht bin ich durch ein Geräusch wach geworden,

wissen Sie, ich habe einen sehr leichten Schlaf. Ich hörte, wie sich jemand an meiner Tür zu schaffen machte. Zuerst dachte ich an einen Einbrecher und wollte schon die Polizei alarmieren, aber ich schaute noch einmal durch den Spion, und dabei habe ich mitbekommen, wie jemand versuchte seinen Schlüssel in mein Schloss zu stecken. Sie habe ich erst gar nicht erkannt. Erst später an Ihrer Stimme. Weil es Ihnen nämlich nicht gelang, haben Sie fürchterlich geflucht und auf eine Frau haben Sie auch geschimpft."
„Auf eine Frau? Etwa Frau Schmitt-Witzleben?"
„Nein, ihr Name war anders, Sie sagten ‚pjerunje, jetzt hat doch diese niederträchtige Schipetzka meine Schlösser auswechseln lassen'. Ist das der Name Ihrer neuen Freundin?"
„Cipezka? Nein, ganz bestimmt nicht."
„Na, und als ich dann die Tür aufmachte, da haben Sie mich beiseite geschubst mit den Worten ‚geh mir aus dem Weg, du falsches Luder, ich muss pi ... ich muss Pipi machen'."
„Habe ich wirklich ‚Pipi' gesagt?"
„Nein, aber so was Ähnliches, Unanständiges. Dann sind Sie ca. eine halbe Stunde auf der Toilette gewesen. Sie haben dort auch nicht nur Pipi gemacht, es muss Ihnen ganz schön schlecht gegangen sein. Und als Sie wieder raus kamen, sagten Sie zu mir: ‚Nanu, Frau Neumann?!', und dann sind Sie hingefallen, weil Ihre Hosen an den Knöcheln hingen. Ich wollte Ihnen wieder beim Aufstehen helfen, aber es klappte nicht. Erst als ich Ihre Schuhe und die Hose ganz ausgezogen habe. Ja, und dann sind Sie an mir hochgeklettert, haben mich geküsst und gesagt: ‚Frau Neumann, du bist ja so gut zu mir. Wenn du nicht so eine alte Schachtel wärst, würde ich dich heiraten'."
„Das ist mir jetzt aber sehr unangenehm, Frau Neumann."
„Sie waren halt betrunken. Allerdings das mit der alten Schachtel war nicht richtig."

„Nein, richtig war es nicht." (Aber es stimmte.)
„Und dann wollten Sie mich aus meiner eigenen Wohnung rauswerfen, ich solle nun aber runter gehen, Sie seien müde und wollen nun endlich ins Bett. Sie sind dann zur Anrichte rüber getorkelt und haben wieder geflucht: ‚Pjeruna, wo ist mein Bett, zum Kuckuck?'"
„Na, wenigstens habe ich nicht gesungen", sagte ich tröstend.
„Doch. Das hatte ich ganz vergessen. Als ich Ihnen sagte, Sie wären schließlich in *meiner* Wohnung, da fingen Sie zu streiten an, und dann sangen Sie ‚Oh, ich bin klug und weise, und mich betrügt man nicht, alles was ich tu ist Scheiße', – entschuldigen Sie diesen Ausdruck, aber es waren Ihre Worte – und dabei wollten Sie mich zur Wohnungstür hinausschieben. Ich habe Sie dann mit viel Überredungskunst nach oben bringen können, Sie an dem einen Arm und an dem anderen Ihre Schuhe. Ich war froh, als Sie endlich in Ihrer Wohnung waren. Als ich Ihnen noch die Hosen bringen wollte, haben Sie schon nicht mehr aufgemacht."
„Das tut mir ja leid."
„Ach wo. So hatte ich wenigstens noch Zeit, sie ordentlich auszubürsten. Da waren ja so viele Hundehaare dran, dabei haben Sie doch gar keinen Hund."
Während sie erzählte, hatte sie alles aufgegessen.
„Möchten Sie noch ein Stück, liebe Frau Neumann?"
Ich hatte ein furchtbar schlechtes Gewissen.
„Nein danke, ich wollte doch noch einkaufen." Sie schaute auf ihre Uhr.
„So spät ist es schon? Dann gehe ich eben nur zum Vietkong."
Damit verabschiedete sie sich.
Mir wurde jetzt auch kalt, deshalb zahlte ich und begab mich auf den Heimweg. In der folgenden Nacht habe ich

wesentlich besser geschlafen als in der zuvor.

Am nächsten Morgen schien die Sonne. Ich war gerade angezogen und wollte frühstücken gehen, als das Telefon klingelte.

„Czybulsky!?"

„Kalle hier, guten Morgen." Kalle ist mein bester Freund, der von der Zeitung.

„Na, Kalle? Ich habe jetzt eine schöne Überraschung für dich."

„Jaja, ich weiß. Du kriegst deine 500 Mäuse schon, aber ich bin diesen Monat furchtbar klamm, du bekommst sie Ultimo, okay?"

„Na, das ist ja lustig. Der Kerl hat kein Geld auf Tasche und will es sich durch Wetten besorgen!"

Kalle wusste also schon Bescheid und dabei wollte ich es ihm genüsslich unter die Nase reiben.

„Eigentlich war die Wette todsicher", entgegnete er kleinlaut, „da kommt sonst keiner rein."

„Da siehste mal wieder. Die Todsicheren sterben eben auch."

„Alter Klugscheißer!"

„Das musst du gerade sagen! *Du* weißt doch sonst immer alles, wie hast du meinen Erfolg mit dem Container überhaupt so schnell mitbekommen?"

„Du weißt doch, ich habe meine Quellen."

„Aber dass ich verhaftet wurde, das weißt du nicht!"

„Soweit ich es erfahren habe, wurdest du nur befragt."

Er schien aber auch wirklich alles zu wissen. Kalle hatte überall seine Ohren, in seinem Beruf unabdingbar.

„Das kann dir aber noch bevorstehen."

„Was, 'ne Verhaftung? Mach mal deine Witze!"

„Von wegen Witze, das Beste scheinst du ja noch gar nicht zu wissen, die mussten schließlich den ganzen Dreck zählen und da …"

„Du, Kalle", unterbrach ich ihn, „kannst du mir das heute Abend beim Schachen erzählen, ich brauche jetzt meinen Kaffee."

Alle vierzehn Tage trafen wir uns zum Schachspielen. Diese Abende gehörten zu meinen Highlights. Wir legten gute Musik auf, stellten die Figuren aufs Brett und ein paar Bierchen daneben. Wir spielten und wir tranken, und wenn die leeren Flaschen an der Zahl die geschlagenen Bauern übertrafen, fingen wir an, zwischen den Zügen zu philosophieren. Mit jedem Bier wurden wir besser – mit Philosophieren, beim Spielen eher nicht. Beim letzten Mal, als ich schon zwei Bauern weniger hatte, meinte ich voller Frust, dass ich damit eigentlich nicht mehr gewinnen könne, worauf Kalle erwiderte, dass weniger manchmal mehr sei.

„So ein Blödsinn", sagte ich, „weniger ist weniger und mehr ist mehr. Punkt!"

„Na, pass mal auf: Ein Mann bestellt in der Kneipe fünf Bier und fünf Korn ..."

„Kommt jetzt wieder eins deiner Gleichnisse aus der griechischen Mythologie?", fiel ich ihm ins Wort.

„Alter Stänkerfritze, tranken die Griechen vielleicht Bier und Korn? Na siehste! Also, er bestellt fünf Bier und fünf Korn ..."

(Ich sagte jetzt lieber nichts, sonst bestellt der nochmal fünf Lagen.)

„... Der Ober wundert sich zwar darüber, bringt sie ihm aber. Der Gast trinkt die aus und ruft nun: ‚Vier Bier und vier Korn!' Er bekommt sie, säuft die wieder alle alleine aus und bestellt drei Bier und drei Korn. Nachdem er die weggekippt hat, winkt er dem Ober und der sagt: ‚Ich weiß schon, mein Herr, zwei Bier und zwei Korn!' ‚Nee', sagt der Mann, ‚die Rechnung bitte' ..."

Ich fiel ihm wieder ins Wort:

„... ‚Je weniger ich trinke, desto besoffener werde ich!' Der

hat doch schon so einen Bart!"
Ich hatte dem Philosophen die Pointe verdorben, und so etwas mochte er nicht.
„Ich glaube, dass du heute Abend in deiner Zelle keinen Besuch mehr empfangen kannst, also warte noch mit dem Kaffee und hör zu!"
„Ich höre."
„Also, die müssen den ganzen Plunder registrieren und dazu räumen die die ersten Gitterboxen aus, und was kommt da zum Vorschein?"
„Ich bin gespannt wie ein Regenschirm!"
„Type 95", sagte Kalle spannungsgeladen, „der ganze Container voll davon!"
„Type 95?"
„Ja, Type 95, chinesische Sturmgewehre."
„Ist mir schlecht", brachte ich heraus, und als ich mich wieder gefasst hatte, „du, Karl-Heinz, da lässt du mich auf so eine Mine laufen?"
„Ändy, ich schwöre dir, von den Dingern hatte ich nicht die blasseste Ahnung, aber es kommt noch besser, weißt du, wer die Lieferung erhalten sollte?"
„Noch ganz genau, ‚Filut' heißt die Bude. Ich würde sagen, die gehört 'nem Türken und 'nem Jugoslawen."
„Genau, Mustafa Yildiriz und Gojko Stojanović, ist übrigens ein Serbe. Und weißt du, wen man gestern aus dem Landwehrkanal gefischt hat?"
Ich muss kreidebleich geworden sein. „Stojanović", sagte ich mit schwacher Stimme.
„Dicht daneben! Es war Mustafa, mit 'nem Kopf- und zwei Bauchschüssen. Mit so viel Blei im Körper kann man nämlich nicht mehr so gut schwimmen, und da ist er halt ertrunken."
Kalle hatte seinen Humor anscheinend noch nicht verloren.
„Jetzt hat natürlich die ganze Angelegenheit eine andere

Qualität und du bist wieder in deren Schusslinie geraten, nur dass du jetzt das BKA an der Backe zu kleben hast."
Ich lief vor lauter Nervosität auf und ab und merkte, wie mein Hörer feucht wurde. Kalle redete gnadenlos weiter.
„Es sollte mich nicht wundern, wenn sie dir noch heute einen Besuch abstatten. Denk dir schon mal was Schönes aus. Das mit unserer Wette nehmen die dir nicht ab. Erzähl doch die Story mit deiner Maus!"
Ich konnte förmlich sein Grinsen sehen.
„Damit sie mich in die Klapse stecken? Ich glaube, da gehe ich lieber in den Knast."
Und während unseres Gesprächs schaute ich zum Fenster raus und sah unten, wo eben noch alles leer war, ein Auto stehen. Das war insofern auffällig, als dort ein ca. 30 m langer Streifen absolutes Halteverbot ist.
„Fängst dir garantiert ein Knöllchen ein", dachte ich, und im selben Augenblick kam noch einer, wieder so ein größerer, dunkler Wagen und dem klebte etwas auf dem Dach. Das war kein Taxischild.
„Der muss Strafzettel nicht fürchten", erkannte ich richtig.
„Du, Kalle, ich muss Schluss machen, die sind schon da!"
Ich warf aufgeregt den Hörer auf den Tisch.
„Jessus, Maria! Jessus, Maria und Josef! Ich kann da nicht mitgehen", jammerte ich.
Genau an diesem Tage hatte ich einen Termin beim Bürgeramt, auf den ich zwei Monate warten musste, und mein Pass war abgelaufen. Wenn ich nun wiederum zwei Monate warten müsste, würde meine Reise platzen. Es war zum Verzweifeln. Wenn ich nicht aufmache, treten die womöglich die Tür ein. Nichts wie raus hier! Ich schnappte mir Geld, Handy und Schlüssel, verließ die Wohnung und knallte die Tür zu. Ich klingelte Sturm bei Frau Neumann. Ich klingelte und klopfte. Sie war nicht da.
„Ich werde wahnsinnig", dachte ich, „die ist sonst immer da."

Gisela? – Gisela!
Ich rannte noch eine Treppe tiefer und klingelte wie ein Irrer.
„Nanu, Andi, wo brennt's denn?"
„Gott sei Dank", dachte ich, schwer ausatmend.
„Sagen Sie, Gisela, haben Sie ein Schlückchen Erdbeersekt für mich?"

Nur wenige Augenblicke später hörte ich durch die geschlossene Tür Stimmen und schwere, schnelle Schritte.
Junge, war das knapp!
Ich ließ mich, ohne zu fragen, auf einen Stuhl an Giselas Tisch fallen. Ich zitterte am ganzen Körper.
„Was ist denn los, Andi?" Gisela war neugierig.
„Ich brauche jetzt unbedingt einen Schluck von Ihrem leckeren Sekt", gab ich zur Antwort.
Sie verschwand in der Küche, kramte dort herum und schimpfte mit ihrer Katze.
„Hoffentlich hat die jetzt nicht vom Sekt genascht", ging mir durch den Kopf. Gisela erschien freudestrahlend mit einer Flasche in der Hand.
„Erdbeersekt ist leider alle, habe ich gestern alleine ausgetrunken, Sie waren ja nicht da", sagte sie trotzig.
„Dann müssen wir eben mit dem hier zufrieden sein – habe ich mal geschenkt bekommen."
Sie stellte eine Flasche Moët & Chandon auf den Tisch mit den Worten:
„Gell, Andi, den trinken Sie doch auch?"
„Ist zwar kein Erdbeersekt, aber den trink' ich auch." Ich musste hüsteln.
Wir stießen die Gläser an.
„Worauf eigentlich?", fragte Gisela.
„Auf den Heiligen Antonius", schlug ich vor und leerte mein Glas.

„Warum waren Sie denn eben so in Eile, hatten Sie so eine Sehnsucht nach mir?"
Diese Frage hatte ich befürchtet. Was erzähle ich der bloß? Noch fiel mir keine Geschichte ein.
„Hätten Sie noch ein Schlückchen für mich? Ich habe nämlich noch nicht gefrühstückt."
„Aber gerne, mir schmeckt der sowieso nicht. Soll ich Ihnen vielleicht ein paar Schnittchen machen?", entgegnete sie liebevoll.
Gar keine schlechte Idee, dachte ich, damit gewinne ich erst einmal ein bisschen Zeit.
„Ach, nein danke." Mir fiel die Katze wieder ein.
„Hunger habe ich keinen."
Das entsprach sogar der Wahrheit. Ich stand auf und schaute aus dem Fenster nach unten. Nein, Hunger hatte ich wirklich nicht. Ich hatte jetzt andere Probleme. Auf die Straße kann ich nicht gehen, selbst wenn die Wagen schon weggefahren sind. Wer sagt mir, ob die nicht Leute abstellen, um mir aufzulauern. Hier über Nacht bei Gisela zu bleiben? Völlig ausgeschlossen! Absolutamente imposible!
„Gisela???"
„Ja?" Sie war voller Erwartung.
„Gisela, sagen Sie, waren Sie vorige Woche nicht blond?"
„Das war doch nur eine Perücke, Andi. Aber das hier ist echt."
Dabei nahm sie einen Büschel ihrer schwarzen Haare in die Hand und wedelte damit.
„Haben Sie die Perücke noch?"
„Klar doch. Aber finden Sie meine echten Haare nicht schöner?"
„Viel schöner. Können Sie sie mal holen?"
„Alle Männer stehen auf blond", sagte sie enttäuscht, die Perücke holend.
Ich nahm sie ihr ab und setzte sie auf.

„Na, wie sehe ich aus?"
Sie gackerte drauflos.
„Wissen Sie, Gisela, ich muss heute Abend auf so einen Tuntenball gehen und ..."
„I, so ein Schweinkram", unterbrach sie mich.
„Rein beruflich, Gisela, jedenfalls brauche ich was passendes zum Anziehen. Würden Sie mir wohl Ihre Perücke ausleihen? Und ...", ich zögerte.
„Und was? Brauchen Sie noch einen BH?" Sie kicherte fröhlich. „Ich habe aber nur Körbchengröße A."
„Ich dachte eher an einen langen Rock", entgegnete ich, „schön lang, damit ich mir nicht auch noch die Beine rasieren muss."
„Wann gehen wir denn zusammen ins Brazilian Waxing Studio?"
„Gisela, ich habe jetzt wirklich andere Sorgen, aber ja, das machen wir, versprochen! Aber nicht heute!"
Ich bekam von ihr noch eine lange Wollstrickjacke und eine Papiertragetasche für meine eigenen Klamotten. Ich schaute noch einmal an mir herunter. Der Rock war zum Wickeln, das war ideal, die Strickjacke ging auch noch durch, nur meine Turnschuhe bereiteten mir ein wenig Sorgen, aber ich wäre nicht einmal mit einem Trichter in Giselas Schuhe hineingekommen.
„Jetzt fehlt nur noch eine Sonnenbrille", sagte ich.
„Kommt sofort!", jodelte Gisela und erschien nach kürzester Zeit mit so einem riesigen, abgrundtief hässlichen Monstrum.
„Süß!", rief Gisela entzückt aus, als sie mich betrachtete.
„Das muss ich testen", wandte ich ein. „Ich werde zum Spaß jetzt auf die Straße gehen und dabei die Reaktion der Leute beobachten."
Da ich nun keine Hosentaschen mehr hatte, stopfte ich alles in die Tüte zu meinen Hosen: Mein Portemonnaie, meine

Schlüssel und mein Handy.
„Handy!"
Ich war und bin jederzeit zu orten. Ausschalten geht erst einmal nicht, dann merken die, dass ich im Hause bin. Es muss an bleiben, damit die denken, ich hätte es vergessen. Also Klingelton abstellen, Tüte schnappen und mich von Gisela verabschieden war eins. Aufgeregt ging ich die Treppen hinunter. Im Hausflur unten war niemand, also Handy in den Briefkasten – so, erledigt. Dann versuchte ich, so selbstverständlich wie möglich auf die Straße zu treten. Aus dem Augenwinkel sah ich tatsächlich einen Kerl in der Nähe stehen, hab' ich's mir doch gedacht! Jetzt kommen die entscheidenden Sekunden. Was macht der? Kommt er mir hinterher?
Nein!
Gott sei getrommelt. Am liebsten wäre ich gerannt, aber ich musste mich so unauffällig wie möglich bewegen, sofern das in meiner Kostümierung überhaupt ging. Auf meinem Weg zur nächsten öffentlichen Toilette hatte ich das Gefühl, dass alle Leute mich anstarrten. Endlich fand ich eine, nichts wie rein. Als ich wieder heraus kam, fühlte ich mich wie ein anderer Mensch. Nicht nur äußerlich oder vom Geschlecht her, ich war wieder ruhiger und freute mich diebisch, wie ich meine Häscher an der Nase herumgeführt hatte.
Nun kann ich meinen Pass doch noch verlängern.
„Mein Pass!"
Ich habe meinen alten Pass in meiner Wohnung vergessen!
Oh Jammer, Jammer, Jammer! Den Häschern glücklich entkommen und dann so etwas. Geh' ich jetzt zurück und die fangen mich ein, kann ich den Pass abschreiben und die Reise ist im Eimer. Ich muss Kalle anrufen.
Super Idee – ohne Handy, und seine Nummer weiß ich nicht auswendig. Jetzt musste mir was einfallen.

5. Kapitel

Mir fiel aber nichts ein, außer ...
Ich nahm mir ein Taxi und fuhr zu Kalles Redaktion. Das war jetzt meine letzte Hoffnung.
„Wen möchten Sie sprechen", fragte die Dame am Empfang.
„Karl-Heinz Galla, er arbeitet als Redakteur bei Ihrem ... bei Ihrer Zeitung." (Beinahe hätte ich ‚Käseblatt' gesagt.)
Sie versuchte es telefonisch bei verschiedenen Stellen, und endlich kam die erlösende Nachricht:
„Herr Galla kommt in zehn Minuten herunter, möchten Sie solange Platz nehmen?"
Ich nahm.
Kalle kam angehetzt: „Mensch Ändy, warum gehst du denn nicht an dein Handy, ich habe hundertmal angerufen. Ich wollte schon in Moabit anfragen."
Nun grinste er wieder.
„Kannst du schnell mitkommen und für mich etwas aus der Wohnung holen?"
„Etwa die schwere Kommode?"
„Nein, nur meinen Pass."
Er setzte eine ernste Miene auf.
„Okay, sofort Ändy, komm mit, mein Auto steht um die Ecke."
„Nein, Kalle, wir nehmen ein Taxi, ich will kein Risiko eingehen."
Im Taxi erzählte ich ihm mit wenigen Worten das nötigste, was sich seit unserem letzten Telefonat zugetragen hatte.
Ich ließ den Taxifahrer ca. 50 m vor meiner Haustür anhalten und gab Kalle meine Schlüssel.
„Kalle, hole zuerst das Handy aus dem Briefkasten und leg es bei mir oben auf den Tisch, aber nur wenn die Luft rein ist. Da war vorhin so ein Typ mit 'ner braunen Lederjacke vor dem Haus. Den Pass findest du im Schreibtisch in der

rechten oberen Schublade neben dem Ladegerät. Ach, das kannst du auch gleich rausnehmen und mein Handy anschließen. So und jetzt ‚good luck'!"
Kalle verschwand hinter parkenden Autos.
„Es macht Ihnen doch nichts aus, etwas zu warten?", sagte ich zu dem Taxifahrer.
„I wo, die Uhr läuft ja."
Seine Worte wirkten beruhigend.
Jetzt warteten wir schon zehn Minuten. Hoffentlich ist nichts schiefgelaufen. Ich wurde unruhig.
„Wollen Sie Musik hören?", fragte der Taxifahrer freundlich.
„Nein danke, ich habe es lieber ruhig", gab ich zur Antwort.
Nach orientalischen Rhythmen war mir gerade nicht zumute.
„Er wird sicher gleich kommen", fügte ich noch beschwichtigend hinzu, „und dann fahren wir wieder zurück nach Kreuzberg."
„Kein Problem – Taxameter zählt."
Nach einer geschlagenen halben Stunde – ich malte mir gerade alles Mögliche aus – sah ich Kalle ankommen, mit dem Pass in der Hand. Die Mission war also doch nicht gescheitert.
„Menschenskinder, wo warst du denn so lange?", fauchte ich ihn an, während er wieder zu mir ins Taxi stieg.
„Das ist ja alles so kompliziert", sagte er. Und dabei roch sein Atem ein wenig säuerlich.
„Du hast ja 'ne Sektfahne", tadelte ich ihn.
In meiner Wohnung befand sich aber kein Sekt mehr.
Er schaute mich nur betroffen an. Sofort dachte ich an Gisela.
„Kalle, du hast dich wohl in der Tür geirrt, oder was?"
„Oder was, oder was. Es ist alles so kompliziert."
„Von wegen kompliziert. Was ist passiert? Raus mit der Sprache!"

„Die ganze Wahrheit?"
„Nichts als die reine Wahrheit."
„Gut, du hast es so gewollt", fing er an. „Ich also ins Haus rein – der Typ stand übrigens noch draußen – und seh' mich um: Alles sauber. Und als ich dein Handy aus dem Briefkasten nehme, geht parterre die Tür auf und 'ne Olle kommt raus und geht auch an den Briefkasten. Sie guckt mich so eigenartig an und fragt: ‚Kenne ich Sie nicht irgendwoher?'
Ich sage, das kann schon sein, ich wäre Schriftsteller und schreibe erotische Literatur – das kommt bei den Frauen immer unheimlich gut an – wirkt in 90 Prozent aller Fälle, worauf sie meint, ob ich was gegen ein Schlückchen Erdbeersekt einzuwenden hätte; das hat 'ne ganze Weile gedauert, bis ich begriffen habe, dass die wirklich Erdbeersekt meinte. In ihrer Wohnung beichtet sie mir dann, dass der Erdbeersekt alle sei, aber sie hätte noch eine andere angebrochene Flasche und – pass auf – stellt die 'ne Pulle Schampus auf den Tisch.
Na ja, und dann haben wir angestoßen, und sie wollte unbedingt mit mir Brüderschaft trinken. Mann, ich sage dir, beim Küssen war die richtig leidenschaftlich, sie hat mir das ganze Hemde vollgesabbert – guck mal hier, ist immer noch nass. Und als ich sowieso schon am Kochen war, fragt mich das Luder auch noch, ob ich denn nicht auch von ihren anderen Köstlichkeiten einmal naschen wolle und zieht dabei ihren Rock hoch und – einen Slip hatte sie natürlich auch nicht drunter – und präsentiert mir ihre rasi..."
„Kalle!", unterbrach ich seine erotische Erzählung, „ich glaube, ich möchte doch nicht die ganze Wahrheit wissen."
„Gut, du hast es so gewollt."
Wir schwiegen etwa eine Minute. Dann fing er wieder an:
„Hattest du was mit der?"
„Nein", gab ich zur Antwort, „nicht einmal im Traum."

„Ein bisschen verrückt ist die schon", sagte Kalle, „aber vom Sekt versteht sie was – und vom Ficken!"
„Kalle, du altes Schwein!"
Wir schwiegen wieder. Diesmal fing ich an:
„Schämst du dich nicht, ich warte hier im Taxi und mache mir Sorgen, und du springst auf alles rauf, was nicht bei drei auf den Bäumen ist."
„Das stimmt so aber nicht", meinte Kalle, „die aus dem ersten Stock, die habe ich nicht angerührt – bin ja nicht nekrophil."
„Oh mój Boże! Frau Neumann! War die auch am Briefkasten?"
„Nee, aber als ich aus deiner Wohnung kam und die Treppe nach unten lief, machte sie ihre Tür auf und sagte: ‚Ach entschuldigen Sie, ich dachte es wäre der Herr Andreas.'
‚Nein, gnädige Frau', entgegnete ich, ‚ich bin nur der Tatortreiniger.' – Hier ist dein Pass und …", er kramte in seiner Hosentasche, „… und die Schlüssel."
Den Pass hatte er die ganze Zeit in der Hand gehalten.
„Du willst dich wirklich aus dem Staub machen?"
„Aber wo! Der Pass muss verlängert werden, ich muss doch in zwei Monaten in die Staaten."
„Wann läuft der denn ab?"
„Der ist schon abgelaufen, gestern, glaube ich."
„Klär mich auf, wenn ich was nicht verstanden habe: Das ganze Theater war nur dazu da, um deinen Pass zu verlängern? Du kriegst doch sowieso einen neuen."
„Na und, deshalb muss der alte doch ungültig gemacht werden", meinte ich treudoof.
„Dann hättest du denen doch erzählen können, der Pass wäre verloren gegangen, Punkt! In dem Fall hätten sie dir auch erst einmal einen vorläufigen oder sogar einen Express-Pass ausgestellt."

„Die ganze Aktion soeben war also für die Katz gewesen?", fragte ich sichtlich betroffen.
„Na ja, ganz für die Katz würde ich nicht sagen", meinte er süffisant und betrachtete dabei die feuchte Stelle an seinem Hemd.
Am Ziel angekommen, verabschiedete ich mich von ihm:
„Tschüs, Kalle, ich muss jetzt zum Bürgeramt und danke für alles. Wir sehen uns zum Schachen? Bei dir?"
„Ja", rief er beim Aussteigen, „oder in Moabit!"
„Und nun zur Heerstraße!", sagte ich zum Taxifahrer.
Dort, wo Kalle gesessen hatte, war alles voller Katzenhaare.

So, der neue Pass war beantragt. Jetzt war ich schon etwas gelassener. Nach Hause werde ich jetzt laufen, dachte ich, vielleicht trinke ich ja bei Luigi noch ein Bier. Oder ...
„Taxi!"
„Tach! Wo soll'n die Reise hinjehn?"
„Ich würde gern zum ‚Fidel Castro' fahren."
„Fidel Castro? Fidel Castro? Hab ick schon mal jehört. Iss der nich am Olivaer Platz? Nee, der heißt ja Kuba ... warten Se mal, jetze hab ick's. Det is dichte beim Zollpackhof, jenau."
Meine, wenn auch noch so geringen Stadtkenntnisse waren also heute mal nicht vonnöten.
Nun konnte ich mich zurücklehnen und meinen Gedanken nachgehen:
Warum mache ich das jetzt eigentlich? Man handelt manchmal so völlig ohne Ratio. Ein Zwang, den ich nicht kontrollieren kann, zieht mich wieder dorthin. Würde sie, wenn überhaupt, so früh schon dort sein? Selbst, wenn ich sie antreffe, was habe ich schließlich zu erwarten? Sie will vielleicht nicht einmal mit mir reden. Aber vielleicht genügt es mir ja, wenn ich sie nur sehe? Und wenn sie nun mit einem anderen Mann dort sitzt? Vor meinem geistigen Auge

sehe ich, wie sie ihm den Zeigefinger auf die Lippen drückt, dabei lacht und ihn verliebt anschaut. Einfach nur idiotisch, dass ich mich selbst quäle, anstatt sie einfach zu vergessen.
„Ich habe es mir überlegt, wir kehren wieder um!", wollte ich zum Taxifahrer sagen, aber ich bekam die Worte nicht heraus.
„So, Meester, da wär'n wa. Macht Sechzehn-Fuffzich."
Ich bekam überhaupt nichts mehr heraus, ich musste nur noch schlucken, als hätte ich einen Kloß im Hals. Wortlos gab ich ihm 20 Euro, bedeutete ihm mit der Hand, das Wechselgeld zu behalten und verließ das Taxi. Voller Anspannung ging ich auf den Restaurantgarten zu und schaute in die Runde.
Dort! Das könnte sie sein. Ich ging näher an ihren Tisch heran, jetzt drehte sie ihren Kopf etwas in meine Richtung. Irrtum! Diese Frau sah auch viel älter aus.
Ich setzte mich schließlich allein an einen kleinen, freien Tisch mit Blickrichtung auf das Gartentor, vielleicht würde sie ja noch kommen.
Diesmal kam eine weibliche Bedienung. Eine recht junge Latina mit langen schwarzen Haaren und dunklen Augen. Sie war bestimmt ein hübsches Kind, aber ich war nicht in der Stimmung, ihre Schönheit zu würdigen. Ich bestellte ein Glas Rotwein, dabei bildete ich mit den Händen eine Figur als ob ich einen Ball formte. Der Ball erschien nach kurzer Zeit und auch der Pegelstand des Inhaltes war ordentlich.
„Danke, Fräulein ... ich meine, danke, Señorita!"
Sie stellte das riesige Glas Rotwein vor mich hin und lächelte mir charmant zu.
„Fräulein" darf man ja hierzulande nicht mehr sagen, obwohl das noch vor wenigen Jahrzehnten zum „Guten Ton" gehörte. „Señorita" aber ist in Ordnung. Und da gibt es noch etliche Beispiele.
„Wir Deutschen sind ein seltsames Volk", dachte ich und

nahm mein Glas in die Hand.
Erst schwenkte ich darin den Rotwein, als ob ich ihn prüfen wollte – dabei habe ich von Wein absolut keine Ahnung – und dann schaute ich in das Glas, wie eine … Wahrsagerin – beinahe hätte ich wieder so ein Wort gebraucht, das man heute nicht mehr verwenden darf – wie eine Wahrsagerin, die in die Kugel schaut und dabei in die Zukunft blicken kann. Dann nahm ich einen kleinen Schluck, und dann schaute ich wieder in die Zukunft. Als ich das ein paar Male wiederholt hatte, funktionierte es tatsächlich.
Die Karten lügen nicht! Oder in diesem Fall die Glaskugel. Ihr Gesicht erschien deutlich wie auf einem Monitor, ihre geheimnisvollen Augen, wie sie ihren Mund formte …
„Tschuldigung!", wurde ich aus meiner visionären Expedition gerissen. Zwei Teenager gingen so dicht an meinem Tisch vorbei, dass der eine mich anstieß, wobei mir beinahe das Glas aus der Hand gefallen wäre. Beinahe zwar nur, aber das Bild war weg. Der Film war aus. Aus und vorbei.
Den Rest des Weines schluckte ich nur noch runter, winkte der Camerera und zahlte meine Rechnung. Sie war wirklich eine hübsche Person.
Schade eigentlich!
Ich verließ den Garten, schlenderte noch die Straße entlang, bis ich ein Taxi finden würde und sang oder besser brummte ein Lied, das mir plötzlich in den Kopf kam:
„Are you lonesome tonight – do you miss me tonight? – Are you sorry we drifted apart?"
Den Rest musste ich summen, weil mir der Text fehlte. Und dann ging mir ein Licht auf:
„War der Lohn schon bereit?"
„Oh Gisela und Peter Alexander – Elvis würde sich im Grab umdrehen!"
Die Realität hatte mich wieder.

„Taxi!"
„Wo du wolle?"

Zu Hause angekommen, war mir alles egal; ich war sogar ein klein wenig erheitert.
„So, jetzt können sie mich verhaften, der neue Pass ist ja beantragt; mit diesen Gedanken begab ich mich zur Haustür. Sieh an, der Kerl war weg. Also hoch die Treppen. Als ich bei Frau Neumann vorbeihastete, öffnete sie die Wohnungstür:
„Ach, Herr Andreas, heute war ein Tatort-Kommissar in Ihrer Wohnung, war da was Schlimmes?"
„Nein, Frau Neumann", sagte ich, schon auf dem Weg nach oben, „das war Herr Trimmel mit dem großen …"
„Herr Andreas!!!", unterbrach sie mich empört.
„Haben Sie schon wieder getrunken?", hörte ich noch, als ich die Tür hinter mir schloss.

Von Rotwein bekomme ich immer Durst. Also holte ich mir ein Bier aus dem Kühlschrank und suchte nach einer passenden LP, die ich auflegen könnte. Nach Elvis war mir nun nicht mehr zumute, also suchte ich weiter, da klingelte es.
„Jetzt werde ich doch noch verhaftet", war meine logische Schlussfolgerung.
Als ich öffnete, sah ich einen großen Kerl mit Vollglatze vor der Tür stehen.
„Hi, Andrzej!"
„Gojko!", rief ich erstaunt und zog ihn zur Wohnung herein, damit ich wieder schnell schließen konnte.
„Du hast vielleicht Nerven, hier aufzukreuzen. Wenn das Haus nun beschattet wird?"
„Keine Sorge, ey Alter, alles sauber. Hab ich vorher recherchieren lassen."

„Da hast du Glück gehabt, denn vorhin stand so ein Typ mit einer braunen Lederjacke ziemlich lange vor dem Haus."
„Die ist geil, was?"
„Was ist geil?"
„Die Lederjacke; hat er von mir. Willst du auch so eine? Ich habe noch ein paar. Ist gute Qualität, ey Alter, direkt aus Kroatien. Von den Brüdern halte ich zwar nicht viel, aber in Lederjacken-machen sind die echt spitze."
„Willst du damit sagen, dass der Kerl, der die ganze Zeit vor meinem Haus rumgelungert hat, dein Freund war?"
„Freund würde ich nicht sagen, eher ein Bekannter; arbeitet manchmal für mich."
Ich musste an den ganzen Zirkus denken, den ich wegen meines Reisepasses veranstaltet habe. Der ganze Aufwand, aber auch alles, war vollkommen überflüssig gewesen. Wenigstens hatte Kalle seinen Freistoß bekommen.
„Du, Gojko, diesen Mustafa, hast du den auf dem Gewissen?"
„Sag mal, hast du Scheiße im Kopf, ey Alter? Wie kannst du so was denken. Ich bin Geschäftsmann und kein Killer."
„Und was glaubst du, wer es war?"
„Ich tippe da mal auf unseren Kunden oder Mustafas feine Freunde."
„Welche Freunde denn, bist du nicht sein Freund?"
„Mustafa ist nicht mein Freund, sondern nur mein Partner. Ich glaube, ich habe überhaupt keine Freunde."
„Das klingt ja nicht gerade heiter. Du bist doch aber Geschäftsführer dieser FILUT-GmbH?"
„Nun, wir sind eigentlich beide Geschäftsführer, aber nur vom Computerhandel, verstehst du?"
„Nein."
„Ey Alter, der Computerhandel, hörst du, der ist offiziell, fürs Finanzamt. Und die Geschäftssparte mit dem Einkauf in China, also das mit den Mäusen und so, macht alles Mustafa."

„Und du machst gar nichts?"
„Wo denkst du hin? Ich habe natürlich mein eigenes Ding am Laufen." Dabei grinste er vielversprechend.
„Was denn für ein Ding, etwa was kriminelles?"
„Ey Alter, das willst du gar nicht wissen."
„Und wenn doch? Ich mache mir langsam Sorgen."
„Brauchst du nicht. Ich will nur so viel verraten: Niemand kommt wirklich zu Schaden, und wenn alle brav mitspielen, kann jeder dabei voll korrekt verdienen."
„Hört sich nach irgendeiner Gaunerei an."
„Was für ein hässliches Wort. Das ist halt alles sehr kompliziert."
Komisch, das hatte ich heute schon mal gehört.
„Setz dich erst einmal, willst du auch ein Bier?"
„Ein Whisky wäre mir lieber."
„Habe ich aber nicht, kommt mir auch nicht ins Haus."
„Merkwürdig, mir kommt die ganze Zeit der Geruch von Whisky in die Nase."
„Das ist auch kompliziert", sagte ich und stellte ihm ein Bier hin.
„So, Gojko", fragte ich weiter, ich kannte ihn von früher, wir haben einmal zusammen bei einer Spedition gejobbt, „du bist also zum Waffenhändler aufgestiegen."
„Red kein' Scheiß, Alter, das mit den China-Spritzen hat Mustafa organisiert, sollte 'ne einmalige Nummer sein. Woher weißt du das überhaupt? Steht das auch schon in der Zeitung?"
„So gut wie", sagte ich.
„Jedenfalls war ich von Anfang an dagegen. Das lohnt sich überhaupt nicht, die paar Dinger."
„Ich denke, der Container war voll davon, da müssen doch tausende von den Teilen hineinpassen. Und was die wiegen. Das fällt doch auf, die Container werden doch gewogen!"
„Wer erzählt denn den Scheiß? Es sind genau 100 Stück.

Und die Type 95 wiegt auch nur gute drei Kilo und nicht fünf wie die Kalaschnikow. Macht also gerade mal 300 Kilo und die fallen doch gar nicht auf. Hat übrigens Mustafa für seine kurdischen Freunde besorgt. Mustafa war einfach zu gutmütig. Das war sein Verhängnis. Dem ging es nicht ums Geld. Mehr als 100 Dollar pro Stück springen dabei nicht ab."
„Immerhin 10.000 Dollar", entgegnete ich.
„Ach was, Peanuts, verglichen mit dem anderen Zeug."
„Was meinst du mit ‚dem ging es nicht ums Geld'?"
„Ich bin davon überzeugt, dass diese Schweine ihn erpresst haben. Wir haben zuvor noch nie mit Waffen zu tun gehabt."
„Na, von den Mäusen kannst du aber auch nicht reich werden, die kosten doch heute nichts mehr, und wenn du die übers Internet vertickern willst, dann bleibt doch unter dem Strich kaum was übrig", konterte ich.
„Geht mich nichts an, das hat Mustafa mit den Chinesen ausgehandelt. Die ganze Ladung sollte komplett an unseren Kunden gehen, und dabei sollten dann 175 Riesen für uns rausspringen."
„175.000? Für so einen Plunder?" Dabei tippte ich mit dem Zeigefinger an meine Stirn.
„Ich vermute, die Mäuse haben vorher was Feines zu fressen bekommen", und dabei setzte Gojko ein breites Grinsen auf.
„Ich versteh' nur ‚Bahnhof', was fressen denn diese Mäuse so?"
„Das willst du gar nicht wissen", gab er zur Antwort, „und ich auch nicht!"
Es dämmerte mir langsam.
„200.000 Mäuse prall gefüllt mit …?"
„Ey Alter, das geht mich nichts an! Und außerdem sind es ja insgesamt nur 100.000 und davon sind 90 % arme Mäuse, verstehst du? Nicht so vollgefressene. Woher hast du diesen Scheiß mit den zweihundert? Du bist voll nervig, ey."

„Was heißt ‚das geht dich nichts an'? Der Dreck wird hier an euch umgeschlagen und du bist der Importeur. Basta! Fliegt die Sache auf, wanderst du ins Zuchthaus!"
„Wieso das, Alter? Ich weiß doch nichts davon. Das Prinzip heißt Risiko-Sharing. Damit liegt doch alles bei den Chinesen – ich habe schließlich nur Mäuse bestellt."
„Risiko-Sharing *ist* das! Die Chinesen verlieren ihre investierte Kohle, aber du wanderst in den Bau. Die Chinesen machen nächsten Monat weiter, und was machst du? Matten flechten? Erzähl das den Zollfahndern. Neulich haben sie hier, ich glaube, 100 kg Kokain hochgehen lassen, die als Grillkohle getarnt waren. Was meinst du, wo die Importeure jetzt ihre Freizeit verbringen?"
„Willst du mir Angst machen, ey Alter? Die Polizei ist momentan mein geringstes Problem. Aber der Kunde ist natürlich stinkig, weil er nicht mehr an den Container ran kommt. Rate mal, wer dann als nächster auf Badeurlaub in die Ewigkeit geschickt wird?"
„Was ich nicht verstehe", warf ich ein, „warum Ihr so bescheuert wart und ein gefälschtes Logo aufgedruckt habt? Der Stein ist doch nur durch die Firma Technilog ins Rollen geraten, und was mich noch wundert, wieso ist der Container nicht schon in Hamburg beschlagnahmt worden?"
„Das ist ja die Sauerei! In Hamburg war die Welt noch in Ordnung! Alles paletti! Und hier kurz vor dem Ziel wird der Laster vom Zoll abgefangen – angeblich eine Routinekontrolle. Die müssen einen Tipp bekommen haben."
„Von wem?"
„Ich habe nicht die blasseste Ahnung."
„Noch ein Bier?" Er nickte.
Ich hole noch zwei aus dem Kühlschrank. Nachdem ich meine Kehle etwas geölt hatte, fragte ich:
„Warum habt Ihr mich überhaupt geschickt, um den Container auszukundschaften, da kommt Ihr doch sowieso

nicht mehr ran."
„Jetzt wohl nicht mehr, aber bis gestern schon. War Mustafas Idee, der hatte 'nen Schwager und dessen Freund meinte, man müsse das Ding dort raus holen, bevor womöglich das Zeug gefunden wird – mit entsprechenden Papieren selbstverständlich, und die wollte der Freund beschaffen. Dazu brauchten wir natürlich Informationen darüber, ob der Container durch andere zugebaut wurde und ob die Sachen noch im Container drin sind oder schon in irgendeiner sicheren Asservatenkammer stecken. Na, und wegen der dämlichen Waffen konnten wir beide da ja schlecht hingehen, um einmal nachzusehen."
„Aber ich konnte da gut hingehen, ja?"
„Was jammerst du, ey Alter? War doch 'ne leichte Kiste, ganz easy; und was hast du schließlich zu verlieren?"
Ja, was hatte ich schon zu verlieren?
„Und der Schwager kann euch nun nicht mehr helfen, nehme ich an?"
„Du meinst den Freund vom Schwager von Mustafa?"
„Genau!"
„Nun, im Augenblick nicht, weil der zurzeit in der Türkei ist. Die feiern da irgendein Fest. Aber die Papiere hat er tatsächlich noch besorgt, die lagen bei uns heute im Briefkasten. Aber ohne Mustafa kann ich damit nichts anfangen, selbst wenn ich den Container raus bekomme. An wen soll ich verkaufen? Und unser Kunde würde doch mit mir genauso wie mit Mustafa verfahren. Jetzt steckt die Karre im Dreck, und ich krieg keine Kohle."
Er klatschte sich mit der flachen Hand an die Stirn.
„Mann Alter, wegen der Kohle, deswegen bin ich doch gekommen, pass auf, ich hab' sie nicht dabei, aber ich sage dir jetzt, wo du sie dir abholen kannst. Kennst du den ‚Novi Sad Grill' am Mehringdamm? Gut. Da fragst du nach Slavko."

„Etwa Slavko Stojanović?"
„Wer ist das denn? Der heißt Stanic, soviel ich weiß."
„Sag mal", dabei versuchte ich, mir einen sehr wichtigen Gesichtsausdruck zu geben, „ist Stojanović wirklich dein richtiger Name?"
„Ey Alter, hast du heute ein buckliges Ei gefrühstückt? Wieso fragst du?"
(Ich fragte, weil mir bezüglich des Geldes leise Zweifel kamen.)
„Slavko Stojanović", erklärte ich in oberlehrerhafter Manier, „war ein jugoslawischer National-Torwart, und da du denselben Nachnamen trägst, wärest du schon in deiner frühesten Kindheit auf den angesprochen worden. Also spätestens in der Grundschule hättest du gewusst, wer Slavko Stojanović ist!"
Diese geschickte Art der logischen Rhetorik beherrschte ich erst seit kurzem.
„Hör zu, du Klugscheißer, Stojanović ist ein häufiger Name, und selbst wenn der vor hundert Jahren mal Fußball gespielt hat, woher soll ich das heute noch wissen, aber mein Oller, der ist zu jedem Spiel hingerannt. Ich glaube, der hat sogar wirklich mal von dem gesprochen, aber wenn der, wie so viele, in den Westen abgehauen ist, wurde der bei uns nicht mehr erwähnt. Verstehst du? Nicht im Radio und nicht in der Zeitung. Den gab es einfach nicht mehr. Kapierst du das, Alter?"
Das kapierte ich.
„Also, du fragst im Novi Sad Grill nach Slavko, sagst deinen Namen und das Codewort und bekommst von ihm die Kohle. Ich will nämlich für ein paar Monate verreisen, vielleicht sogar ein paar Jahre."
„Welches Codewort denn?"
„Der Code lautet ‚Tito', kannst du dir das merken? Tito! Wenn nicht, schreib dir das auf."

„Das merk' ich mir."
„Sag, Alter, kann ich heute Nacht hier pennen?"
„Daran würde ich an deiner Stelle auch nicht einen Gedanken verschwenden. Erstens habe ich nur dieses kleine Sofa, da habe ich erst neulich selbst drauf geschlafen und mir tun heute noch alle Knochen weh, und zweitens, wenn die Bullen kommen, können sie gleich zwei Fliegen auf einmal verhaften. Ich hätte da aber vielleicht eine Idee: Trinkst du gerne Erdbeersekt?"
„Erdbeersekt? Ey Alter, soll ich mich vergiften? Da kann ich mich ja gleich verhaften lassen."
Er schnupperte auffällig mit der Nase.
„Hast du wirklich keinen Whisky?"
„Nein, zum Kuckuck! Also wenn du heute Nacht eine Bleibe suchst, könntest du es mal bei meiner Nachbarin versuchen, die hat eine größere Couch."
„Bei deiner Nachbarin! Die lässt mich einfach so bei sich schlafen! Ich klopfe an ihre Tür und sie wird dann sagen: ‚Ach, kommen Sie doch rein, Herr Stojanović, ich habe Sie schon erwartet' oder so ähnlich. Bist du bekloppt?"
„Na ja, ganz so einfach ist das nicht. Eine kleine Liebesgabe solltest du schon dabei haben – ist übrigens ein beliebter Trick in der Fauna."
„In der Pfauna?"
„Ja, Fauna, die Tierwelt."
„Ich verstehe. Ich soll ihr also 'n alten Fleischknochen oder ein paar vorgeweichte Körnchen vor die Tür schmeißen, damit sie mich rein lässt!?"
„So in etwa, nur dass sie lieber süßen Sekt mag als eingespeichelte Kolbenhirse."
„Hast du denn so was im Hause?", fragte er ungläubig – zu Recht ungläubig.
„Natürlich nicht, aber den bekommst du unten beim Vietkong, dem Spätkaufladen. Und dann klingelst du damit

bei Gisela ..."

„Gisela heißt die? Was ist das denn für ein Name? Wie alt ist die überhaupt?"

„Schwer zu sagen, vielleicht zwanzig (?) oder dreißig (?) vielleicht auch schon vierzig, jedenfalls mit Sicherheit keine Fuffzich. Noch absolut im gebärfähigen Alter."

„Alter, du willst mich doch verarschen!"

„Keinesfalls! Du darfst dich aber nicht in der Etage irren. Im ersten Stock, da wohnt Frau Neumann. Die lass mal in Ruhe! Du musst ganz unten klingeln!"

Gojko zeigte sich immer noch ungläubig.

„Du meinst also, wenn ich bei der mit 'ner Pulle Sekt antanze ..."

„Süßen Sekt!", wandte ich ein.

„... also mit 'ner Pulle süßen Sekt antanze, dann lässt die mich bei sich übernachten?"

„Würde ich nicht ausschließen, und ein Codewort könnte dabei von großem Nutzen sein."

„Welches Codewort? ‚Tito' etwa?"

„Nein, nicht ‚Tito', aber ‚Brasilien'!"

„Ich werd' noch irre!"

„Nun mach mal, was ich dir gesagt habe, und lass deinen ganzen Charme spielen."

Damit schob ich ihn zur Tür hinaus.

Vom Fenster aus konnte ich beobachten, wie er von seiner Einkaufstour zurückkam. Aha, er hatte zwei Flaschen in den Händen. Er geht also auf Nummer sicher.

Ich öffnete meine Wohnungstür leise einen Spalt, um lauschen zu können.

Unten tat sich etwas. Erst vernahm ich Giselas Stimme und dann Gojkos:

„Entschuldigen Sie bitte die Störung, schöne Frau, ich bin Gojko, ein Freund von Andrzej und weil ich ... nein ... er meinte ... ich will sagen, ... der Herr Czybulsky meinte, Sie

würden sich vielleicht über diese kleine Lieb…, ich meine, über diese kleine Flasche Sekt freuen."
Jetzt konnte ich Gisela hören:
„Ach, das ist aber reizend von Andi, danke schön!"
Es trat eine kleine Pause ein.
Dann wieder Gojko:
„Warten Sie, Fräulein, Andrzej meinte noch, Sie würden mir vielleicht die Ehre erweisen, gemeinsam ein Schlückchen zu probieren, wenn ich noch etwas sage."
„Was denn?", hörte ich Gisela.
„Brasilien!"
Danach flog die Tür zu. Im Treppenhaus war es ruhig.

„So, das wäre geschafft."
Ich atmete erleichtert auf. Also noch ein Bier geholt, eine Platte aufgelegt, rauf aufs Sofa und Beine auf den Tisch.
Jetzt versuchte ich nachzudenken, was ich wohl der Polizei erzählen würde, wenn die hier doch noch aufkreuzt. Denn, das war mit klar, diese Sache war noch nicht ausgestanden.
Meine Gedanken kreisten um alles mögliche; ich versuchte, an etwas Schönes zu denken:
An Traute.
Da klopfte es laut an meiner Tür.
„Da kommen sie. Ein Segen, dass Gojko weg ist", musste ich zugestehen.
Draußen stand Gojko – mit einem verheulten Gesicht und einer Flasche Whisky in der Hand.
„Mann, komm rein! Was ist denn passiert?"
„Erzähl ich dir, aber schlafen kann ich bei der nicht."
„Erzähl!"
„Ich klingle also bei der, die macht auf, und ich quatsche meinen Salm runter. Dann sage ich noch ‚Brasilien' und alles läuft voll fett, Alter. Wir sitzen also an ihrem Tisch, machen die Pulle auf und trinken dieses Zeug, da fängt die an, mich

über Brasilien auszufragen. Ich sage ihr, ich war zwar noch nie dort, aber soll ein schönes Land sein mit 'nem Zuckerhut und so. Worauf sie dann von so 'nem Enthaarungsscheiß anfängt und dabei zieht die Tussi ihren Rock hoch und als ich da hingucke, da brennen mir plötzlich die Augen. Ey Alter, von so was haben mir noch nie die Augen gebrannt! Erst dachte ich, das kommt von diesem süßen Schlabberwasser und dann sehe ich, dass die Schlampe Katzen hat. Mensch Alter, ich habe eine grässliche Katzenallergie! Das ist so krass, dass ich keine Luft mehr kriege. Was mache ich nur? Wo soll ich jetzt hin? Im Hotel wollen sie doch immer einen Ausweis oder so was sehen. Da kann ich ja gleich zur nächsten Wache gehen, brauche ich mir wenigstens um die Übernachtung keine Sorgen mehr zu machen."

„Dann nimmst du halt meinen Pass."

Ich gab ihm meinen alten Pass. Er sah ihn sich an.

„Der ist ja abgelaufen, Alter."

„Ja, aber hier ist noch die Gebührenbescheinigung, aus der hervorgeht, dass der neue beantragt ist; die kannst du haben. Für so eine kleine Absteige sollte das genügen. Die sind froh, wenn sie irgendetwas in ihr Gästebuch eintragen können. Ich würde es allerdings nicht im Ritz-Carlton probieren. Aber am Kaiserdamm, zum Beispiel, sind einige nette Pensionen. Ach, und bevor du verreist, wirf meinen alten Pass in irgendeinen Briefkasten, den brauche ich noch."

„Okay, Alter, ich danke dir."

Er holte ein Kuvert aus der Brusttasche hervor und streckte mir es hin.

„Verwahr das bitte für mich, möglichst an einem sicheren Ort. Es sind nur Papiere drin. Quasi meine Lebensversicherung. Falls ich es mir in einer Woche nicht wieder abgeholt habe oder mir vorher etwas zustößt, dann

mach es auf, vielleicht kannst du ja davon etwas gebrauchen."
„Was denn für Papiere? Und warum gerade ich?"
„Es steht alles drin. Du bist der einzige, dem ich trauen kann. Willst du noch zum Abschied einen Whisky mit mir trinken?"
„Nein", sagte ich, „Whisky trinke ich nie wieder."

Nun war Gojko weg. Ich stand da mit dem Kuvert in der Hand.
„Möglichst an einem sicheren Ort aufbewahren."
Junge, Junge, der hat gut reden. Bin ich die Bank von England? Ich dachte über ein geeignetes Versteck nach. Wenn die Bullen wirklich noch kommen, und die stellen mir die Bude auf den Kopf, dann finden die, was sie suchen. Diese todsicheren Verstecke sind denen doch garantiert alle bekannt. Ich dachte dabei an Orte wie hinter Gemälden (die ich nicht einmal besitze), im Spülkasten oder unter Schubladen angeklebt. Von der Schmutzwäsche (die allerdings besaß ich, sogar reichlich) ganz zu schweigen.
Nein, es müsste ein Ort sein, wo es jeder sehen könnte und wiederum doch nicht. So wie den Wald, den man vor lauter Bäumen nicht sieht. Ich legte das Kuvert erst einmal in die Schreibtischschublade.
Jetzt musste mir schon wieder etwas einfallen.

6. Kapitel

Ich muss auf dem Sofa eingenickt sein, denn das Telefon riss mich aus zusammenhanglosen, keinen Sinn ergebenden Träumen.
„Haalo", krächzte ich in den Hörer; mein Hals war ganz trocken, wahrscheinlich vom Schnarchen.
„Wie hörst du dich denn an?" Es war Kalle. „Hast du den Kopf im Eimer stecken? Na, wenigstens bist du noch zu Hause."
„Wartest wohl schon sehnsüchtig auf meine Verhaftung. Rufst du deshalb an?"
„Nee, deshalb nicht, wegen morgen, ich habe da plötzlich was rein bekommen, was keinen Aufschub verträgt, verstehst du? Ware mit 'nem kurzen Verfallsdatum, und ich weiß nicht, ob ich das bis morgen Abend fertig bekomme."
„Das wäre ja schade!"
„Schade ist gestorben – wie Oma sagte – und aufgeschoben ist nicht aufgehoben."
(Kalle wieder mit seinen Weisheiten)
„Da ist aber noch was", setzte Kalle fort.
„Ich höre!"
„Ich habe dir doch von Mustafa erzählt, du weißt schon, der Nichtschwimmer im Landwehrkanal."
„Was ist mit dem Mustafa? Ist der auferstanden von den Toten und trainiert jetzt für sein Rettungsschwimmer-Abzeichen in Gold?"
„Letzteres kann ich mir nicht vorstellen, aber mit dem anderen, da liegst du gar nicht so falsch."
„Dieser Herr ist also wirklich auferstanden?"
„Könnte man so sagen."
„Das letzte Ereignis, bei dem so etwas Ähnliches vorgekommen ist, liegt etwa 2000 Jahre zurück, und soweit ich weiß, hat es auch in den Jahrtausenden zuvor keinen

solcher Fälle gegeben. Und nun nach so kurzer Zeit schon wieder einer?"
„Wunder gibt es immer wieder", trällerte er ins Telefon. Ich schwieg, ansonsten hätte ich in einer Stunde noch nicht erfahren, durch welche Umstände der Landwehrkanal womöglich demnächst zum Wallfahrtsort erklärt wird. Kalle würde schon von selbst dazu übergehen, mich aufzuklären.
„Also, ich werde dich jetzt mal aufklären", sagte Kalle. „Mustafa war gar nicht Mustafa. Das heißt, Mustafa ist natürlich immer noch Mustafa. Aber nicht *der* Mustafa. Mustafa ist eben nicht gleich Mustafa, verstehst du?"
Nein, ich verstand gar nichts!
„Bei dem Toten handelt es sich um einen Mustafa Özgül, eingetragen als Gemüsehändler."
„Und wie ist die Polizei so schnell darauf gekommen, dass es sich doch nicht um den anderen Mustafa handelt?"
„Das hat deshalb so lange gedauert, weil die Vermisstenanzeige so spät eingegangen ist und ein Verwandter, ich glaube der Bruder, ihn so spät identifiziert hat, und außerdem hatte der tote Mustafa den Ausweis vom anderen Mustafa, also Mustafa Yildiriz, in der Tasche, als er gefunden wurde. Und willst du wissen, wodurch der ganze Schwindel aufgeflogen ist? Durch seinen Schwanz!"
„Durch seinen Schwanz? War der so 'ne Art ‚Long Dong Silver'?"
„Über die Länge ist mir nichts bekannt, aber als die Leiche obduziert wurde, da ist dem Pathologen aufgefallen, dass der Piephahn noch so jungfräulich aussah, verstehst du? Der Heinzelmann hatte noch seine Mütze auf dem Kopf. Nach den Unterlagen, die Dr. Aufmesser zur Verfügung standen, war er aber Moslem, und denen werden schon im Kindesalter diese Spielsachen weggenommen, verstehst du? Und so ist die Kripo dann, durch die mittlerweile eingegangene Vermisstenmeldung auf den Gemüse-Mustafa

gestoßen, und der war tatsächlich so eine Art Christ. Was sagst du nun?"
„Bleibt die Frage offen, wie die falschen Papiere in seine Tasche gelangt sind."
„Hier tappt die Polizei noch im Dunkeln. Darüber könnte vielleicht der andere Mustafa Aufschluss geben, aber der ist nicht auffindbar."
„Vielleicht ist er ja gerade in der Türkei und feiert dort ein großes Fest."
„Wie kommst du darauf?"
„Och, das ist mir gerade so eingefallen."
„Aber das ist gar nicht so abwegig, die feiern dort zurzeit wirklich gerade irgend so ein Fest. Du, ich muss Schluss machen, wenn es morgen doch noch klappt, melde ich mich, tschüs Ändy."

In der folgenden Nacht habe ich schlecht geschlafen. Andauernd lag ich wach und grübelte. Wer könnte den Gemüsehändler erschossen haben. Gojko? Kaum. Der mysteriöse Chinese vielleicht? Klingt auch eher unwahrscheinlich. Bleibt erst einmal nur der Waffen-Mustafa übrig. Und Gojko sagte etwas von dessen kurdischen Freunden. Die könnten auch in Frage kommen; dann wäre aber zu befürchten, dass der Waffen-Mustafa nicht mehr auftaucht, oder auf ähnliche Weise wie sein Namensvetter. Inwieweit kann ich da noch mit hineingezogen werden? Die Polizei erscheint doch garantiert noch einmal bei mir. Dann geht die ganze Fragerei wieder von Neuem los. Was soll ich dann erzählen? Kalle meinte doch so lapidar, dass mir die Geschichte mit der Wette nicht abgekauft würde, und da ist auch was dran. Ich versuchte die Situation einmal ablaufen zu lassen:
Also, ich habe eine Wette am Laufen, gehe damit zum Zollamt und lasse mich ausgerechnet zu einem Container

führen, in dem Waffen versteckt sind. Warum nicht zu einem der anderen mit Kleidung oder sonst was? Nein, das glaube ich ja selbst nicht.

Am nächsten Morgen, so gegen 11.30 Uhr, ich kam gerade vom Frühstücken, schaute ich in meinen Briefkasten und siehe da: Ein Liebesbrief von der Polizei.
Hastig riss ich das Kuvert auf und überflog, während ich die Treppen nach oben lief, die Zeilen:
„Sie werden gebeten, am Montag, dem 14.09 ... um 11.00 Uhr im Dienstgebäude des LKA 4, Tempelhofer Damm 12, Zimmer 304, ... als Zeuge in der Strafsache mit dem Aktenzeichen ... bei Nichterscheinen droht ... usw., usw."
Wieder in meiner Wohnung, holte ich mir erst einmal ein Bier aus dem Kühlschrank, lümmelte mich auf mein Sofa und betrachtete noch einmal das Schreiben.
„Na, wenigstens nur als Zeuge und nicht als Hauptverdächtiger", dachte ich. Trotzdem hat mich dieses Schreiben erregt. Obwohl ich etwas Ähnliches erwartet habe, versetzte dieses Schreiben meinen Gemütszustand in Wallung. Post dieser Art ist einfach nur nervig.
Ich rief Kalle an, mit wem sollte ich sonst darüber reden? Eine gekünstelte Stimme meldete sich:
„Hier spricht nur der Automat!"
Es war Kalles Art, sich manchmal am Telefon so zu melden.
„Und hier ist RIAS Berlin, eine freie Stimme der freien Welt. Noch frei", erwiderte ich.
„Gibt's Ärger?", fragte Kalle.
„Sieht so aus. Ich habe gerade eben eine Vorladung von der Kripo bekommen, allerdings nur als Zeuge. Am Montag."
„Hört sich doch gar nicht so schlecht an. Einen Zeugen werden sie doch wohl nicht einlochen wollen."
„Aber ich weiß nicht, was ich denen erzählen soll."
„Am besten die Wahrheit."

„Du meinst das mit der Wette?"
„Ja, na und? Was ist dabei?"
„Weil die mir das nicht abkaufen werden, hast du selber gesagt, und außerdem Kalle, muss ich dir was beichten."
„Du mir?"
„Ja."
„Wenn du das mit der Braut meinst, dann …"
„Nee, Kalle, was anderes, das möchte ich aber am Telefon nicht sagen. Weißt du schon, ob es heute Abend klappt?"
„Sieht nicht gut aus. Kannst du wenigstens eine Andeutung machen?"
„Hier am Telefon kann ich nur sagen, dass ich was anderes brauche, als die Wette."
„Was kannst du noch erzählen, warte mal. Und was ist mit der Braut? Kannst du die nicht ins Spiel bringen?"
„Ich sehe schon, Kalle, dir fällt auch nichts ein. Trotzdem danke, dass du mir dein Ohr geliehen hast."
„Das will ich aber zurückhaben. Grüezi Ändy."
„Ciao Kalle."

Den Rest dieses Wochenendes verbrachte ich mit „Filme gucken" und „Bier trinken". Zum Arbeiten war ich nicht in der Lage.

Am Montag früh um 10.45 Uhr stand ich vor dem Concierge des LKA 4 und zeigte meinen Brief vor.
„Ist im dritten Stock. Sie können den Fahrstuhl nehmen."
Ich nahm lieber die Treppe, erstens weiß man nie, was mit oder in diesen Dingern passiert, und zweitens konnte ich mich auf diese Art ein wenig abreagieren.
Zimmer 304. Ich klopfte.
„Herein!"
„Guten Tag, ich soll mich hier melden, mein Name ist Czybulsky."

„Ja, Herr Czybulsky", ein Mann streckte mir die Hand hin, „ich bin Kommissar Koslowski. Wir gehen mal nach nebenan zu meinem Kollegen."
„Da wären wir", rief Koslowski, nachdem er die Tür geöffnet hatte.
Ein freundlich dreinblickender Mann, ich schätzte ihn etwa zehn Jahre älter ein als mich, kam auf mich zu.
„Guten Tag, Herr Czybulsky, ich bin Hauptkommissar Schmitt, meinen Kollegen haben Sie ja schon kennengelernt."
Das war leicht übertrieben, doch mir schwante, ich würde beide noch kennenlernen. Ich nickte trotzdem.
Er wies mich an, ihm gegenüber am Schreibtisch Platz zu nehmen. Koslowski setzte sich in einen Sessel, der etwas abseits stand.
„Wie Sie sich denken können", fing Hauptkommissar Schmitt an", geht es in dieser Sache immer noch um den Container mit den geschmuggelten Sturmgewehren Type 95. Und Sie, Herr Czybulsky, könnten uns helfen, ein paar Unklarheiten zu beseitigen."
„Aber gerne", log ich. Ich hätte wohl innerhalb einer Minute 100 Dinge aufzählen können, die ich lieber gemacht hätte.
„Ich würde auch gerne unser Gespräch aufzeichnen. Für das Protokoll, das geht schneller, als mitzuschreiben."
„Ist in meinem Sinne." Das aber entsprach der Wahrheit.
Der Hauptkommissar blätterte in einer Akte. Jetzt ging es also los.
„Mir liegt hier das von Zollinspektor Sobeck unterzeichnete Protokoll Ihrer Befragung vom 10. September der Zollbehörde vor. Ich werde versuchen, unnötige Wiederholungen zu vermeiden, trotzdem möchte ich noch einiges bestätigt wissen. Beginnen wir mit der Filut GmbH. Sie gaben an, diese Firma nicht zu kennen. Ist das richtig?"
„Das ist richtig."

„Auf die Frage nach deren Geschäftsführern, gaben Sie an, nur einen Torwart Stojanović zu kennen, stimmt das?"
„Ja, das stimmt."
„Und es stimmt, dass Sie Mustafa Yildiriz nicht kennen?"
„Ja, das stimmt."
„Und als Grund für Ihr Erscheinen bei der Zollbehörde gaben Sie eine Wette an?"
„Ja, das stimmt."
„Sehen Sie, das Ihnen abzunehmen, fällt uns schwer."
„Derartiges habe ich befürchtet."
„Des Weiteren war uns unklar, wieso und auf welche Weise Sie in die Rolle des Anwaltes Schleswig-Schuby schlüpfen konnten. Sehen Sie das auch so, dass es nur folgerichtig ist, dass jemand unsere Aufmerksamkeit erregt, der angeblich vollkommen unbeteiligt ist, dann aber über Insiderwissen verfügt und sich Zugang zu Beweismitteln in einer Straftat verschafft?"
„Das sehe ich auch so."
„Dann würden wir gerne den wahren Grund erfahren."
„Für mein Erscheinen?"
„Für Ihr Erscheinen. Sagen Sie uns einfach, aus welchem Grunde Sie die Zollbehörde aufgesucht haben."
„Das ist mir aber unangenehm. Darf ich um Ihre Diskretion bitten?"
„Wir bemühen uns, so diskret wie möglich zu sein."
„Eine Frau."
(Ich hatte zwischenzeitlich über Kalles Vorschlag nachgedacht.)
„Eine Frau? Also keine Wette!"
„Doch, das mit der Wette stimmt auch, aber der Grund ist eine Frau. Ich habe eine Frau in einem Restaurant gesehen, die mir ganz gut gefallen hat, also eigentlich mehr als nur ganz gut, ich würde sagen, so richtig gut, um nicht zu sagen, sehr gut, ich meine ausgesprochen …"

„Ja, das habe ich jetzt verstanden", unterbrach mich der Kommissar, „und weiter?"
„Und am nächsten Tag, da habe ich sie wieder dort gesehen. Sie sah toll aus, richtig sexy, aber schon etwas reifer, nicht so wie diese unerfahrenen jungen, doofen Dinger. Eben so wie eine von diesen Sekretärinnen, wissen Sie, was ich meine?"
„Und weiter?"
„Ich habe mich nicht getraut, sie anzusprechen, ich fühlte, dass die Zeit noch nicht gekommen war, aber nachdem sie gegangen war, da hat mir der Ober für ein Bakshish verraten, dass sie als Sekretärin beim Zoll arbeitet. Und weil sie dann an den folgenden Tagen nicht mehr gekommen ist, und ich so eine Sehnsucht nach ihr hatte, da dacht' ich ... und da meint' ich ..."
„... Geh' ich doch einfach aufs Zollamt und mach' ihr einen Heiratsantrag", wusste der Kommissar meine Ausführungen fortzusetzen. „Hatten Sie wenigstens Blumen dabei?"
Er war sichtlich erheitert. Meine Erzählung schien ihm zu gefallen.
„Nein, hatte ich nicht. Aber Sie haben Recht. Das war wohl ein großer Fehler."
„Und weiter?"
„Ich habe also an ihre Tür geklopft, aber sie war verschlossen. Zuerst wollte ich unverrichteter Dinge wieder gehen, aber dann dachte ich, ich könne mich vielleicht bei einem anderen Beamten nach ihr erkundigen, und so habe ich an eine andere Tür geklopft, und dort hat mich schon ein Herr Felsenstein freudig begrüßt mit den Worten, er hätte mich schon erwartet."
„Felsenstein? – Etwa Walter Felsenstein?"
Während der Kommissar das fragte, verzog er die Mundwinkel so eigenartig.
„Ja, Felsenstein. Das kann sein."

Es entstand eine kurze Pause, weil der Kommissar nachdachte.
„Sagt Ihnen der Name ‚Götz Friedrich' etwas?'
Ich sah ihn nur ungläubig an.
„Patrice Chéreau? ... Hans Neuenfels?"
Ich guckte immer noch ungläubig. Friedrich Götz – Pater Schero – Neuenfels? Was sollte das? War das jetzt so eine neuartige amerikanische Methode der Psycho-Befragung?
„Jetzt weiß ich", warf ich ein.
Der Kommissar zeigte sich sichtlich erleichtert.
„Steinfels, Inspektor Steinfels war sein Name."
Sichtlich enttäuscht, schrieb Hauptkommissar Schmitt etwas in die vor ihm liegende Akte.
„Waren Sie schon einmal in der Oper, Herr Czybulsky?", fing er wieder an.
„Meinen Sie den ‚Fliegenden Holländer'?"
„Nein, so ganz allgemein, ob Sie schon einmal ein Opernhaus besucht haben?"
„Das nicht", gab ich wahrheitsgemäß zur Antwort, „aber ich fahre mindestens dreimal die Woche an der Deutschen Oper vorbei."
„Sie fahren dort so oft vorbei und sind noch nie auf die Idee gekommen, einmal hineinzugehen, um sich eine Oper anzuschauen?"
Herr Schmitt schien die Welt nicht mehr zu verstehen.
„Nein", sagte ich, „ein paar Meter weiter ist ein Reifenhändler; bei dem war ich ja auch noch nie drin."
„Na, lassen wir das", meinte der Kommissar unwirsch, „woher kannten Sie den Namen ‚Schleswig-Schuby'?"
(Wenn ich das wüsste. Darüber zerbreche ich mir bis heute den Kopf.)
„Sie meinen, wie mir dieser Name zugetragen wurde?"
„Ja bitte, erzählen Sie!"
„Kurz nach meinem Eintreffen, ließ mich der Inspektor im

Zimmer allein, weil er auf dem Gang eine wichtige Besprechung hatte. Und als ich aufstand, um aus dem Fenster zu sehen, ist mir ein Zettel auf dem Tisch aufgefallen mit genau diesem Namen drauf – in Druckbuchstaben."

„Und weiter?"

„Durch ein Telefonat, das im Nachbarzimmer geführt wurde, und dem ich mich nicht entziehen konnte, habe ich mir dann einiges zusammenreimen können. Na ja, da ist mir die Idee gekommen, so als Anwalt bei einer Sekretärin, da stünden meine Chancen gar nicht so schlecht. Zumindest könnte es nicht schaden. Verstehen Sie?"

„Nun, ich fasse mal zusammen", sagte Hauptkommissar Schmitt, „und berichtigen Sie mich, falls etwas nicht stimmt. Sie haben die Zollbehörde aufgesucht, um dort eine Frau zu treffen, die Sie zuvor in einem Lokal gesehen haben, und in die Sie sich verliebt haben ..."

„Na ja, verliebt, ich weiß nicht recht", musste ich eingreifend korrigieren.

Darauf fuhr er fort: „Dann sagen wir ‚verguckt' haben, und sind dort per Zufall auf den Namen des Anwaltes ‚Schleswig-Schuby' gestoßen und sind in dessen Rolle geschlüpft. Richtig?"

„Richtig!"

„So weit, so gut, und wenn Sie mir jetzt noch erklären könnten, warum Sie sich ausgerechnet den Container mit den Waffen zeigen ließen."

Jetzt spielt er seinen letzten Trumpf aus, dachte ich.

„Das habe ich gar nicht. Der Herr Becker hatte schon alles vorbereitet, offensichtlich wollte der Anwalt Schleswig-Schuby genau diesen Container sehen, und dann kam diese Frau und hat mich dorthin geführt."

„Welche Frau?"

„Na, meine Angebetete!"

„Becker' sagten Sie? Zollinspektor Becker?"
„Ja, genau."
„Und die Frau hieß aber nicht zufälligerweise Schmitt-Witzleben?"
„Doch, das war ihr Name."
Schmitt schaute zu Koslowski hinüber, der bis jetzt kein einziges Wort gesagt hatte. Erst war in beiden Gesichtern ein breites Grinsen zu sehen, das sich dann aber zu einem schallenden Gelächter ausweitete.
„Was ist daran so komisch?", musste ich fragen.
„Hören Sie, diese Dame ist doch keine Sekretärin. Die Frau ist Zolloberinspektorin."
„Mittlerweile habe ich das auch erfahren."
Er musste wieder lachen, deshalb fragte ich beleidigt:
„Dass es sich bei der Dame um keine Sekretärin handelt, finden Sie so lustig?"
„Nein, das nicht", dabei wischte er sich eine Träne aus dem Auge, „aber dass es sich bei der Dame um meine Exfrau handelt."
„Oh, das ist mir aber jetzt sehr unangenehm, Herr Hauptkommissar", sagte ich betroffen.
„Ach was", meinte er jovial, „wir sind schon seit über zwei Jahren geschieden. In dem Punkt haben Sie mich nicht zu fürchten. Sind Sie denn wenigstens in dieser Beziehung schon etwas voran gekommen?"
„Ich will es mal so ausdrücken: Es gab da einen herben Rückschlag, aber ich arbeite daran."
„Na gut. So, Herr Czybulsky, wir danken Ihnen erst einmal für Ihre Ausführungen."
Mit diesen Worten stand er auf; Koslowski und ich folgten ihm.
„Sollte Ihnen doch noch etwas einfallen, was zur Klärung dieses Falles beitragen könnte, würden wir uns freuen, wenn Sie es uns wissen ließen."

„Jawoll. Auf Wiedersehen, Herr Hauptkommissar."
„Ich fürchte auch", antwortete er, „auf Wiedersehen Herr Czybulsky, und nehmen Sie meinen Rat an: Lassen Sie lieber die Finger von meiner Ex, die ist Ihnen über! Da kann ich ein Lied von singen. Vielleicht sollten Sie doch lieber nach einer jungen Doofen Ausschau halten."

Das lief ja besser, als ich befürchtet hatte, dachte ich, als ich die Treppe hinunter ging.
„Lassen Sie die Finger von meiner Ex". *Meiner Ex*, wie er das betonte, als hätte er irgendwelche Besitzansprüche auf die Frau. Aber vielleicht meinte er es ja wirklich gut mit mir. Draußen auf der Straße genoss ich die frische Luft. Ich war frei. Seit Tagen fühlte ich mich zum ersten Mal wieder richtig gut. Ich lief den Mehringdamm entlang. Dabei fiel mir dieser serbische Grill ein. Wäre doch ein prima Zeitpunkt, um mein Honorar abzuholen. Mal sehen, ob Gojko Wort gehalten hat. Und da war er auch schon, unser Grill, eine Mischung aus Bahnhofsgaststätte und Kifferbude.
„Dobar dan!", sagte ich weltmännisch beim Eintreten, „ist Slavko da?"
„Ich Slavko."
Ein dicker Kerl mit Schnauzbart funkelte mich grimmig an.
„Ich Andrzej Czybulsky. Mein Freund Gojko hat bei dir was hinterlegt. Ich denke, einen Umschlag oder ein Päckchen."
„Ausweis?"
Ich zeigte ihm meinen Ausweis.
„Moment!" Er verschwand in einem Hinterzimmer. Als er wiederkam, hatte er tatsächlich einen Umschlag in der Hand.
„Kodde?"
„Das Codewort lautet ‚Tito'."
Er schaute kurz prüfend auf den Umschlag und übergab ihn mir. Ich öffnete ihn und zählte fünf Scheine.

„Gojko hat mir aber was von 3000 € erzählt."
„Meine Provision – Bearbeitogebühr, Gojko gesagt, geht klar. Aber dafür du kannst aussuchen scheene Essen, auf Kosten von Haus."
Was soll's, mit dem Streit anzufangen, wäre sicher verkehrt, und ein wenig Hunger hatte ich tatsächlich bekommen, jetzt, da ich mich erleichtert fühlte. Also nahm ich sein Angebot an.
Ich betrachtete die bunte Tafel, auf der die feinen Gerichte abgebildet waren: Grillteller Beograd – Grillteller Adria – Grillteller Nedelja …
„Ich nehme Grillteller Novi Sad", sagte ich. Der war der teuerste.
„Was trinke?"
„Aufs Haus?"
„Auf Haus!"
„Dann ein großes Bier bitte."
Er knallte das Bier vor mich auf den Holztisch hin. Keine fünf Minuten später kam das Essen. Es sah aus wie Grillteller Beograd.
„Und? Gutt?", rief er nach einer Weile hinter seinem Tresen stehend zu meinem Tisch rüber.
Was sollte ich sagen? Abgesehen davon, dass das Fleisch ein wenig trocken war, die Pommes kalt und die Salatbeilage schon welk, war alles ausgezeichnet.
„Ausgezeichnet", rief ich zu ihm hinüber.
„Noch ein Bier? Auf Haus?"
„Nein danke."
Ich wollte seine Großzügigkeit nicht allzu sehr strapazieren. Nach wenigen Bissen war ich auch schon satt. Dieses Gericht überzeugte durch ökonomische Genialität: Es besaß einen hohen Sättigungsfaktor.
Als der Wirt einmal wieder in seinem Hinterzimmer verschwunden war, ergriff ich die Gelegenheit, mich

unbemerkt aus dem Staub zu machen. Ich schlenderte noch ein wenig die Straße entlang und entschloss mich dann, obwohl ich nun so viel Geld dabei hatte, mit der U-Bahn nach Hause zu fahren.

Dadurch, dass ich viel Taxi fahre, weiß ich gar nicht, was mir so alles vorenthalten bleibt. Also mit der U-Bahn zu fahren, das ist was ganz Besonderes. Ich sage nur, das muss man erlebt haben, um mitreden zu können. Und wenn ich U-Bahn fahren sage, dann meine ich auch die richtigen Strecken wie z. B. die im Wedding, in Kreuzberg und auch um den Bahnhof Zoo herum, aber nicht etwa Ruhleben – Ernst-Reuter-Platz.

Vor ein paar Wochen bin ich einmal notgedrungener Weise am Bahnhof Ruhleben in die U-Bahn eingestiegen. Der Zug war fast leer – nun gut, es handelt sich hierbei um einen Endbahnhof im oberirdischen Bereich – und es roch frisch im Waggon, weil einige Türen offen standen. Mir gegenüber saß ein junges Fräulein (jaja, ich weiß, darf man heute nicht mehr sagen) von vielleicht zwanzig, fünfundzwanzig Jahren. Sie war nicht sehr groß, aber gestylt und adrett angezogen – ihr kurzes Mäntelchen bedeckte gerade einmal die Hälfte der Oberschenkel, die sie übereinander geschlagen hatte, kurzum, ein erfrischender Anblick. Sie würdigte mich natürlich keines Blickes, aber ich durfte sie ja auch nicht ständig anschauen, das hätte sie als aufdringlich oder unverschämt empfinden können.
So eine beknackte Situation: Sie sitzt mir also genau gegenüber, und ich schaue mal rechts und mal links an ihr vorbei, und dabei sehe ich entweder Reklame oder Teile des hochinteressanten Interieurs des U-Bahnwaggons oder am Fenster wieder einmal nur die Schwärze des Tunnels, in dem wir uns nun wieder befanden. Die Kleine anzustarren, wäre

nicht nur einfacher, sondern auch viel kurzweiliger gewesen.
Was tut man nicht alles aus Höflichkeit!
Aber das Beste: Sie hat während der gesamten Fahrt nicht ein einziges Mal telefoniert. Nicht einmal, um ihrem Freund oder ihrer Freundin die wichtige Nachricht mitzuteilen, dass sie jetzt in der U-Bahn sitzt. Schade, dass ich am Ernst-Reuter-Platz schon aussteigen musste.
Nein, nein, das war kein wirkliches U-Bahn Fahren.
Aber das, was ich nun erlebte!

Der Bahnsteig voller Menschen. Alle warten auf den Zug.
„Selbst wenn der Zug leer ist, passen doch gar nicht alle da hinein", dachte ich.
Da kommt er. Er ist nicht leer. Zum Glück wollen aber auch Leute hier aussteigen, was sich aber auch als nicht so einfach erweist, da das Gerücht nicht aus der Welt zu schaffen ist, es ginge alles viel schneller, wenn Einsteiger und Aussteiger dieselbe Tür gleichzeitig benutzen. Nachdem nun auf sensationelle Art alle Passanten es geschafft hatten, sich in die Waggons hineinzuquetschen, und sogar ich noch ein schmales Stehplätzchen abbekommen habe, startete dann aber nicht nur die Bahn, sondern auch die große Show.

Das erste, was mir auffiel, war der penetrante Gestank. Vielleicht sollte ich die Verkehrsbetriebe einmal anregen, ähnlich wie in Flugzeugen, Sauerstoffmasken anzubieten. Ich wollte ein Fenster öffnen. Nicht nur, dass es mir nicht gelang, ich bekam auch sofort zu hören:
„Junger Mann, lassen Sie das mal zu. Ich kann keinen Zug vertragen!"
So eine alte Schrippe! Sie saß einige Plätze weiter vorn, aber sie hatte mich genau im Visier. Beinahe hätte ich geantwortet:
„Wenn du keinen Zug verträgst, dann fahr doch mit dem

Bus, du alte Schachtel!"
Aber eben nur beinahe. Es war übrigens der einzige komplette, deutsch gesprochene Satz, den ich auf der gesamten Strecke wahrnahm. Man hörte so ziemlich alle Sprachen, die auf dieser Erde zur Verfügung stehen. Zwei ältere Afrikaner, die neben mir standen und wie ich an den Haltegurten baumelten, unterhielten sich auf Französisch. Die waren am besten zu hören. Die vielen jüngeren Menschen, die auf ihren Plätzen saßen – aufzustehen, um für ältere Leute den Sitzplatz freizumachen, scheint absolut aus der Mode gekommen zu sein –, quasselten irgendeinen Brei in ihre Handys. Niemand, der nicht mit seinem Smartphone beschäftigt war. Es war ein einziges Gequake. Ich sehnte mich nach etwas Ruhe.
An der nächsten Station stiegen viele Leute aus, so konnte ich einen Sitzplatz ergattern. Glücklich lehnte ich mich zurück, da kam wie aus heiterem Himmel ein Penner den Gang entlang gerannt mit einer leeren Konservendose in der Hand und schrie etwas Unverständliches. Er rannte dermaßen schnell, dass selbst ein Gutmensch keine Chance bekam, seine Spende an den Mann zu bringen. Nachdem er mir auf den Fuß getreten war, verschwand er in den anderen Waggons, die bei diesem Zug offen miteinander verbunden waren. Der Typ war weg, aber nicht die „Mauer", die er vor mir aufgestellt hatte.
„So ein stinkendes Schwein", murmelte ich leise, und versuchte nun wieder, das Fenster zu öffnen. Ein kurzer Blick nach vorn, die Zuggegnerin war ausgestiegen. Ich zog wie ein Irrer am Griff, aber mein Zug war zu schwach. Es waren genug jüngere, stärkere Leute anwesend, die mir hätten behilflich sein können. Aber offensichtlich fühlten sie sich wohl bei dem Gestank.
Unverrichteter Dinge nahm ich wieder meinen Platz ein. Er war nun nicht mehr ganz so komfortabel wie eben, da die

dicke Frau mit Kopftuch und geschätzten zwanzig
Plastiktüten, die neben mir saß, es sich zwischenzeitlich
etwas gemütlicher gemacht hatte. Während ich noch damit
beschäftigt war, wenigstens kleine Teile meines
Gebietsverlustes zu retten, bekam ich eine Zeitung vor
meine Nase mehr geschlagen als gehalten.
So ein Obdachlosen-Käseblatt.
Ob der Verkäufer wirklich obdachlos war, entzog sich meiner
Kenntnis, dem Aussehen nach könnte es gestimmt haben.
Aber falls nicht, dann muss es sich bei seinem Etablissement
um eines ohne Bad oder Innentoilette gehandelt haben.
Wenn ich ihm nichts abkaufe, dann müsse er heute
verhungern, sagte er.
„Ich habe heute auch noch nichts Vernünftiges gegessen",
gab ich zur Antwort, „ein bisschen fasten ist ganz gesund!"
Gerade, als er auf mich losgehen wollte, kam der Bekloppte
mit seiner Konservenbüchse wieder angerannt und schubste
dabei den Zeitungs-Penner zur Seite, der daraufhin sein
Glück bei anderen versuchte. Am nächsten Bahnhof stieg
wieder ein Zeitungsverkäufer ein, vom konkurrierenden
Verlag, aber diesmal einer von der höflichen Sorte, und er
war auch nicht so aufdringlich wie der andere zuvor. Das
wurde ihm auch mit einem Erfolg bei einer jungen Frau
gedankt. Vielleicht ist das ja seine Freundin, dachte ich. Die
haben doch heutzutage alle möglichen Tricks drauf. Als der
Langstrecken-Penner im Anmarsch war, zog ich
vorsichtshalber meine Füße ein, so weit es ging. Dafür bolzte
er mir nun gegen mein Knie.
„Jetzt sind wir aber quitt", dachte ich, schließlich hatte er
mir ja gerade das Leben gerettet.

Wenige Stationen später wurde es direkt ruhig im Zug. Der
Langstreckler und die von der Zeitung haben sich lange
nicht sehen lassen, und die drei bis vier Bettler, alle dem

Hungertod nahe, die uns noch mit ihrem Erscheinen zwischenzeitlich beglückten, fielen kaum auf. Ich fühlte, wie die Ruhe, oder sagen wir besser, der gedämpfte Lärm, mir wohltat. Da öffnete sich die Tür. Ein Mann mit einem Akkordeon kam zu uns herein. Dem Gesicht und der Kleidung nach, hat er seine Kunst auf dem Balkan erlernt. Womöglich in einem Wanderzirkus, um mit seinen lieblichen Tönen den Tanzbären bei Laune zu halten. Aber nun auf Grund von Interventionen oder vielleicht sogar Attacken militanter Tierschützer und Umweltaktivisten seines tanzenden Kollegen und damit seines Arbeitsplatzes beraubt, sah er nun in der U-Bahn ein neues Betätigungsfeld. Er spielte nicht schön, aber dafür schön laut:

„Warum ist es am Rhein so schön?"
Die Antwort auf diese Frage lag auf der Hand:
Weil es am Rhein fast keine U-Bahnen gibt.
Im eigentlichen Wortsinn sogar überhaupt keine!
Die Bezeichnung „Rheinische Frohnaturen" für die dort lebenden Menschen muss darin ihren Ursprung haben.

Ich war kaum zu Hause angekommen, da rief Kalle schon an:
„Wie ist es gelaufen?"
„Ganz gut", denke ich, „dank deiner Hilfe. Schachen wir heute?"
„Ja, machen wir, kommst du wieder gegen acht?"
„Okay, dann erzähl ich dir alles."
„Ich bin schon ganz gespannt, mach doch wenigstens eine kleine Andeutung."
„Weißt du, wer Pater Schero ist?"
„Pater Schero? Nie gehört, aber das krieg ich raus. Bis später."

Abends nahm ich mir ein Taxi, fuhr noch an einem Getränkeladen vorbei, um einen Kasten Bier zu holen – ich hatte beim letzten Mal verloren, deshalb war ich dran mit kaufen – und schlug dann den Weg zu Kalles Etablissement ein. Er wohnte in Grunewald in einem Zweifamilienhaus zur Miete bei einer spanischen Gräfin, Señora García. Und das Beste daran, er zahlte für seine fast 200 Quadratmeter weniger Miete als ich für meine nicht annähernd halb so große Bude.
Den Seinen gibt's der Herr eben im Schlaf.
Ich stand mit meinem Bierkasten vor der Villa und drückte auf einen riesigen Klingelknopf. Kalles Auto stand hinter einem großen Eisentor nebenan im Vorgarten. Er fuhr einen alten Saab Cabrio in einem Pflegezustand ähnlich der alten Karre von Inspektor Columbo. Sein Auto war das einzige in der ganzen Straße, das einen Wert von weniger als 100.000 Euro hatte. Kalle fuhr nie offen, auch nicht bei schönstem Wetter.
„Ich weiß nicht, ob ich das Dach dann wieder zubekomme", sagte Kalle, „und wie stehe ich dann da, wenn es regnet?"
Kalle erschien und öffnete die schwere Gartenpforte.
„Gut, dass du an das Bier gedacht hast", begrüßte er mich und geleitete mich zu seiner Behausung.

„Was soll ich auflegen", fragte Kalle. „Pink Floyd oder May Blitz?"
„Für den Anfang was Gediegenes", sagte ich, „mach Pink Floyd."

Während der „Crazy Diamond" am Funkeln war, stellten wir die Figuren auf, losten die Farbe aus (ich bekam die weißen), und Kalle öffnete zwei Bier.
Ich eröffnete die Partie mit einem Damengambit. Wenn ich mit Weiß spiele, eröffne ich immer mit Damengambit.

Anfangs habe ich auch damit fast immer gewonnen. Aber seitdem Kalle auf den Trichter gekommen ist, mein Bauernangebot abzulehnen, ist meine Erfolgsquote auf 50 % geschrumpft. Und prompt, lehnte er wieder ab. So ein Mist. Es hatte mir immer diebische Freude bereitet, zu beobachten, wie der Gegner mit allen Mitteln versuchte, den einen Bauernvorteil zu verteidigen und sich dabei stellungsmäßig immer mehr in Nachteil brachte. Wir spielten anfangs sehr konzentriert. Das Spiel war ausgeglichen. Nun nahm ich meine Flasche und trank erst einmal einen guten Schluck. Kalle überlegte immer noch seinen nächsten Zug.
„Prost Kalle", sagte ich gut gelaunt.
„Ja, prost." Kalle grübelte.
„Pink Floyd ist doch immer wieder ein Hammer, nicht?"
Ich nahm noch einen Schluck und stellte die Flasche wieder hin.
„Ja."
Ich griff nach der Flasche und trank sie in einem Zuge aus.
„Soll ich deine Flasche auch gleich aufmachen, Kalle?"
„Ja, mach." Kalle musste überlegen. Er schien irgendeine Gemeinheit auszukochen.
„Kalle, die Platte ist zu Ende. Soll ich eine neue auflegen?"
„Nein, ich mach' schon."
Dabei versetzte er seinen Läufer. Donnerwetter, damit habe ich nicht gerechnet. Ich legte das Bier aus der Hand und versuchte, den Sinn des letzten Zuges zu ergründen.
„Soll ich jetzt May Blitz auflegen?", fragte Kalle.
„Jaja."
Was hatte der nur vor?
Plötzlich hämmerte aus seiner Stereoanlage „NSU" von „The Cream", und lauter hatte er auch noch gedreht.
„Ich denke, du wolltest ‚May Blitz' auflegen?"
„Mach ich später", dabei zutzelte er an seiner Bierflasche.

Ginger Baker trommelte wie ein Irrer, dabei soll man nun nachdenken. Ich nahm erst einmal einen Schluck Bier. Womöglich hatte der letzte Zug ja keine Bedeutung. Meine zweite Flasche war nun auch leer.
„Wusstest du eigentlich, dass Jack Bruce tot ist?", fragte Kalle, gerade als mir ein Gedanke kam, den ich verfolgen wollte.
„Nein. Hat ihn Ginger Baker zu Tode getrommelt?"
„Leber-Krebs. Wahrscheinlich zu viel gesoffen. Willste noch 'n Bier?"
„Ja, bring."
Als Kalle mit dem Bier wiederkam, tat ich den entscheidenden, vernichtenden Zug. Daraufhin verlor Kalle einen Turm. Jetzt konnte ich mich gemütlich zurücklehnen, mit meinem Bier. Kalle sah mich merkwürdig an, ich konnte meinen Triumph nicht verbergen.
Jetzt legte Kalle ‚May Blitz' auf, machte seinen Zug, und trank seine Flasche aus. Dabei dachte ich, er würde aufgeben.
„Beim Umgang mit einer feinen Dame ist äußerste Vorsicht angebracht, sonst verlässt sie dich", sagte Kalle mit einem bitteren Lächeln.
Verdammter Mist, das hatte ich übersehen!
Enttäuscht warf ich meinen König um.
„Ja, mein Lieber", sagte Kalle,

„Wenn einer, der mit Mühe kaum
geklettert ist auf einen Baum,
schon meint, dass er ein Vogel wär' ...
so irrt sich der!"

„Jetzt fängt wohl die Philosophiestunde an", sagte ich erbost.
„Na, weißt du denn, von wem das ist?", fragte er mit belehrendem Unterton.

„Von Hermann Göring?"
„Hermann Göring???" Dabei prustete er lachend Bier über das Schachbrett.
„Mensch, das ist von Wilhelm Busch. Wie kommst du denn auf Hermann Göring?"
„Na, der hatte doch auch was mit Fliegen zu tun."
„Aber mit Flugzeugen und nicht mit Vögeln. Apropos Vögeln, hast du deine Braut inzwischen gesehen?"
„Nein, sie ist auch nicht meine Braut."
Ich war immer noch böse.
„Los komm, nächste Partie, musste jetzt halt besser aufpassen. Übrigens, einen Pater Schero kennt keiner, meintest du vielleicht Pater Zero?"
„Kann auch sein."
„Ja, aber den kennt auch keiner."
„Du bist mir ja eine richtige große Hilfe."
Kalle trank sein Bier aus und salbaderte: „Oft kommt es auf den Zusammenhang an. Aus dem Zusammenhang herausgerissene Dinge erscheinen oft in einem ganz anderen Licht. Aber durch den Zusammenhang ergießt sich der Weisheit Erleuchtung über …"
„Du Kalle, das ist mir jetzt zu hoch", unterbrach ich seine weisen Ergüsse, „aber der Kommissar fragte mich neben Felsenstein noch nach Pater Schero und Hans Neuenfels, glaub' ich."
Kalle grübelte. Dann aber kam er aus sich heraus.
„Wann warst du denn das letzte Mal in der Oper?"
„Jetzt fang du nicht auch damit an!", schimpfte ich.
„Ist ja merkwürdig, dass dich die Kripo über Opern ausfragt. Ich dachte es ging um geschmuggelte Waffen, allerdings gibt es tatsächlich eine Oper mit Schmugglern, aber darin geht es um Zigarettenschmuggel, soweit ich weiß, nicht um Waffen, obwohl, Waffen kommen natürlich in dieser Oper auch vor, sonst wäre ja auch das Morden nicht so einfach."

„Ja, Kalle. Und wieso fragtest du mich nun nach Opern?"
„Weil Walter Felsenstein, Hans Neuenfels, und du meinst wahrscheinlich Patrice Chéreau, alles anerkannte Opernregisseure waren oder noch sind, wobei bei dem einen die Meinungen auseinandergehen."
„Ich glaube, ich sollte jetzt wirklich mal in die Oper gehen", sagte ich resigniert.
„Ja, mach doch. In der Bismarckstraße gibt es gerade den Fliegenden Holländer."
Mittlerweile hatten wir die zweite Partie schon eröffnet und saßen schon wieder auf dem Trockenen.
„Wir sitzen auf dem Trockenen", sagte ich zu Kalle, während er sich für mich die nächste Schweinerei ausdachte.
„Geh du holen!"
Ich ging zu seinem Kühlschrank und holte vier Bier. Auf dem Weg zurück zu seinem Salon hätte ich mich beinahe verlaufen.
„Sag, Kalle, wie bist du eigentlich an diese Bude herangekommen, durch die Zeitung oder durch Beziehung?"
„Teils, teils", sagte Kalle. „Vor schlappen zwanzig Jahren kam bei uns mal ein Anruf rein von einer Frau, die einen Artikel veröffentlichen wollte. Dabei ging es irgendwie um katalanische Separatisten. Für so eine langweilige Drecksarbeit war ich gut genug, also hat mich der Redakteur dorthin – also hierher – geschickt. Ich solle mir doch mal anhören, ob die alte Schabracke was Brauchbares auszukotzen hätte.
‚Sie können das doch so gut, dafür sind Sie genau der richtige Mann', hatte dieses Schwein gesagt. Ich also bei der aufgekreuzt, und dann hat sie erst einmal versucht, mich mit ein paar Gläschen Sherry zu becircen. Sie war damals schon nicht mehr ganz frisch. Dann musste ich mir ihr Geseibel etwa eine Stunde anhören und zwischendurch kam immer wieder ‚una copita de Jerez, Señor?', die wollte mich

besoffen machen. Jedenfalls habe ich ihr gesagt, dass ich erst einmal mit der Redaktion abzuklären hätte, ob und wann der Artikel erscheinen könne, und ich müsse jetzt aber dringend weg, da ich noch einen Termin für eine Wohnungsbesichtigung hätte.
‚Was suchen Sie denn für eine Wohnung?', hat sie mich daraufhin gefragt. Da habe ich ihr erzählt, so zwei bis drei Zimmer, höchstens 1000 Mark warm. Worauf sie meinte, ihre obere Etage würde nächsten Monat frei, weil die Schwester nach Spanien zurückgeht, da könnte ich doch einziehen und 1000 Mark gingen in Ordnung. Ja, so war das. Natürlich musste ich dafür dem Redakteur mächtig in den Arsch kriechen, damit der Artikel überhaupt erscheinen durfte."
„Kalle, du bist ein richtiger Glückspilz. Da bewohnst du nun eine halbe Villa in Grunewald für schlappe 500 Euro."
„Von wegen", wandte Kalle ein, „die geldgierige Hexe hat mir seitdem schon paarmal die Miete erhöht. Mittlerweile zahle ich schon fast 700 Klötzer."

Nachdem wir eine Weile gespielt hatten und ich, in Bedrängnis geraten, verzweifelt nach dem genialen Zug suchte, was in Anbetracht der wenigen bereits konsumierten Biere sich als schwierig darstellte, fing Kalle auf einmal an, zu lachen. So richtig aus vollem Herzen.
„Was ist denn los, Kalle?"
„Ach, ich stelle mir gerade vor, wie ...", er konnte vor lauter Lachen kaum reden, „wie der dicke Hermann Göring mühselig auf einen Baum klettert und ...", er bekam sich gar nicht mehr ein, „und dann auf einem Ast sitzt und mit ausgestreckten Armen Flugbewegungen macht."
Und während er lachte, machte er Hermann Görings Flugbewegungen.
Als Kalle wieder auf den – im wahrsten Sinne des Wortes –

Boden der Realität zurückgekommen war, stellte er die Frage, auf die ich zwar schon den ganzen Abend gewartet hatte, aber letztendlich hoffte, sie würde doch nicht mehr kommen:

„Was wolltest du mir denn nun beichten?"

„Es geht um unsere Wette."

„Was ist damit? Ich hab dir doch gesagt, du bekommst deine 500 Mäuse nächsten Monat."

„Nein, das ist es nicht. Kalle, du kannst dein Geld behalten."

„Na, das ist ja edel von dir, und ich dachte, du wärest stinkig, weil du eben verloren hast und lässt jetzt den Kuckuckskleber heraushängen. Und wo ist der Haken?"

„Du sollst mir ein gnädiger Beichtvater sein."

„Geht in Ordnung", sagte Kalle und machte noch zwei Bier auf. Seine soeben wiedererlangten 500 Euro ließen sein Herz höher schlagen.

„Mein Sohn, welche schweren Sünden hast du begangen?", sprach Monsignore Karl-Heinz.

Ich erzählte ihm von Gojko, und dass er der eigentliche Antrieb für die Container-Aktion war und ich von ihm, also Kalle, noch ein paar Informationen brauchte, die ich ja auch bekam, und die Wette mehr oder weniger ein amüsantes Nebenprodukt der ganzen Unternehmung darstellte, und im übrigen hätte ich sie ja auch verlieren können, schließlich war auch ein Riesen-Massel dabei, dass ich auf Schleswig-Schuby gestoßen bin.

„Auf der A7?", fragte Monsignore Karl-Heinz.

„Was für eine A7?"

„Ich kann dir nur Absolution erteilen, wenn ich die ganze Wahrheit erfahre. Wolltest du nach Dänemark?"

„Was soll ich denn in Dänemark? Hier regnet's doch wohl genug."

„Du hast doch von Schleswig-Schuby angefangen. Mann, das ist nur wenige Ausfahrten vor der dänischen Grenze!"

Mein Beichtvater war sichtlich aufgebracht. Meine Absolution stand auf dem Spiel.

„Mensch Kalle", sagte ich respektlos und jede Etikette missachtend, „mir ist gerade ein Licht aufgegangen, aber Schleswig-Schuby hieß doch auch der Anwalt, dessen Rolle ich für kurze Zeit spielen durfte."

„Ist mir schlecht!", sprach Hochwürden, „die Leute werden immer bekloppter. Bald gibt es Anwälte, die ‚Waidmannsluster Damm' oder ‚Dreieck Charlottenburg' heißen."

Zu guter Letzt erzählte ich ihm noch von dem geheimnisvollen Umschlag und dem Honorar, was ich mir abholte.

Schließlich kamen die erlösenden Worte:

„Ego te absolvo."

„Und wie viele ‚Vaterunser' und ‚Ave Maria'?"

„Drei Kästen Bier und zwei Flaschen Havana Club. Ist jedoch abgegolten mit den 500 Steinen. Aber unter Vorbehalt."

„Wieso das?"

„Wenn in den Mäusen Heroin oder anderes Mistzeug drin ist, willst du, dass das in den Handel kommt?"

„Natürlich nicht, aber der Container ist doch beschlagnahmt."

„Aber nur wegen der paar Sturmgewehre, und wenn die Importeure an Hand von gefälschten Papieren glaubhaft darlegen können, dass die Bleispritzen nichts, aber auch gar nichts mit ihrer Bestellung zu tun haben und ihnen nur übel mitgespielt wurde, dann werden nur die Waffen konfisziert und der Container mit dem Computerkram geht womöglich raus. Du hast doch eben erzählt, dass deine Freunde einen Draht zum Zoll haben."

„Das sind aber nicht meine Freunde", sagte ich, „den einen kenne ich gar nicht, und der andere war mal ein Kollege, den

ich obendrein zuvor zwanzig Jahre nicht gesehen habe."
„Jedenfalls darf das Zeug nicht unter die Leute kommen, wir müssen uns da was einfallen lassen."
„Ich werde drüber nachdenken", sagte ich beschwichtigend.
„Und da ist noch etwas", Kalle wurde noch ernster.
„Der Gojko taucht ja vielleicht unter, aber dass dieser Slavko deinen Namen irgendwo gespeichert hat, ist gar nicht gut. Wenn der ganze Handel womöglich zu dem zurückverfolgt wird, steckst du als Mitwisser ganz tief drin. Es will alles gut überlegt sein."
An vernünftiges Schachspielen war nun nicht mehr zu denken. Die zweite Partie ging auch flöten. An eine dritte kann ich mich gar nicht mehr erinnern. Bedrückt fuhr ich nach Hause, dabei hatte der Abend so schön angefangen.

7. Kapitel

Als ich am nächsten Morgen erwachte, hatte ich Kopfschmerzen. Wahrscheinlich war eins der Biere nicht mehr gut gewesen. Ich nahm mir nun aber wirklich vor, weniger zu saufen. Aber es war diesmal auch nicht ganz so schlimm, wie bei der letzten Besäufnis. Mir kam wieder in Erinnerung, dass Gisela mich abfing und mich an mein Versprechen erinnerte. Um sie loszuwerden, habe ich ‚morgen Abend' gesagt. ‚Morgen Abend machen wir das, um sieben Uhr'.
Was soll's, bis zum Abend ist es noch Zeit und der Tag ist lang. Vielleicht kommt die Lösung für dieses Problem ja wieder ins Haus geflattert.
Nach einigen Stunden Rekonvaleszenz, beschloss ich, zum Ku'damm zum Herrenausstatter zu fahren, um mir ein paar neue Klamotten zu kaufen. Gesagt, getan. Ich steckte mir das Kuvert mit dem Geld ein.

Klamotten einzukaufen ist so was von ätzend. Die meisten Sachen sitzen nicht richtig oder sehen grauenhaft aus, und hat man endlich was gefunden, ist die Größe vergriffen. Plünnen einzukaufen ist eine Strafe. Und das kostet Zeit, nicht nur Geld. Warum die Frauen das so gerne machen, wird mir immer ein Rätsel bleiben. Nach etwa drei Stunden hatte ich endlich eine Hose, ein passendes Jackett und ein Oberhemd gefunden. Jetzt fehlten noch Schuhe. Das dauerte nochmals weitere zwei Stunden. Der ganze Kram hatte fast einen Tausender gekostet, dafür habe ich die neuen Sachen gleich anbehalten und die alten einpacken lassen. Jetzt nichts wie nach Hause.
„Taxi!"
„Knobelsdorffstraße!"
Eigentlich schade um die schönen neuen Sachen, die dann

keiner mehr sieht. Ich selbst habe ja noch am wenigsten von den Kleidern, aber die anderen Leute erfreuen sich schließlich an meinem Anblick.

„Wir ändern das Fahrziel: Alt-Moabit, Fidel-Castro", lautete meine Anweisung. Ich werde dieser kleinen feurigen Latina eine Freude bereiten.

Als ich aus dem Auto stieg, fühlte ich mich wie ein polnischer Graf. Gottfried Keller hatte also Recht: Kleider machen Leute. Bisher dachte ich immer, es sei umgekehrt. Kurz vor dem Restaurant-Garten hielt ich schon Ausschau. Von der Bedienung war niemand in Sichtweite, aber wer saß dort vorne in der Ecke bei einer Kugel Rotwein? Mein Puls beschleunigte auf achtzig und mein Blutdruck auf gefühlte 200. Sie hat mich noch nicht gesehen. Ich lief einen Bogen und trat von hinten an ihren Tisch.

„Na, wenn das nicht die Traute ist!", rief ich Überraschung heuchelnd. „Oder soll ich wieder Frau Dr. Schmitt-Witzleben sagen?"

Sie sah mich nur an – mit ihren geheimnisvollen Augen. In ihrem Gesicht war keine Gefühlsregung zu erkennen. Der mache ich durch meinen Anblick jedenfalls keine Freude, dachte ich.

„Darf ich mich zu Ihnen setzen?"

„Sie sitzen ja schon."

Das stimmte, ich habe das vor lauter Aufregung gar nicht wahrgenommen. Ich war wie durch den Wind. Wie ein Untersekundaner bei seinem allerersten Date.

„Heute so in Schale?"

Aha, sie spricht wenigstens mit mir.

„Extra für Sie."

Der Ober war in der Nähe. Ich orderte zwei Glas Rotwein.

„Sie trinken doch noch ein Glas mit mir, oder? Ich möchte doch mein Versprechen einlösen."

Während ich das sagte, fiel mir Gisela ein.

„Welches Versprechen, bitte schön?"
„Beim letzten Mal wollte ich Sie einladen, aber Sie übernahmen einfach die Rechnung."
„Stimmt."
Sehr gesprächig ist sie ja nicht gerade. Aber auch mir fiel nichts Gescheites ein, dabei habe ich diesen Augenblick herbeigesehnt.
„Ich freue mich, dass ich Sie wiedersehen darf, obwohl Sie mich beim letzten Mal ganz schön im Regen stehen ließen", sagte ich steif.
„Soweit ich mich erinnern kann, hat es an dem Tag aber nicht geregnet."
Dieses Luder verarscht mich auch noch. Ich muss anders anfangen.
„Geben Sie doch zu, Sie sind doch nur zu mir nach Hause mitgefahren, um meinen Namen und meine Adresse zu überprüfen."
„Und wenn es so wäre?"
„Dann haben Sie mich ganz schön an der Nase herumgeführt."
„Also, Herr Czybulsky ..."
„Sie dürfen ruhig Andrzej zu mir sagen, meine Freunde nennen mich Ändy", warf ich ein.
„Dann eben Andrzej, wer hat denn wen an der Nase herumgeführt?"
„Meinen Sie wegen Wagner?"
„Ich meine alles. Erst die Nummer mit ‚Schleswig-Schuby', dann erfinden Sie eine Wette, mir erzählen Sie was von Wagner und Opern, dabei haben Sie davon null Ahnung. Sie kennen ja noch nicht einmal Patrice Chéreau."
Hier zuckte sie leicht, als hätte sie sich lieber auf die Zunge gebissen.
Mich durchfuhr es aber ebenfalls. Das wusste sie also auch schon, das heißt, die quatscht noch mit ihrem Exmann.

„Wenn Sie das wissen, dann ist Ihnen wohl auch der wahre Grund meines Erscheinens beim Zollamt zu Ohren gekommen."
Ab hier könnte es für mich peinlich werden. Sie sah ein, dass Leugnen an dieser Stelle sinnlos gewesen wäre.
„Ob das wirklich der wahre Grund war, wage ich zu bezweifeln, aber ja, Ihre neueste Version ist mir zugetragen worden."
„Dabei hatte mir der Hauptkommissar Diskretion zugesichert. Es war nicht rechtens, das überall herumzuerzählen."
„Nun übertreiben Sie mal nicht, Herr Andrzej! Das Gespräch, das ich mit meinem Ex-Ehegatten geführt habe, war rein dienstlicher Natur. Insofern war alles rechtens. Im übrigen bin ich ja auch diskret."
Dabei verzog sie fast spöttisch den Mund.
Mittlerweile hatten wir unseren Rotwein ausgetrunken, ich bestellte zwei neue Gläser.
„Ich hatte aber den Eindruck, dass Ihr Mann mir glaubt."
„Glauben *Sie*!"
„Er hat mir sogar geraten, Blumen zu kaufen und Ihnen einen Heiratsantrag zu machen."
Ich wusste schon gar nicht mehr, was ich da sage, aus lauter Verlegenheit.
„Über Blumen hätte ich mich sogar gefreut."
Das nahm ich ihr ab. Alle Frauen freuen sich über Blumen. Wir tranken einen Schluck. Sie hielt noch ihr riesiges Glas in der Hand, betrachtete gedankenverloren dessen Inhalt und sagte dann nach einer Pause leise, so in einem Ton, als würde sie mir nun ein großes Geheimnis verraten:
„Sie glauben schon selbst das, was Sie so von sich geben, stimmt's, Ändy?"
Jetzt fiel mir wieder die Option ein, mich auf dem Herrenklo

aufzuhängen. Aber halt! Sie hat „Ändy" gesagt.
Weg war sie, die Todessehnsucht!
Ich bekam neuen Mut:
„Sie haben aber keinen guten Eindruck von mir, Frau Doktor. Darf ich Sie nun wieder ‚Traute' nennen?"
„Wenn Sie zugeben, dass das mit dem Heiratsantrag sich anders zugetragen hat, dann von mir aus", sagte sie gönnerhaft.
„Das gebe ich zu. Es war auch spaßig gemeint, aber wenn ich so recht darüber nachdenke, dann könnte mir der Gedanke schon gefallen."
„Zum Glück gehören dazu aber zwei", konterte sie, „und im übrigen werde ich aus Ihnen nicht schlau. Vielleicht haben Sie sich ja wirklich ein kleines bisschen in mich verguckt ..."
(Ein kleines bisschen, wenn die wüsste!)
„... und dass Sie mich hier unbemerkt beobachten konnten, erscheint mir nur zweifelhaft, aber dass der Kellner Ihnen diese Information über mich zugesteckt haben soll, halte ich für ein Gerücht."
„Wieso?"
„Weil ich ihn gefragt habe."
„Vielleicht haben Sie den Falschen gefragt."
„Es kommt aber nur einer in Frage."
„Er ist eben diskret." So langsam fand ich meine Form wieder.
„Salut, Traute!"
Wir stießen an und tranken. Sie stellte ihr Glas ab, rückte etwas vom Tisch ab und schlug ihre Beine übereinander. Welch eine Enttäuschung! Sie trug Jeans! – Allerdings, sehr enge Jeans.
Jeans, die ihre Knöchel frei ließen und die hochhackigen Schuhe betonten.
Ich hatte doch die ganze Zeit das Gefühl, dass ich etwas an ihr vermisse.

„Ich habe die ganze Zeit das Gefühl, dass Sie noch etwas verbergen", sagte sie mir ins Gesicht. Ihre Augen waren unwiderstehlich.
„Da ist noch mehr. Mein Gefühl hat sich noch nie getäuscht."
„Mit den Gefühlen ist das so eine Sache", versuchte ich abzuwiegeln, und dabei fragte ich mich, wo diese Hormonkiller schon wieder stecken, denn die La-Ola wütete schon wieder in meinem Bauch.
Am Nachbartisch servierte jetzt die kleine feurige Latina. Ich wollte sie freundlich herbeiwinken, aber sie warf mir nur einen kalten Blick zu und entschwand.
„Ist schon gut", sagte Traute und erhob sich. „Ich habe auch genug und muss jetzt gehen. Danke für die Einladung."
„Darf ich Sie wiedersehen?"
„Vielleicht", sagte Traute und entschwand ebenfalls.
Ich zahlte und rief mir ein Taxi.
„Jetzt aber Knobelsdorffstraße", sagte ich, es war derselbe Fahrer wie vorhin.

Die ganze Zeit im Taxi dachte ich nur an Traute. Sie hat „vielleicht" gesagt, also nicht „nein". Ob ich morgen wieder dorthin fahre?

„Was ist denn hier los?", fragte der Taxifahrer.
Er wollte gerade in die Zielstraße einbiegen, als ein quer stehendes Polizeiauto ihm die Zufahrt verwehrte. In der Nähe meiner Wohnung war alles voller Blaulicht. Ich zahlte und ging zu Fuß weiter. Schon aus der Entfernung sah ich vor meiner Haustür zwei Löschzüge und zwei Notarztwagen von der Feuerwehr und mindestens fünf Polizeifahrzeuge stehen. Die Polizei war gerade dabei, die Schaulustigen von meiner Haustür fernzuhalten.
„Der arme Hund", hörte ich einen von ihnen sagen.
„Schade um das schöne Tier", meinte ein anderer.

Ich bahnte mir einen Weg durch die Menge, um zu meiner Haustür zu gelangen. Rettungssanitäter und Notärzte kauerten auf dem Boden um einen Frauenkörper herum. Etwas abseits davon stand schreiend der Sozialhilfeempfänger von schräg gegenüber, der immer seinem Kalb von einem Hund gestattete, vor unserer Haustür sein Geschäft zu verrichten. Der Bastard von einer Riesentöle lag neben ihm. Da sah ich Frau Neumann.
„Was ist denn passiert?", fragte ich sie aufgeregt.
„Ach, furchtbar, ganz furchtbar, Herr Andreas!" Dabei weinte sie. „Die arme Gisela."
„Was ist denn Gisela passiert?", fragte ich aufgeregt. „Ist sie etwa von diesem Scheißköter gebissen worden?"
„Nein, viel schlimmer. Sie ist aus dem Fenster gesprungen."
„Aber Gisela wohnt doch parterre. Niemand springt parterre aus dem Fenster, um sich das Leben zu nehmen."
Ich schöpfte wieder etwas Hoffnung, andererseits auch wieder nicht, denn Gisela ist zwar ein wenig verrückt, aber nicht so doof, um sich durch einen Sprung aus einer Parterrewohnung umzubringen. Frau Neumann lieferte die Erklärung:
„Sie ist doch aus dem dritten Stock gesprungen, aus Ihrer Wohnung."
„Aus meiner Wohnung? Was macht die in meiner Wohnung?"
Ich schaute hoch, mein Fenster stand offen.
Jetzt sah ich, wie die Sanitäter einen abgedeckten Körper auf einer Trage in den Notarztwagen verfrachteten. An der Stelle, wo Gisela gelegen haben musste, war eine riesige Blutlache. Das Feuerwehrauto setzte sich in Bewegung. Nur Blaulicht, keine Sirene.
„Jessus, Maria! Jessus, Maria und Josef!" Ich kämpfte mit den Tränen.
„Frau Neumann, haben Sie mitbekommen, wie Gisela in

meine Wohnung gelangt ist?", fragte ich mit zitternder Stimme.
„Ich habe mitbekommen, dass Gisela an Ihrer Tür geklingelt und geklopft hat." Es war mehr ein Schluchzen als ein Sprechen. „Das ging eine ganze Weile so ..."
Gisela kann hartnäckig sein, das wusste ich.
„... Ich habe dann nach oben gerufen: ‚Der Herr Andreas wird nicht zu Hause sein!' ‚Glaub ich nicht', rief Gisela nach unten, ‚der muss da sein, er hat mir nämlich was versprochen.' Und dann klopfte sie weiter, bis sich die Tür öffnete und wieder schloss. Und da dachte ich, ich hätte mich geirrt und Sie wären wirklich zu Hause."
Frau Neumann sprach in Rätseln. Ich musste Näheres erfahren und versuchte an die Haustür zu gelangen.
„Stopp! Da können Sie jetzt nicht rein! Treten Sie zurück!", fauchte mich ein Kerl in Zivilkleidung an.
„Was soll das heißen? Sind Sie überhaupt befugt? Ich wohne hier, im dritten Stock."
„Heißen Sie Czybulsky?", wollte er wissen.
„Ja."
„Kommen Sie!" Er führte mich zu einer Gruppe mit zwei anderen Zivilisten und drei Uniformierten.
„Das ist der Mann, dem die Wohnung gehört", sagte er zu einem in Zivil.
„Heißen Sie Czybulsky?", fragte mich dieser und als ich bejahte, wollte er meinen Ausweis sehen. Dann fuhr er fort: „Ich bin Oberkommissar Werner vom LKA 1 und das sind meine Kollegen."
„LKA?", wiederholte ich gedankenverloren.
„Ja, Landeskriminalamt, wir werden jetzt hier alles unter die Lupe nehmen. Das kann ein Weilchen dauern.
„Warum ist sie denn gesprungen?", fragte ich völlig irrational, woher sollte der das wissen.
„So viel steht jetzt schon einmal fest: Freiwillig ist die nicht

gesprungen. Selbstmord können wir ausschließen."
„Oh mein Gott, ist sie tot?"
„Herr Czybulsky, wo waren Sie heute zwischen 19.30 Uhr und 20.00 Uhr?"
„Ich war in einem Restaurant und bin eben mit der Taxe hier angekommen."
„Kann das jemand bestätigen?"
„Ich denke, schon, ich war mit einer Frau dort."
„Sie müssen das gleich bei meinem Kollegen zu Protokoll geben."
„Wissen Sie, ob sie noch lebt?"
„Herr Czybulsky, hat noch jemand Schlüssel zu Ihrer Wohnung?"
„Nicht dass ich wüsste. Kann ich denn in meine Wohnung rein?"
„Ja, wir gehen gleich zusammen rein, aber wir dürfen die Spurensicherung nicht behindern, und ich möchte Sie auch schon einmal vorwarnen, es sieht dort etwas durcheinander aus."
In meiner Wohnung bot sich mir ein trauriges Bild. Umgekipptes Mobiliar, auf dem Fußboden zerbrochenes Glas und Porzellan und geöffnete Schranktüren und Schubladen. Mein Blick fiel auf die Schreibtischschublade. Sie war fast leer, das meiste lag auf der Erde. Ich dachte an Gojkos Kuvert. Das schien dem Kommissar aufgefallen zu sein.
„Fehlt etwas?", fragte er.
„Kann ich noch nicht sagen", gab ich zur Antwort. „Aber Sie könnten mir jetzt endlich sagen, was mit Gisela ist."
„Sind Sie verwandt oder verschwägert mit der Frau Bertram?"
Mir schossen die Tränen in die Augen. Er drückte sich um die Antwort.
„Also ist sie tot", sagte ich und setzte mich auf die Kante eines umgekippten Stuhles. „So einen Sturz aus dieser Höhe

kann man doch gar nicht überleben", jammerte ich.
Heulend fügte ich hinzu: „Wir waren nicht verwandt, sie war nur meine Nachbarin, aber sie war wie ein Freund."
„Wer hat denn gesagt, dass sie tot ist? Nun beruhigen Sie sich mal wieder! Sie hatte noch Glück im Unglück, weil sie auf diesen Hund gefallen ist. Der hat allerdings für seine Heldentat mit dem Leben bezahlt", meinte der Kommissar gefühlskalt, denn nun war mir dieser arme, liebenswerte Hund schlagartig sympathisch.
Sein Handy klingelte. Der Klingelton war die Titelmelodie aus dem Film „Der Clou".
Er wandte sich ab und telefonierte auf dem Korridor weiter.
„Wissen wir noch nicht", sagte er. „Nein, nein ... ich denke Martin-Luther ... völlig ausgeschlossen ... ich glaube nicht ... glaube mir, ich sehe so etwas nicht zum ersten Mal ..."
Wie im Traum lief ich aus der Wohnung die Treppe hinunter. Ich hörte noch den Kommissar mir hinterher rufen:
„Haben Sie die Möglichkeit, heute Nacht woanders zu schlafen?"
Unten trat ich aus der Tür. Ich suchte unter den Menschen Frau Neumann. Aber sie war nicht zu sehen. Träumte ich wirklich oder sah ich jetzt Kalle? Er kam auf mich zu und umarmte mich tröstend.
„Du kannst dir nicht vorstellen, wie leid mir das alles tut", sagte er.
„Du, Ändy, wir werden das Schwein kriegen!"
„Kalle, weißt du, was mit Gisela ist?"
Woher sollte er das so schnell erfahren haben? Ich folgte einfach meiner Gewohnheit, Kalle in aktuellen Angelegenheiten immer zuerst zu fragen.
„Sie wurde ins Martin-Luther-Krankenhaus gebracht, mehr konnte ich noch nicht erfahren. Mein Gott, was war das für ein fröhliches, verrücktes Huhn und jetzt so etwas!"

„Kalle, kann ich heute Nacht bei dir schlafen?"
„Aber klar, Ändy, ich muss hier nur noch etwas eruieren und … hast du schon eine Aussage machen müssen? Nicht? Dann bringen wir das schnell hinter uns."
Kalle sprach mit einem der Beamten, der mir daraufhin einige Fragen stellte und mich auch noch einmal nach meinem Alibi befragte. Meine Antworten schrieb er auf einen Zettel. Dann übergab er mir ein Kärtchen und bekam dafür von Kalle eins.
„So", sagte Kalle, „wir können abhauen. Mehr erfahren wir heute sowieso nicht mehr. Und morgen früh werden wir wissen, ob du wieder in deine Bude rein darfst."

Ich weiß nicht mehr, wie ich in Kalles Auto hinein gekommen bin, geschweige denn in seine Wohnung. Aber wir saßen in seinem Salon und tranken einen Cuba Libre. Es können auch zwei oder drei gewesen sein. Ein vernünftiges Gespräch kam nicht zustande, denn ich gab mir für das ganze Geschehen die Schuld, was Kalle, um mich zu trösten, bestritt. War ich sowieso schon aufgedreht, so wurde meine Unruhe durch die Cola noch verstärkt. An Schlafen war eh nicht zu denken. Es war etwa Null Uhr, als ich es nicht mehr aushielt.
„Du, Kalle, ich muss ins Krankenhaus fahren."
„O.K., ich komm mit. Wir nehmen aber lieber ein Taxi."
Vor der Rettungsstelle des Martin-Luther-Krankenhauses angekommen, zeigte sich Kalle doch recht betroffen:
„Ändy, ich warte hier draußen, sieh zu, was du erreichen kannst."
Die kleine Info-Box gleich am Eingang war nicht mehr besetzt, deshalb klopfte ich an die erste Tür. Eine der Nachtschwestern erschien und sah mich fragend an.
„Guten Abend, mein Name ist Czybulsky, ich wollte mich nach einer Frau Gisela Bertram erkundigen."

„Sind Sie der Ehemann oder ein Verwandter? Wir haben schon verzweifelt versucht, Verwandte von Frau Bertram ausfindig zu machen."
„Ich bin der Nachbar. Wie geht es ihr?"
„Sie liegt auf der Intensivstation. Wir fragen am besten den diensthabenden Arzt."
Sie lief vor mir den Gang entlang, verschwand hinter einer Tür, die sie durch Eingabe eines Zahlencodes öffnete und erschien danach mit dem Arzt. Dieser schaute mich sehr ernst an und fragte:
„Sie sind der Bruder?"
„Nein, nur der Nachbar, kann ich zu ihr?"
„Kommen Sie mit. Herr Bertram …"
„Nein, Czybulsky, ich bin der Nachbar."
„Frau Bertram hat schwere Verletzungen erlitten. Sie steht unter dem Einfluss starker Schmerzmittel und schläft."
„Aber wird sie durchkommen?"
Die Antwort auf diese Frage fürchtete ich wie der Teufel das Weihwasser.
„Wir gehen einmal davon aus. Natürlich ist ihr Zustand kritisch. Aber der Hund hat den Sturz etwas abgefangen und Schlimmeres verhindert. Nun gehen Sie jetzt ruhig zu ihr."
Um überhaupt etwas erkennen zu können, musste ich meine Augen trocken wischen. Gisela lag friedlich da, an eine piepende Maschine angeschlossen. Lauter Schläuche führten zu ihrem Körper. Alles, was der Verband noch frei gelassen hatte, waren ihre Augen, die Nase und der Mund. Gisela schlief. Zumindest hielt sie die Augen geschlossen. Ich saß eine ganze Weile an ihrem Bett und schaute sie an. In meinem ganzen Leben habe ich mich nicht so elend gefühlt wie jetzt.
„Gisela", flüsterte ich, „Gisela."
Aber Gisela hörte mich nicht. Ich tröstete mich damit, dass sie im Schlaf wenigstens keine Schmerzen spürt. Da ich

augenblicklich nichts für sie tun konnte, ließ ich mir von der Schwester noch die Telefonnummer der Station geben und begab mich wieder zu Kalle.

8. Kapitel

„Aufwachen, Ändy!"
Kalle rüttelte an meinem Arm. Langsam kam ich zu mir. Ich hatte einen fürchterlichen Alptraum. Ich lag auf Kalles Couch unter einer dünnen Decke.
„Ändy, wir müssen los, ich habe dem Kommissar versprochen, dass wir heute um 10 Uhr an deiner Wohnung sind."
Schlagartig wurde ich gewahr, dass es sich nicht um einen Alptraum handelte, und ich sah wieder Gisela vor mir liegen. Ich musste mich zusammenreißen, um wenigstens primitive Aufgaben erledigen zu können. Wie schlafwandlerisch gelangte ich in Kalles Auto und stand auf einmal vor meiner Haustür. Kommissar Werner stieg aus einem parkenden Wagen und begab sich auf uns zu.
„Guten Morgen, meine Herren", begrüßte er uns, „wollen wir nach oben gehen?"
Die Frage war eher rhetorisch gemeint. Er machte keine Anstalten, sich durch eine eventuell verneinende Antwort von seinem Vorhaben abbringen zu lassen. Oben angekommen, klopfte er an meine Tür. Ein Polizist öffnete.
„Danke, Schulz, Sie können jetzt gehen, ich übernehme das hier."
Wir traten ein. Es war schon etwas aufgeräumter als gestern Abend. Die Stühle waren aufgestellt, Schubladen und Schranktüren geschlossen und die Scherben auf der Erde an die Zimmerwand gefegt.
„Ich denke, wir setzen uns", fing Werner an, „die Spurensicherung ist abgeschlossen, Sie können Ihre Wohnung wieder einnehmen. Ach und ... Herr Czybulsky, ich würde gerne mit Ihnen allein sprechen." Und zu Kalle gewandt:
„Herr Galla, danke für Ihre Hilfe, ich hätte dann später an

Sie auch noch ein paar Fragen."

„Kein Problem", sagte Kalle, „ich warte unten im Auto."

„Das mit Ihrer Nachbarin tut mir sehr leid, Herr Czybulsky, ich verrate Ihnen, dass Sie mein erster Hauptverdächtiger waren. Am Türschloss waren keine Spuren einer Gewaltanwendung zu erkennen. Der Täter muss also entweder einen Nachschlüssel oder ein Spezialwerkzeug benutzt haben, es sei denn, Sie haben das Schloss nur einschnappen lassen."

Dabei sah er mich fragend an. Ich überlegte kurz. Konnte das sein?

„Ausgeschlossen!", sagte ich, „es war abgeschlossen, zweimal sogar."

Werner notierte sich etwas.

„Nach unseren bisherigen Ermittlungen und gemäß den vorliegenden Aussagen der Nachbarn, hat sich folgendes zugetragen:

Frau Bertram klopfte bzw. klingelte so lange an Ihrer Tür, bis der Täter, der sich zuvor auf noch nicht geklärte Weise Zugang zu Ihrer Wohnung verschafft hatte, öffnete und Ihre Nachbarin wahrscheinlich gewaltsam in die Wohnung zog. Dann hat ein Kampf zwischen Täter und Opfer stattgefunden, wie die Spuren eindeutig belegen. Womöglich hat dann Ihre Nachbarin das Fenster sogar selbst geöffnet, vielleicht um Hilfe zu rufen und ist dann vom Täter hinausgestoßen worden. Verschiedene Zeugen haben auf der Straße einen Mann mit einem Kapuzenshirt weglaufen sehen. Allerdings widersprechen sich hier die Aussagen in einigen Punkten. Sie, Herr Czybulsky, scheiden für mich als direkter Täter jedenfalls aus, wir haben Ihr Alibi überprüft. Aber jetzt kommen wir zur entscheidenden Frage: Wenn es ein Einbruch war, fehlen dann irgendwelche Wertgegenstände?"

„Große Werte besitze ich nicht, ich glaube, es fehlt nichts.

Der Computer ist auch noch da."
Diese Antwort war dumm, ich hätte meine Rolex als vermisst melden sollen, aber für solche Raffinessen stand mir noch nicht der Sinn. Die Strafe folgte auch auf den Fuß.
„Wenn es also kein Einbruch war, wer hatte dann ein Interesse daran, in Ihre Wohnung einzudringen? Die Nachbarin war nicht der Grund, die kam eher zufällig dazu, tragischerweise. Also, entweder hat der Täter Ihnen hier auflauern wollen oder er hat in Ihrer Wohnung etwas gesucht. Haben Sie Feinde?"
„Nur die üblichen."
„Wen meinen Sie?"
„Finanzamt, Leute, die mir noch Geld schulden, den Nachbarn unter mir usw."
„Was ist mit dem Nachbarn?"
„Der regt sich häufig über meine laute Musik auf."
„Na, wissen Sie", sagte Werner, „das ist jetzt weit hergeholt. Und es fehlt wirklich nichts, vielleicht Wertpapiere oder entsprechende Dokumente?"
„Nicht dass ich wüsste."
„Herr Czybulsky, Sie sollten auf alle Fälle Ihr Schloss tauschen lassen. Ich tippe auf die Nummer mit dem Nachschlüssel. Denken Sie nochmal scharf nach, wer dafür in Frage kommen könnte. Hier ist meine Karte, Ihre Telefonnummer habe ich bereits, wir bleiben in Verbindung."
„Was wird denn aus Giselas Katze?", fragte ich noch.
„Kommt ins Tierheim", antwortete Kommissar Werner, „müsste schon dort sein."
Ein Glück, dass Gisela das nicht gehört hat.
Der Kommissar verabschiedete sich, und ich ging mit hinunter, um Kalle zu erlösen. Er kam aus seinem Wagen raus und ging auf Werner zu.
„Mich wollten Sie auch noch sprechen, Herr Kommissar?"
„Das hat noch Zeit, ich melde mich bei Ihnen, Herr Galla,

auf Wiedersehen, die Herren." Damit fuhr er davon.
„Woher kennst du den?", fragte ich.
„Aus einem Mordfall, ist schon 'ne Weile her. Ich habe darüber berichtet", sagte Kalle. „Aber sag, Ändy, was ist mit dem Kuvert von diesem Gojko? Haben die das womöglich in die Finger gekriegt?"
„Nein, unmöglich, das ist schon weg. Ich bin übrigens überzeugt, dass das auch genau das war, was dieser Dreckskerl gesucht hatte, und als er türmen wollte, ist ihm Gisela in die Quere gekommen. Das konnte ich aber nicht der Polizei erzählen."
„Ist schon klar, aber was meinst du mit ‚das ist schon weg'?"
„Das heißt, es ist auf Reisen – im Winterurlaub."
„Winterurlaub? Willst du mich verkackeiern?"
„Mitnichten, es ist in Garmisch-Partenkirchen bzw. auf dem Weg dorthin. Ich habe über ein geeignetes Versteck nachgedacht. In meiner Wohnung konnte es nicht bleiben, weil ich ja immer noch die Polizei fürchtete. Also habe ich es in ein großes Kuvert gesteckt, ordentlich frankiert, meinen korrekten Absender angegeben und das Ganze an eine Frau Heike Sörensen, Kapitän-Hansen-Straße 1o in 82467 Garmisch-Partenkirchen geschickt."
„Kennst du die so gut, dass du der so etwas anvertrauen kannst?"
„Mensch Kalle, stell dich nicht so an! Die existiert doch gar nicht. Oder kannst du dir so eine Adresse in den bayerischen Bergen vorstellen? Das Ding ist nach ein, zwei Wochen als unzustellbar markiert wieder hier, hoffe ich jedenfalls."
Kalle stieß einen Pfeifton aus. „Das ist ja witzig – die Post als Komplize! Verwundbar ist das ganze allerdings am Tage des Wiedereintreffens, wenn es in deinem Briefkasten liegt."
„Das stimmt", sagte ich. „Man hätte noch eine Sicherheitsstufe höher gehen können, indem man einen anderen Absender angibt. Natürlich einen richtigen, deinen

zum Beispiel."
„Hättest du mal."
„Soweit habe ich nicht gedacht. Das mache ich dann beim nächsten Mal, wenn der Brief einen Ausflug an die Nordsee macht, wenn das dann noch nötig sein wird."
„Und dann adressierst du ihn an die Knödelhubergasse!" Kalle war belustigt.
„Und du hast nicht den leisesten Schimmer, was da wohl drinstehen könnte?"
„Nicht die leiseste Ahnung, aber man kann über alles Mögliche spekulieren. Themen gibt es ja genug: Die Waffen, oder das Rauschgift, dann der erschossene Gemüsehändler oder der sich geprellt gefühlte, ominöse Chinese. Aber bestimmt nichts über Gojko und der hätte Gisela auch nichts angetan."
„Wieso bist du dir da so sicher?", fragte Kalle.
„Gojko hätte Gisela nicht fürchten müssen. Die kannten sich ja schon, und außerdem haben die beiden auch zusammen Erdbeersekt getrunken."
„Was denn, die beiden haben auch miteinander ..."
„Nein, das nicht. Die sind nur bis zum Erdbeersekt gekommen, Gojko hat eine Katzenallergie."
„Dann bin ich ja beruhigt", sagte Kalle. „Wo ist das Mistvieh jetzt überhaupt?"
„Der Kommissar meinte, im Tierheim."
„Du Ändy, die schnappen wir uns, ehe es zu spät ist. Das sind wir Gisela schuldig."
„Bist du meschugge, was willst du mit so einem haarenden Monster, und wo willst du die lassen, wenn du den ganzen Tag auf Achse bist?"
„No Problema, a la Señora García le gustan los gatos", gab Kalle geheimnisvoll von sich. „Ich mache mich sofort auf den Weg und du solltest mitkommen, du kennst die doch besser als ich, schließlich wollen wir ja nicht, dass uns ein falscher

Tiger angedreht wird."

Wir standen einer noch sehr jungen Angestellten des Tierheims gegenüber.
„Wir hätten gerne die Katze wieder, die heute hier eingeliefert wurde", sagte Kalle zu der Frau.
Sie zeigte sich spöttisch:
„Ach ja?", und führte uns dann zu einem großen Käfig mit acht bis zehn Katzen.
„Welche darf es denn sein, oder wollen Sie alle? Dann gibt es Mengenrabatt."
„Wie?", sagte Kalle, „die hat die Polizei alle hier heute eingeliefert?"
„Die Polizei, die Feuerwehr, Tierfreunde und was weiß *ich* wer noch."
„Hilf mir doch mal, Ändy!"
„Die da hinten rechts könnte es sein."
„Bist du sicher?"
„Oder die davor, die sieht genauso aus, nein, warte, die hier, ja die hier."
Ich zeigte mit dem Finger auf eine.
„Können diese Scheißviecher nicht mal stille sitzen, man kommt ja ganz durcheinander!", schimpfte ich.
„Aber, aber, meine Herren", sagte die Tierpflegerin, „handelt es sich um eine Katze oder einen Kater?"
Kalle machte große Augen.
„Einen Kater", sagte ich.
„Und welchen soll ich nun herausnehmen?"
„Den da!"
Sie nahm eine Katze heraus und hielt sie streichelnd im Arm.
„Miez, miez, miez."
„Aber vielleicht ist es doch eine von den anderen beiden", gab ich zu bedenken.

„Halten Sie mal", sagte sie zu Kalle und gab ihm die Katze. Er stellte sich ein wenig linkisch an, fast wäre sie ihm ausgebüchst.
„Dann müsste es aber der hier sein, das andere ist nämlich eine Katze."
Mit diesen Worten angelte sie sich den nächsten Kandidaten und liebkoste ihn, wie seinen Vorgänger:
„Miez, miez, miez. – Nun, welcher ist es?"
„Ganz schwer zu sagen. Kalle gib mir mal deinen."
Ich nahm ihm die Katze ab und betrachtete Kalle. „Und jetzt nimm mal die andere."
Kalle nahm die andere.
„Die isses!"
„Sicher?"
„Sicher! 100 Prozent!"
Bei beiden Personen war der Beweis deutlich zu sehen: Katzenhaare!
„Die nehmen wir!", rief ich erfreut. Ich war mir auch unterdessen sicher, sie wiedererkannt zu haben.
„Na, prima, dann bekomme ich noch fünfzig Euro und eine Unterschrift", sagte die Dame. Die Freude war diesmal ganz auf ihrer Seite.
„Fünfzig Euro?", meckerte Kalle, „dafür krieg ich ja 'ne Übernachtung mit Frühstück im Drei-Sterne-Hotel!"
„Ist halt Vorschrift!", meinte sie gelassen, „aber wenn Sie nicht wollen, mir doch egal."
„Was passiert denn mit den ganzen Katzen, wenn die keiner abholt?", fragte ich sie.
„Krrrzzz!", sagte sie und fuhr mit ihrer Handkante an ihrer Gurgel entlang. „Wir haben nicht genug Platz, um alle aufzuheben."
„Und wie lange ‚heben' Sie sie auf?"
„Ungefähr eine Woche, aber wenn es eng wird, manchmal auch weniger."

„Los, Kalle", sagte ich, „drück die fünfzig Steine ab und lass uns hier verduften, sonst krepiert die womöglich heute noch."

Kalle setzte mich zu Hause ab und fuhr dann mit seiner neuesten Errungenschaft nach Grunewald.

Ich saß an meinem Schreibtisch vor einem Blatt Papier und schrieb Namen und Stichpunkte diagrammartig auf, um so vielleicht Zusammenhänge erkennen zu können. Ich musste an die Worte des Kommissars bezüglich der Wohnungsschlüssel denken, aber das Auswechseln des Schlosses ist bei einer Hausschließanlage nicht unproblematisch, und so rief ich einen Schlüsseldienst an, um einen Termin für den Einbau eines zusätzlichen Sicherheitsschlosses zu vereinbaren. Um alle Zweifel auszuschließen, schaute ich noch einmal an das Schlüsselbrett: Der Zweitschlüssel hing noch an seinem Ort und den dritten hatte ja Frau Neumann für Notfälle.
Frau Neumann!
Ich ging zu ihrer Wohnung und klingelte.
„Guten Tag, Frau Neumann, haben Sie noch den Schlüssel für meine Wohnung?"
„Aber sicher doch."
Sie griff in die Schublade einer kleinen Kommode in ihrer Diele und zeigte ihn mir.
„Sehen Sie, da ist er."
„Dann bin ich ja beruhigt. Frau Neumann, ich werde mir ein zusätzliches Sicherheitsschloss einbauen lassen und den Schlüssel dafür werde ich Ihnen auch noch geben, aber ich möchte damit noch warten, bis die Polizei den Fall mit Gisela aufgeklärt hat."
„Tun Sie das, Herr Andreas. Wie nützlich so etwas ist, hat sich doch gestern gezeigt, als der Heizungsableser kam und

Sie nicht da waren – ach, das habe ich ja völlig vergessen, Ihnen zu erzählen, wegen der Sache mit Gisela."
Dabei musste sie wieder schluchzen.
„Was denn, der Heizungsableser? Aber die kommen doch immer im Januar!"
„Dieselbe Frage habe ich ihm auch gestellt, und da erklärte er mir, dass die Wasserzähler in allen Wohnungen kontrolliert werden müssten, da einige wohl undicht seien. Als ich zögerte, ihn einzulassen, meinte er, wenn er extra ein zweites Mal kommen müsste, dann würde das 80 € kosten und die hätte ich zu bezahlen. Zuerst hat er meinen Zähler kontrolliert, und dann sind wir in Ihre Wohnung gegangen. Er war wirklich nur in Ihrem Bad und hat nichts weiter gemacht. Ich habe auch gut aufgepasst, man kann ja nie wissen."
„Danke, Frau Neumann, sagen Sie, haben *Sie* dann meine Wohnung wieder abgeschlossen?"
„Ja, sicher, nein, warten Sie, er hatte ein Büchlein in Ihrer Diele liegen lassen, und da schloss ich wieder auf und ließ den Schlüssel stecken. Er ging kurz hinein, holte sein Büchlein, verschloss die Tür und gab mir dann den Schlüssel."
„Und er hat ordentlich abgeschlossen?"
„Ja, es hat zweimal geknackt. Aber warum fragen Sie das alles. Stimmt etwas nicht?"
„Alles in Ordnung, Frau Neumann, und verzeihen Sie die Störung."
Ich wollte sie nicht noch zusätzlich beunruhigen.
Ich ging wieder nach oben. Mein Türschloss war diesmal nur eingeschnappt. Ich wollte aufschließen. Aber vorher habe ich einmal verriegelt und wieder entriegelt.
„Klack – klack!"
Das hörte sich genauso an, wie zweimal abgeschlossen. Ich rief bei meiner Hausverwaltung an. Von einer zusätzlichen

Kontrolle seitens der Ablesefirma war ihr nichts bekannt. So ein Termin wäre auch durch einen Aushang im Treppenhaus rechtzeitig angekündigt worden.
Ich ging wieder an meinen Schreibtisch und rief den Schlüsseldienst an. Ich bräuchte das Sicherheitsschloss nicht mehr, der Termin könne storniert werden. Daraufhin ergoss sich eine Schimpfkanonade von der anderen Seite der Leitung über mich. Wenn das nun jeder so machen würde, wo die Termine so knapp wären, sie hätte extra meinetwegen ihren gesamten Zeitplan geändert, und zusätzliche Sicherheit könne schließlich nicht schaden.
„Nein, schaden könne sie nicht wirklich", antwortete ich, „wirklich schade! Auf Wiederhören!"
Soll die Kuh doch einen anderen Doofen vollquatschen. Ich habe jedenfalls 500 Euro gespart.
Dann schrieb ich auf das vor mir liegende Papier:
Punkt 1 – Täter verschaffte sich wahrscheinlich Zugang zur unverschlossenen Wohnung mit Hilfe einer Plastikkarte.
Aber woher wusste der Täter oder sein Komplize vom zweiten Schlüssel bei Frau Neumann?
Wem könnte Frau Neumann das erzählt haben. Ich fand keine Antwort, solange ich auch darüber nachdachte. Aber dafür sorgte ich mich langsam um mein eigenes Wohlergehen. Vielleicht hätte ich doch besser daran getan, den Umschlag in der Wohnung zu lassen. Dann hätten die Kerle jetzt das, was sie wollten und ich wäre nun nicht mehr in ihrer Schusslinie.
Habe ich aber nicht!
Die kommen garantiert wieder. Ich musste mich irgendwie schützen, schließlich bin ich weder der Stärkste noch in Kampfsportarten ausgebildet. In meinem Schreibtisch befand sich ein Taschenmesser, das steckte ich erst einmal in die Hosentasche. Ob mir das aber viel nützen würde? Aber dann fiel mir noch meine Walther PPK ein, eine CO_2

-Pistole, welche der originalen täuschend ähnlich sieht. Ich habe mit dieser Waffe überhaupt nur ein einziges Mal geschossen. Das heißt, eigentlich war es zweimal.

In meiner alten Wohnung hatte ich einen kleinen Balkon. Und auf dem Geländer saßen ständig Tauben, die gingen mir mit ihrem Gegurre auf den Sack und schissen obendrein auch noch alles voll. Sie haben ihre Luftminen ja nicht nach draußen abgeworfen, nein, diese feinen Vögel mussten ja das Geschehen auf der Straße beobachten, also Schwänzchen in die Höh' und alles zu mir auf den Balkon.
Verscheuchen brachte gar nichts. Minuten später waren sie wieder da und haben auch noch ein paar Kumpels mitgebracht. Deshalb habe ich mich entschlossen, denen einmal so richtig die Meinung zu geigen. Ein Luftgewehr erschien mir zu unhandlich, und so habe ich mir diese Pistole angeschafft. Gleich am selben Tag musste ich sie ausprobieren. Also habe ich Fenster und Tür zum Balkon geöffnet. Da flog dieses feige Gesindel erst einmal davon. Jetzt legte ich mich hinter einem Sessel auf die Lauer. Na bitte. Keine fünf Minuten später waren sie wieder da. Erst eine, dann noch eine. Als es vier waren, machten sie es sich so richtig gemütlich. Das war von Vorteil. Ein bewegtes Ziel zu treffen, wäre weitaus schwieriger gewesen.
Der entscheidende Augenblick war gekommen.
„Peng!"
„Klirr!"
Alle Tauben flogen davon.
Ich hatte das Geländer getroffen, und der Querschläger ließ die Balkonlampe zu Bruch gehen.
So eine verdammte Scheiße! Jetzt war ich noch wütender auf diese Flugratten.
Meine schöne Lampe!
Ich betrachtete das Geländer. Die weiße Farbe war an einer

Stelle abgeplatzt, und auch eine kleine Delle von der Kugel war zu erkennen. Für eine Luftpistole hat sie ganz schön Power, dachte ich. Ich fegte die Scherben zusammen und startete einen neuen Anlauf. Jetzt dauerte es aber fast eine halbe Stunde, bis sie mir mit ihrem Besuch die Ehre erwiesen. Erst eine, dann zwei, dann vier. Diesmal musste ich also höher zielen.
„Peng!"
Alle flogen weg. Drei nach oben und eine nach unten.
Ha, welche Freude, ein Treffer!
Vorsichtig lugte ich nach unten. Jemand schien ihr schon erste Hilfe leisten zu wollen. Leise schloss ich Fenster und Balkontür, zog mir was an und ging runter; schließlich wollte ich meinen Erfolg betrachten. Als ich auf die Straße hinaustrat, war da schon ein Menschenauflauf wie beim Kennedy-Mord. So unauffällig wie möglich, ging ich an der trauernden und empörten Meute vorbei.
„Einsperren, diese Tierquäler" – „Mörder" und „Polizei", hörte ich einige Stimmen rufen, während ich mich aus dem Staub machte.
Seitdem habe ich nicht mehr geschossen. Ich überlegte, wo die Pistole sein könnte. In der Wohnung hatte ich sie glücklicherweise nicht zu liegen. Sie musste noch in einer der Umzugskisten sein, die noch unausgepackt im Keller standen.
Und so war es auch. Ich fand sie schon in der dritten Kiste zusammen mit einem alten Kassettenrekorder, Gläsern mit Erdbeermarmelade und Mickymaus-Heften. Kugeln und CO_2-Kapseln waren auch dabei. Waffe nebst Zubehör und ein Marmeladenglas nahm ich an mich und ging wieder nach oben. Am Schreibtisch füllte ich die zwei fehlenden Kugeln im Magazin nach und ersetzte die müde gewordene CO_2-Kapsel. So, jetzt war ich bewaffnet:
Eine Walther PPK-Imitation und ein Taschenmesser. Die

Gangster können kommen.

Es klingelte an der Tür. Da sind sie schon! Ich steckte meine Walther in die Hosentasche.
Draußen stand Kalle.
„Was guckst du denn so enttäuscht? Hast wohl 'ne Braut erwartet", begrüßte er mich und trat ein.
„Wo hast du denn deine Katze?", wollte ich wissen.
„Na, bei meiner Wirtin, habe ich dir doch gesagt."
„Wahrscheinlich auf Lateinisch."
„Nee, aber auf Spanisch, wie heißt der Kater überhaupt, weißt du das?"
„Fridolin, glaube ich."
„Ist ja auch egal, Señora García nennt ihn jedenfalls ‚Carlos'. Sie meint, der hört auf ‚Carlos'. Wenn sie ‚komm Carlos' ruft und dabei an den Kühlschrank geht, dann kommt er."
„Hat die Señora Rollmöpse im Kühlschrank?", fragte ich Kalle.
„Weiß ich nicht. Frisst das Vieh gerne Rollmöpse?"
„Ich glaube schon."
Ich dachte wieder an Giselas lukullische Morgengabe.
Ich holte Stift und Zettel vom Schreibtisch und dann setzten wir uns an den Couchtisch und öffneten zwei Bier. Ich schrieb:
Punkt 2 – Woher wusste der Täter von Frau Neumanns Schlüssel?
„Zeig mal her", sagte Kalle. Er sah sich mein Gekritzel an und meinte dann nachdenklich:
„Das sind ein paar Fakten, aber die Zusammenhänge kann man nur vermuten. Wir müssen unbedingt heraus bekommen, was in dem Kuvert steht."
„Da müssen wir aber mindestens noch eine Woche warten", sagte ich, „wer weiß, ob ich dann noch lebe."
„Ich will nicht gleich das Schlimmste annehmen", tröstete

mich Kalle, „aber wenn die wegen des Briefes hier waren, dann kommen die wieder, und wenn du ihnen dann nicht geben kannst, was sie gerne hätten, möchte ich nicht wissen, was sie mit dir anstellen, um an das vermeintliche Versteck zu gelangen. Du müsstest untertauchen."
„Oder wir schnappen die Schweine vorher", sagte ich trotzig.
„Als wenn das so einfach wäre. Allerdings kommt mir da ein Gedanke: Über den Container muss doch was zu machen sein. Mit Speck fängt man Mäuse! Hör zu, Ändy, pack deine nötigsten Utensilien ein und komm erst einmal zu mir. Vielleicht brauchst du ja nur zwei, drei Tage bei mir zu wohnen. Ich versuche mal inzwischen den Werner mit der LKA 4-Truppe an einen Tisch zu bekommen. Und noch etwas, da die Sache mit dem Schlüssel von Frau Neumann noch unklar ist, sollte sie den wieder herausrücken. Sonst bekommst du wahrscheinlich wieder ungebetene Gäste in deiner Abwesenheit."

„Liebe Frau Neumann", fing ich verlegen meine Rede an, „ich werde jetzt für ein paar Tage woanders wohnen, und Sie dürfen auf keinen Fall jemanden in meine Wohnung lassen, auch keinen Heizungsableser. Deshalb möchte ich Sie bitten, mir meinen Wohnungsschlüssel vorerst zurückzugeben. Und lassen Sie auch keinen Fremden in Ihre Wohnung. Machen Sie immer schön die Kette vor, wenn es klingelt. Sollte wieder jemand aus irgendwelchen Gründen Zutritt zu Ihrer oder meiner Wohnung haben wollen, dann rufen Sie sofort die Polizei an. Hören Sie, Frau Neumann? 110!"
„Sie machen mir ja Angst, Herr Andreas." Dabei gab sie mir den Schlüssel.
„Dann war der Heizungsmensch also ein Betrüger? Warum hat er dann aber nichts gestohlen?"
„Frau Neumann, das erkläre ich Ihnen ein andermal bei einem Tiramisu. Passen Sie gut auf sich auf!"

Als wir schon im Wagen saßen, fiel mir noch etwas Wichtiges ein:
„Hast du noch Bier im Haus?"
„Alles ausgesoffen!"
„Dann halt mal hier beim Vietkong kurz an, ich hole noch wenigstens einen Sechserpack."
Als ich den Laden betrat, kam mir ein Mann entgegen, den ich schon einmal gesehen hatte, aber in keine Schublade tun konnte. So etwas bereitet mir dann Kopfzerbrechen.
„Zwei Dinge bereiten mir Kopfzerbrechen", sagte ich zu Kalle, während wir nach Grunewald fuhren, „woher wusste der Täter, dass Gojko mir das Kuvert übergeben hat, und zweitens, woher, dass Frau Neumann meinen Wohnungsschlüssel besitzt bzw. besaß? Wenn Gojko nur beobachtet wurde, während er zu mir kam, dann fehlt immer noch der Schlüssel. Und dass er überhaupt beschattet werden konnte, halte ich schon für abwegig, da er selbst jemanden dafür abgestellt hatte, mein Haus zu beobachten. Das passt alles vorne und hinten nicht."
„Genau das frage ich mich auch schon die ganze Zeit. Eigentlich gibt es dafür nur zwei Lösungen."
„Und die wären?"
„Die erste besagt, Gojko ist der Bösewicht. Aber das willst du ja nicht hören, und klingt auch ein wenig schräg, also käme nur die zweite in Betracht: Das ganze ist so etwas wie eine Insiderkiste, wenn du weißt, was ich meine."
„Nein, weiß ich nicht."
„Der Täter oder sein Informant befindet sich in unserer Mitte."
„Also du zum Beispiel?"
„Zum Beispiel! Und was ist mit dir?"
„Ich habe ein Alibi", sagte ich spontan.
„Ich auch", erwiderte Kalle. „Damit scheiden wir beide als

Täter aus. Aber eben nur als Täter, nicht als Informant. Wem könntest du, vielleicht unbewusst, vom Schlüssel oder sogar vom Kuvert erzählt haben?"
„N i e m a n d e m, Kalle!"
„Jemand hier im Haus oder auf der Straße ganz in der Nähe könnte dich eventuell schon eine ganze Weile bespitzelt haben. Ist doch folgerichtig, du fährst mit der Taxe weg, ergo bist du nicht gleich wieder hier, sonst wärest du gelaufen, ergo kann der Täter, der das beobachtet hat, in Ruhe deine Bude auf den Kopf stellen. Was ist mit den Leuten hier im Haus?"
„Kannst du alle vergessen. Der Idiot unter mir ist so gut wie nie zu Hause und wenn doch, stänkert der nur, nein, das wäre viel zu auffällig, ich habe ihn auch eine Woche nicht gesehen oder gehört. Die anderen sind zwischen achtzig und scheintot, kannst du alle ausschließen."
„Wenn du eine Stammkneipe hier unten in deiner Straße hättest, würde ich sofort auf die tippen", bohrte Kalle weiter, auf seiner Theorie beharrend.
„Hab ich aber nicht – von Luigi einmal abgesehen."
„Als Spähort kommt demnach Luigi aber in Betracht", konstatierte Kalle.
Mir wollte einfach nicht einfallen, woher ich diesen Kerl von eben kannte.
„Ich weiß nicht", brummte ich gedankenverloren.

„So", sagte Kalle, als wir ankamen, „warte mal, ich muss erst das Tor öffnen. Diese alte Geiztante weigert sich doch beharrlich, einen elektrischen Toröffner mit Fernbedienung einbauen zu lassen. Ich bin wahrscheinlich der einzige in der ganzen Straße, der für so eine niedrige Arbeit extra aussteigen muss."
Als Kalle wieder eingestiegen war, um den Wagen in den Vorgarten zu befördern, meinte er noch, dass er heute bei

der Señora zum Essen eingeladen sei, und ich könne sicher mitessen, es gäbe Riñones – Nieren auf spanische Art.
„Igittigitt", sagte ich, „lass mal gut sein, Kalle, ich habe auch gar keinen Hunger."
Schon bei dem Gedanken an Innereien konnte mir übel werden. In meiner Kindheit gab es „Nieren süß-sauer" und anderes ungenießbares Zeug – ich denke da an Pansen oder Kuheuter – mindestens einmal die Woche und das war einfach nur widerlich! Ich musste mich richtig schütteln.
„Ganz wie du willst", meinte Kalle süffisant.
Im Treppenhaus zu Kalles Wohnung schwebte der dezente Duft von Urin, so wie in Fußgängerunterführungen, deren Flair schon geprägt war durch jahrzehntelange Notdurftverrichtungen der nächtlichen Logis-Gäste, der sich noch verstärkte, als die Señora ihre Tür öffnete:
„Herr Galla, in einer halben Stunde wäre das Essen soweit, ja?" Und auf mich blickend, „darf ich noch ein Gedeck mehr auflegen?"
„Aber gerne, Señora García, mein Freund freut sich schon."
Auf der Treppe nach oben boxte ich Kalle in den Rücken.
„Altes Stinktier!"
In seiner Wohnung weihte Kalle mich ein:
„Fühl dich wie zu Hause, wo der Kühlschrank steht, weißt du ja, dein Bier ist schon drin."
Kalle bettelte offensichtlich um schönes Wetter.
„Nach dem Essen muss ich noch zur Mordkommission, mach es dir solange bequem. Du kannst dir die Zeit mit Videos vertreiben oder mit Señora García Canasta spielen."
„Wo sind die Videos?"
Kalle ging an einen Schrank, holte eine Flasche Rioja hervor und sang dabei:
„Auf in den Kampf, die Schwiegermutter naht!"

Kalle klopfte vorsichtig an die Tür. Señora García empfing

uns mit den Worten:
„Das wäre aber nicht nötig gewesen", und nahm die Flasche in Empfang.
Und wer schlich da schon um meine Hosenbeine herum? Fridolin alias Carlos schien sich hier wohl zu fühlen. Ob Katzen Nieren fressen? Die sollen ja recht wählerisch sein.
Die Gräfin geleitete uns in ihr Comedor.
„Carlos, du bleibst aber draußen."
Carlos schien nicht recht zu verstehen und trottete mir brav hinterher. Der Señora war das nicht entgangen. Sie drehte sich um, zeigte mit dem Finger in die andere Richtung und befahl mit Respekt einflößender, rauchiger Stimme:
„Fuera, Muchacho grosero! No quiero verte en comedor!"
Alle Achtung! Carlos setzte eine beleidigte Miene auf, drehte sich um und stolzierte mit erhobenem Hinterteil hinaus.
Also, entweder hat der Lümmel in der kurzen Zeit so viel Spanisch gelernt oder es handelte sich bei ihm ohnehin schon um einen spanischen Kater. Ich wusste nicht mehr, woher Gisela ihn hatte.
Señora García lächelte stolz wegen ihres soeben errungenen Sieges und bat uns an den Tisch.
Er war sehr fürstlich eingedeckt. Drei Glas Sherry standen schon bereit. Ich war vom gesamten Ambiente schwer beeindruckt, um nicht zu sagen, ich fühlte mich sogar etwas deplaziert. Die Größe des Esszimmers war ja wie bei Kalle oben, aber die Ausstattung – wie in einem Schloss: Das Mobiliar, die Teppiche, die Wandbehänge und Ölgemälde und dann das Porzellan nebst Silberbesteck, wie aus einer anderen Zeit und wahrscheinlich unbezahlbar.
Meine Augen wurden sofort von einem Gemälde angezogen, auf dem die Rückseite einer auf einem Bett liegenden, nackten, wohlproportionierten Dame abgebildet war. Ihr Gesicht war in einem Spiegel zu sehen, welcher von einem ebenfalls nackten Engelchen gehalten wurde. Mein Interesse

wurde von der Señora wohlwollend zur Kenntnis genommen:
„Das Bild heißt ‚La Venus del espejo' …"
„Delle Specho?", fiel ich ihr fragend ins Wort.
„Ja, Venus vor dem Spiegel oder auch Venus von Rokeby …"
„Rockabilly?"
„Rokeby", belehrte mich die Señora, „das Bild befand sich eine Zeit lang in der Rokeby Hall in Yorkshire und bekam daher auch *diesen* Namen und stammt eigentlich von Diego Velázquez, aber dieses hier ist leider die Fälschung eines unbekannten Künstlers, die mein Großvater in Auftrag gegeben hatte.
Als ich noch ein kleines Mädchen war, hat er mir einmal, nach ein paar Glas Sherry, im Vertrauen verraten, dass er das Bild nur haben wollte, weil die Venus einen so schönen Popo hat. Meine Großmutter mochte das Gemälde überhaupt nicht, wahrscheinlich aus diesem Grunde. Jetzt wollen wir aber erst einmal anstoßen.
Salut, Señores!"
Wir nahmen unsere Sherrygläser.
„A tu salut, Señora García!"
Ich saß nun genau der Fälschung gegenüber. Die Venus hatte wirklich was zu bieten. Mein lieber Scholli, wenn man dabei bedenkt, dass die Dame wohl an die 400 Jahre alt sein musste.
Die Gräfin schenkte nach.
„Herr Andres, ist das nicht schrecklich mit der Frau Gisela? Wer tut denn nur so etwas Grausames? Früher hätte es so etwas nicht gegeben. Ein Toast auf Frau Giselas Genesung!"
Dabei erhob sich die würdevolle alte Dame. Wir beide natürlich auch.
„Ein Toast auf Gisela!"
Weg war der Sherry.
Beim Hinsetzen fiel mein Blick zwangsweise wieder auf die Venus. Sie hatte wirklich einen tollen Hintern. Der

Großvater hatte jedenfalls Geschmack.
„Interessieren Sie sich für Gemälde, Herr Andres?"
„Eigentlich eher weniger", musste ich zugeben, denn ich hatte nicht den leisesten Schimmer von Kunst und den Namen ‚Welas-Kiss' hatte ich ebenfalls noch nie gehört, na, und so eine Schlappe wie mit der Opernmusik wollte ich nicht noch einmal erleben, doch fügte ich hinzu:
„Aber dieses Bild ist natürlich ganz große Kunst."
„Das sehe ich auch so", sagte Señora García, „obwohl meine Großmutter behauptet hat, die Puta auf dem Bild sähe genauso aus, wie eine Liebschaft, die mein Großvater einmal in seiner Jugend hatte."
(Der Glückliche! Er durfte sie also auch noch anfassen, nicht nur anschauen.)
„Nun, Señores, ein letztes Gläschen?"
Kalle lehnte vehement ab, er müsse noch Auto fahren, aber ich nahm noch eins. Vielleicht bekomme ich ja so die Nieren einigermaßen runter. Dabei fiel mir auf, dass dieser Geruch von vorhin völlig verschwunden war, im Gegenteil, es zog ein feiner Duft mediterraner Kräuter in meine Nase.
Die Venus wurde immer schöner. Nicht nur ihr Arsch, sie hatte auch schöne Beine. Also die hätte ich auch nicht von der Bettkante gestoßen. Ich war richtig neidisch auf Abuelo García. Das Bild hatte so eine magische Ausstrahlung, dass ich plötzlich das Gesicht Trautes in dem Spiegel sah. Perfekt! Ich geriet ins Träumen.
„La sopa", sang unsere Gastgeberin und brachte eine große verschnörkelte Terrine herein. Ich hatte gar nicht mitbekommen, dass sie hinausgegangen war.
Die Suppe schmeckte exzellent. Aber einmal habe ich gekleckert. Daran schuld war die dumme Venus, und Kalle hat sich amüsiert.
Kalles Wirtin war eine emsige Gastgeberin. Es war mir direkt peinlich, mich von dieser alten Dame bedienen zu

lassen und hätte ihr gerne beim Servieren meine Hilfe angeboten, aber Kalle riet mir strengstens davon ab, das würde die Señora schwer beleidigen, und außerdem dürfe ohnehin niemand ihre Küche, ihren Heiligen Gral, betreten, nicht einmal Carlos.

Nun rückte sie mit einer Flasche Rotwein an und fragte mich, ob ich das Einschenken übernehmen könne. Ich fühlte mich sehr geehrt und gab mir große Mühe, nicht auf das Tischtuch zu tropfen, was auch gelang, aber ich durfte meinen Blick auch nicht für eine Sekunde nach oben richten. Ob er uns denn schmecke, fragte Señora García nach dem ersten Schluck. Bevor ich antworten konnte, ergriff meine Hand wie von selbst das Glas und führte es ein weiteres Mal zu Munde, um mir ein besseres Urteilsvermögen zu gestatten.
„Excelente", sagte Kalle. „Wirklich sehr gut", gab ich dazu. Mein Spanisch steckte ja noch in den Anfängen. Dafür war es aber auch kein faules Kompliment. Schon beim zweiten Schluck schmeckte ich, dass es sich hierbei um einen Wein aus einer anderen Liga handeln müsse als der beim Fidel Castro, und der war schon nicht schlecht. Ich schaute auf die Flasche:
Ein recht schlichtes Etikett mit der Aufschrift ‚Son Negre'. Ein Schlückchen gönnte ich mir noch und blinzelte dabei nach oben zu meiner neuen Freundin an der Wand.
„Wie Gott in Frankreich", dachte ich. Unter ähnlichen Umständen muss dieser Spruch entstanden sein.
„El Segundo!"
Unsere Walküre erschien nun mit dem Hauptgang: Nieren.
„Jetzt bekomme ich doch noch mein Fett ab", dachte ich, dabei lief doch alles bis jetzt so gut, aber ich durfte mir natürlich nichts anmerken lassen.
„Mir bitte nicht so viel, Señora García, ich bin ja schon von

der Suppe gesättigt."
Ich musste diplomatisch sein.
Sie tat es. Kalle hatte etwa dreimal so viel auf seinem Teller. Das gab mir zu denken. Zur Aufmunterung nahm ich noch ein Schluckerl von dem Negre-Zeug – einfach lecker – und piekte dann mit der Gabel in das kleinste der Fleischstücke hinein, bevor der entscheidende Augenblick kam. Ich merkte, wie ich schwitzte. Wenn ich nun einen Würgereiz bekäme und den lukullischen Bissen wieder hinaus in die teure Damast-Serviette befördern müsste, was dann?
Czybulsky, reiß dich zusammen!
Am liebsten hätte ich die Augen geschlossen ganz nach dem Motto „Augen zu und durch". Nun gut, das ging nicht, aber dadurch hatte ich wieder meine optische Ablenkung.
Und es funktionierte!
Beim Anblick dieses Prachtpopos schmeckte der Bissen gar nicht so übel wie befürchtet. Der zweite Happen war sogar noch besser als der erste. Ich dachte an eine Liedzeile aus dem „Überzieher" von Otto Reutter, die in leichter Abwandlung so lautete: „Oben kau'n – hier verdau'n – und dabei zum Hintern schau'n."
So ging das. Ein Schluck vom Roten, ein Blick zur Venus und dann den Happen hinein.
Also, nicht übel, diese Nieren, wirklich nicht übel.
Plötzlich war der Teller leer.
„Möchten Sie noch ein wenig, Herr Andres?"
Unsere Gastgeberin war sehr aufmerksam.
„Aber ja, gerne, Señora García."
Während ich antwortete, verschluckte sich Kalle und prustete lachend in seine Serviette.
Mit einem Schmunzeln füllte Señora García meinen Teller. Ich konnte es kaum erwarten. Endlich! Und wie diese Riñones dufteten. Himmlisch! Mein Gaumen spielte verrückt. Die Venus mit ihrem dusseligen Spiegel war

plötzlich völlig uninteressant. Einen Teller bekam ich noch, dann war alles weg. Da die Wirtin aber inzwischen nachgeschenkt hatte, konnte ich mich aber wenigstens noch mit einem Glas dieses wunderbaren Elixiers trösten; na, und der Hintern hing ja letztendlich auch noch an der Wand.

„Señora García", sagte ich, „Sie sind die beste Köchin der nördlichen Halbkugel! Und wir dürfen wirklich nicht ein kleines bisschen beim Abräumen helfen?"

Wie erwartet verneinte sie das. Ihre Zugehfrau würde schließlich alles in Ordnung bringen. Daraufhin verabschiedeten wir uns herzlich von unserer aristokratischen Wirtin und gingen eine Etage höher, zurück ins bürgerliche Leben.

9. Kapitel

Kalle zog sich schnell etwas an und zeigte noch beim Verabschieden mit dem Finger auf seinen Schrank mit den Worten: „Zweite Schublade – da sind Videos. Ich muss los", und stürmte davon.

Ich ließ mich erst einmal auf seinem Sofa nieder. Mann, war ich vollgefressen! Und einen leichten Schwips hatte ich obendrein. So gut wie vorhin ging es mir im Augenblick nicht, aber das wird schon wieder. Ablenkung musste herbei, also ging ich zum Schrank. Dort waren zwei Reihen mit jeweils fünf Schubladen. Welche meinte Kalle, die rechte oder die linke? Zweite von oben oder von unten? So ist Kalle eben. Die Intelligenz, mit der er reichlich gesegnet ist, setzt er häufig fälschlich bei anderen ebenfalls voraus. Ich öffnete die zweite von oben in der linken Reihe: Krawatten! Die ganze Lade voll davon. Ich habe Kalle noch nie mit einer Krawatte gesehen. Wozu braucht der so viele?
Egal, die zweite von oben aus der rechten Reihe aufgezogen: Modellautos im Maßstab 1:87, so an die hundert Stück! Zwar keine Videos, aber das war doch was. Die hätte ich mir gerne länger angeschaut, aber das ließ meine halb gebückte Position nicht zu. Die Riñones drückten doch ordentlich in meinem Leib. Jetzt blieben ja nur noch die beiden unangenehmen Schubladen übrig: Die zwei von unten.
Eijeijei, bereitete mir das Bücken Schwierigkeiten, hätte ich doch nur nach dem zweiten Teller aufgehört. Und die ganze Qual auch noch vergeblich. Nichts wie Krimskrams in der linken: Bierdeckel, Knobelbecher, Feuerzeuge, einige Ansichtskarten und ein Päckchen ... na, lassen wir das.
So, letzter Versuch, die zweite von unten rechts: Ein mit braunem Leder bezogenes Kästchen kam zum Vorschein. An und für sich ein ungewöhnlicher Ort zur Aufbewahrung von

DVDs, aber was soll's. Ich öffnete zuerst den Messingverschluss und dann den Deckel. Was kam da zum Vorschein? Ich traute meinen Augen nicht: Eine Walther PPK. Unwillkürlich griff ich in meine Hosentasche. Sie war leer, natürlich, denn ich hatte meine CO2-Pistole in die Jackentasche verfrachtet, damit sie nicht so aufträgt. Ungeachtet jeglicher kriminalistischer Gepflogenheiten nahm ich sie in die Hand. Sie war nicht einmal schwerer als meine und sah ihr wirklich täuschend ähnlich. Ich betrachtete sie von allen Seiten und roch sogar an ihr: Doch, sie roch etwas anders als meine. Ob sie geladen ist?
Ich wollte gerade das Magazin entnehmen, als mein Handy klingelte. Fast wäre mir die Waffe aus der Hand gefallen, so einen Schreck hatte ich bekommen. Also hatte ich ein schlechtes Gewissen. Ich ging an meine Jacke, um das Handy zu holen, und was ergriff ich? Meine Pistole. Ich suchte weiter. Das Handy bimmelte gnadenlos. Gerade noch rechtzeitig konnte ich die erlösende Taste drücken. Es war Kalle (wer sonst?). Es kann noch zwei Stündchen dauern, ich solle es mir gemütlich machen. Nun gut, ich war gerade dabei.
Ich setzte mich erst einmal auf die Couch, um meinen Schreck zu verkraften, während die Walther, also die echte, auf dem Teppich lag. Es war ein interessanter Anblick, es fehlte nur noch die Leiche dazu.
Da fiel mir wieder Gisela ein.
Es ist doch bemerkenswert, was einem alles so durch den Kopf geht unter ein klein wenig Alkoholeinfluss. Ich stellte mir gerade vor, wie ich mit Kalles Waffe jetzt zu meiner Wohnung fahre, dort auf den Angreifer von Gisela stoße und ihn dann, nachdem er zur Rede gestellt wurde, mit einem gezielten Kopfschuss seiner verdienten Strafe zuführen würde – selbstverständlich in Notwehr. Ja und exakt hier fiel mir wieder ein, dass ich ja eigentlich einen Film suchen

wollte, einen Gangsterfilm oder so etwas Ähnliches, jedenfalls keine Liebesschnulze – danach war mir im Augenblick gar nicht.
Richtig so, das Morden sollte ich den Profis überlassen. Die haben darin Übung. Die können so etwas. Mir würde wahrscheinlich vor lauter Aufregung die Waffe aus meiner zitternden Hand fallen.

Die Pistole lag immer noch auf dem Teppich. Aber ich könnte Kalle einen Streich spielen. Ich ging zur Stelle des Teppichs, wo die Waffe lag, hob sie auf und kontrollierte das Magazin. Es war voll mit Patronen. Oha! Nun holte ich die Luftpistole und legte sie in das Kästchen. Wohin aber mit der scharfen? Erst einmal in die Jackentasche, mir wird schon noch ein besserer Ort einfallen.

Aber nun die Videos suchen. Linke obere Schublade: Das Schachspiel. Stimmt, hätte ich wissen müssen. Rechte obere Schublade: Treffer! Da waren sie, die Filme, unter ihnen jede Menge James Bond. Ich warf „Dr. No" ein und lümmelte mich auf die Couch. Ich ertappte mich dabei, dass ich dem Film gar nicht folgte, sondern mit meinen Gedanken ganz woanders war. Schließlich hatte ich ihn auch schon gefühlte zwanzigmal gesehen. Aber ich hatte Sorgen wegen Frau Neumann. Wer weiß, was der armen Frau gerade widerfährt, während ich hier faul auf dem Sofa liege.
Nachdem ich mit meinem Gewissen etwa eine halbe Stunde vergeblich gekämpft hatte, zog ich mich an und ging aus dem Haus zum nächsten Taxistand. Leer! Nach zehn Minuten kam eine. Der Taxifahrer sah sehr grimmig aus, aber sprach kein Wort. Mein Fahrtziel gab er in sein Navi ein.
„Wieder so ein Ahnungsloser", dachte ich. Am Ziel angelangt, zeigte er wortlos auf seinen Taxameter: 14,10 €. Ich gab ihm

15 Euro.
„Hier bitte, stimmt so."
„Was das solle?", wurde ich nun gefragt.
„Was soll was? Ich verstehe Ihre Frage nicht."
„Was solle ‚stimmteso'?"
„Ich wollte damit ausdrücken, dass Sie das Wechselgeld behalten dürfen."
„Wozu?"
„Na, als Trinkgeld."
„Trinkegeld?"
„Ja, Trinkgeld, zum Kuckuck!"
„Trinkegeld, Trinkegeld, sehe ich aus wie Trinker, hä? Du mich beleidige wolle. Trinker sage! Fahre doch U-Bahn, Aschloch!"
Ich suchte eiligst das Weite, ehe der mir noch „an die Wäsche geht".
Das war ja vielleicht ein Herzchen. O Boże mój!
Ich schaute zum Haus hinauf. Bei Frau Neumann brannte Licht. Bei mir war alles dunkel. Ich klingelte bei Frau Neumann. Ich klingelte noch einmal. Ich klingelte und klopfte. Ich klopfte bestimmt zwanzigmal. Endlich tat sich etwas. Die Tür öffnete sich einen Spalt, die Kette kam zum Vorschein und ein Teil Frau Neumanns Gesichtes.
„Nanu, Herr Andreas! Ich denke, Sie sind verreist?"
„Ich muss noch ein paar Sachen holen, hatten Sie zwischenzeitlich Besuch, oder hat jemand bei Ihnen geklingelt?"
„Nein, weder noch. Ich mache auch nicht mehr auf. Bei Ihnen eben habe ich vorher durch den Spion geguckt."
„Sehr gut, Frau Neumann. Dann will ich Sie nicht länger stören. Tschüs, Frau Neumann."
Ich ging noch in meine Wohnung, um nach dem Rechten zu sehen. Neuen Besuch hatte ich offenbar nicht erhalten. Mein Magen drückte immer noch, also beschloss ich, bei Luigi

einen Schnaps zu trinken.
Es war wenig los. Ich suchte mir ein gemütliches Plätzchen und bestellte einen Sambuca, der sollte meinem Magen guttun. Ich wurde vom Chef bedient.
„Luigi, eine Frage. Ich bin neulich von einem, ich will mal sagen, doch recht seltsamen Kellner hier bedient worden. Hast du den schon lange?"
„Nein, der war nur Aushilfe. Als Pietro krank wurde, da wollte der einspringen, aber am zweiten Tag ist er schon nicht mehr gekommen. Kein guter Mann."
„Der war doch auch kein Italiener, oder?"
„Mittlerweile glaube ich das auch nicht mehr", sagte Luigi lachend.
Während ich trank, beschloss ich, wieder zu Kalles Wohnung zu fahren. Also zahlte ich gleich und ließ mir ein Taxi kommen. Ich schlürfte genüsslich an meinem Glas, und sah dabei in Richtung Vietkong schauend, wie einer der asiatischen Angestellten dort sich mit einem Mann auf der Straße vor dem Laden unterhielt. Ich konnte so viel erkennen, dass es sich bei dem Gespräch nicht um eine Liebeserklärung handelte. Sie gestikulierten stark. Und ich erkannte noch etwas:
Der andere Gesprächspartner war wieder der Kerl, den ich schon einmal gesehen habe. Aber wo? Es war in einem Laden. Ich war mir da fast sicher, aber beim Vietkong arbeiten nur Asiaten. Mein Taxi kam. Ich stand auf und wollte einsteigen, aber es fuhr weiter. Ich war schon wieder wütend. Wieder einer, der noch nie ein italienisches Restaurant gesehen hat und seine Fahrgäste auf dem Navigationsschirm sucht. Aber ich lag völlig falsch. Die Taxe hielt beim Vietkong und der Unbekannte stieg ein. An meinen Nachbartisch setzte sich eine ältere Dame und bestellte ein Glas Rotwein.
Da kam mir die Erleuchtung!

Der Unbekannte ist genau der neue Kellner von Luigi, der mich neulich so seltsam bedient hatte. Weil er nicht seine lange Kellnerschürze trug, sondern Zivilkleidung, bin ich nicht darauf gekommen.
Jetzt fuhr aber wirklich mein Taxi vor.
„Können Sie dem Kollegen dort vorn folgen, und zwar so, dass er es nach Möglichkeit nicht merkt? Sie kriegen 'nen Zwanziger extra."
„Her mit dem Zwanziger, ich tu, was ich kann."
Er tat wirklich, was er konnte. Ich schnallte mich erst einmal an, was ich sonst hinten in der Taxe meistens vergesse.
„Sie machen das ganz große Klasse", sagte ich.
„Och, das war noch gar nichts."
Vor uns die Ampel schaltete auf „Gelb", aber der andere Wagen war schon hinter der Kreuzung. Mein Taxifahrer drückte auf den Kickdown. Ich wurde in meine Sitzlehne gepresst, es war wie beim Start einer Boeing. Wir schafften die Ampel gerade so bei, sagen wir mal wohlwollend, „Kirschgrün".
„Große Klasse", japste ich, nach Luft schnappend.
„Gell? 230 PS! Damit kann man sich schon sehen lassen."
Nach einer Pause setzte er unser Gespräch fort:
„Es geht mich ja nichts an, aber sitzt da vorn Ihre untreue Ehefrau drin?"
„Nein."
„Na, hätte ja sein können. Neulich hatte ich nämlich schon einmal so eine Verfolgungsfahrt, und mein eifersüchtiger Fahrgast wollte unbedingt herausbekommen, wo seine Angetraute so jeden Nachmittag ihre heilige Kommunion empfängt, wenn Sie verstehen."
„Nein, verstehe ich nicht, war die denn katholisch?"
„Blödsinn, katholisch! Mann, der Kerl wollte wissen, was für Gurken in seinem Fass schwimmen!"

„Aha."
Er ließ sich wirklich nicht abschütteln. Wie man bei so einer Autorallye noch Witzchen machen kann, ist mir unbegreiflich. Langsam gewöhnte ich mich an seinen Fahrstil, schließlich hatte ich es ja so gewollt. Es fing sogar an, richtig Spaß zu machen. Mein Pilot beherrschte wirklich alle Tricks. In Tiergarten, in der Kurfürstenstraße war die schöne Fahrt zu Ende. Wir hielten etwa vierzig Meter hinter dem anderen Wagen.
Auf dem Taxameter standen 16,70 Euro.
„Danke für Ihre Hilfe. Hier sind fünfzig. Zufrieden?"
„Aber ja, hier meine Karte. Ich heiße Benno, jederzeit stets zu Diensten." Er brauste davon.
Auch der Kellner war inzwischen ausgestiegen und ging zum Hauseingang.
Mir war schon wieder übel. Ich hätte zwei Sambuca trinken sollen.
Ich lief in seine Richtung. Er verschwand hinter einem großen zweiflügeligen Tor. Es war eines jener Häuser, wie sie in Berlin um 1900 erbaut wurden, mit einem Vorderhaus und zwei, drei (manchmal auch noch mehr) Hinterhäusern, auch als Quergebäude oder Seitenflügel bezeichnet. Im vornehmeren Vorderhaus wohnte häufig im ersten Stock der Hauswirt, während die Hinterhäuser der ärmeren Bevölkerung vorbehalten blieben, die Wohnungen dort hatten sehr oft kein Bad und keine Innentoilette. Von Zentralheizung ganz zu schweigen.
Aber es gab Kachelöfen. Ja, richtige Kachelöfen, die man zwar selbst befeuern musste, für die aber heutzutage ein Villenbesitzer ein Vermögen hinblättern würde, vorausgesetzt, dass er so etwas Filigranes überhaupt noch zu kaufen bekäme.
Nun, die Leute, die den Ersten Weltkrieg überlebt hatten und über Hunger und Armut klagten, wussten gar nicht zu

schätzen, von welchem Reichtum sie umgeben waren. Obendrein durfte sich solch ein Haus später auch noch sehr blumig als Gartenhaus bezeichnen, was sich unter anderem auch positiv auf die Miete auswirkte, jedenfalls für den Hausbesitzer.

Er – Kellner – wollte also in eines der Gartenhäuser, sonst hätte er ja die kleinere Haustür, die nur ins Vorderhaus führt, benutzt. Vorsichtig öffnete ich das Tor einen Spalt und steckte meinen Kopf hindurch. Ich sah gerade noch, wie sich das Tor auf der anderen Seite des Flures wieder schloss. Jetzt stand ich im großen Flur des Vorderhauses, der zum Hof führte. Es war ein sehr breiter Flur mit einem gefliesten Boden, in den eiserne Fahrspuren eingelassen waren, wahrscheinlich, damit Kohlefahrzeuge zu den Hinterhöfen gelangen konnten. Gerade wollte ich den Flügel, der zum Hof führte, öffnen, als das Tor zur Straße geöffnet wurde. Jemand war offensichtlich ebenfalls auf dem Weg zu den Gartenhäusern. Ich tat so, als würde ich mich für die Hausbriefkästen, die im Flur an der Seite angebracht waren, interessieren. So ein Langhaariger ging, ohne mich zu grüßen, an mir vorbei und verschwand auf dem Hof. Während die Tür sich langsam von selbst schloss, lugte ich durch das einen Spalt geöffnete Tor.
Draußen war es mittlerweile dunkel geworden, aber ich konnte noch sehen, wie der Langhaarige im Quergebäude verschwand und im selben Augenblick in einem Fenster vom Seitenflügel rechts parterre das Licht anging. Das Fenster war halb geöffnet. Ich ging in den Hof hinein und stellte mich neben das Fenster. Ich hörte Stimmen, aber ich konnte kein Wort verstehen, dafür stank es aber fürchterlich nach Rauch aus der Wohnung, so merkwürdig süßlich, ähnlich den Räucherkerzen. Jetzt konnte ich ein paar artikulierte Laute vernehmen: Die unterhielten sich nicht auf Deutsch.

Das war arabisch oder türkisch. Hier konnte ich jedenfalls nicht stehenbleiben. Aus jedem Fenster des gesamten Innenhofes hätte man mich sehen können, wenn das nicht sogar schon der Fall war. Also ging ich durch das Tor, hinter dem der Langhaarige verschwunden war. Nun stand ich im zweiten Flur und spähte wieder einerseits durch einen Türspalt auf das erleuchtete Fenster und andererseits sah ich mich kurz im Flur um. Ich konnte gerade noch erkennen, dass es hier keine Hausbriefkästen gab, die mir als Alibi für meine Anwesenheit hätten dienen können, als es um mich herum dunkel wurde. Das Licht im Treppenhaus erlosch. Wenn jetzt jemand käme ...
Es kam jemand!
Ich hörte eine Tür knallen und hastige Schritte auf der Treppe. Sofort setzte ich mich in Bewegung. Erst einmal raus in Richtung Straße. Auf dem Hof sah ich noch einmal nach links. Jetzt war es in der Parterrewohnung dunkel. Ich rannte weiter, durch den Flur des Vorderhauses durch. Auf der Straße überquerte ich die Fahrbahn. Von drüben konnte ich immer noch genug erkennen, ohne selbst gleich bemerkt zu werden. So unauffällig wie ein FBI-Agent ging ich auf dem Fußweg auf und ab. Weit konnte ich ja nicht gehen, sonst hätte ich das Tor aus den Augen verloren. Plötzlich hielt ein Auto am Fahrbahnrand an. Es war ein lilafarbener, großer SUV. Die Seitenscheibe wurde heruntergelassen. Offenbar wollte mich jemand nach dem Weg fragen, dabei kannte ich mich hier selbst kaum aus. Ich ging dichter an das Fahrzeug heran.
„Na, Süßer, sehnst du dich nach etwas Wärme?" Dabei wedelte der Fahrer mit einem Hunderter und verzog seine roten Lippen zu einem Kussmund.
O mój Boże! Für einen Augenblick war ich sprachlos. Doch die Erleuchtung ließ nicht lange auf sich warten. Ich war auf dem Straßenstrich gelandet. Wie konnte ich das vergessen!

Auch fiel mir nun auf, dass ich nicht der einzige war, der hier auf und ab ging und dabei mit Observationen beschäftigt zu sein schien. Aber ich sah nur FBI-*Agentinnen* in sehr kurzen Röcken.
Gerade wollte ich lospoltern: „Hau bloß ab, du alte Schwuchtel! Sehe ich vielleicht aus wie ein Bürgermeister?" Da öffnete sich drüben das Tor und Kellner kam heraus. Er lief schnurstracks auf den Fahrdamm zu, direkt in meine Richtung. Gleich würde er mich erkennen!
„Aber nur für ein kleines Stündchen, mein Sterntaler", gab ich mit meiner süßesten Stimme zum Besten und stieg zu meinem Freier ins Auto. Ein Segen, er fuhr los. Ich hielt mir die Hand seitlich vor das Gesicht und schaute zum Fußweg. Da lief Kellner. Er beachtete mich nicht. Er hatte es sichtlich eilig.
„Hier nimm, Sweetheart", der Werber streckte mir den Hunderter hin. „Ihr wollt eure Tantiemen doch immer im Voraus haben, isn't it so?"
Hali-halo, auch noch ein Polyglotter!
Ich fasste den feucht-klebrigen Schein und steckte ihn in die Tasche. Bei dem Gedanken, mit welchen Fingern, die, wer weiß wo, davor überall gesteckt haben, der bereits angefasst wurde, bekam ich eine Gänsehaut. Wir standen an einer roten Ampel auf dem Weg zu einer ihm wohl bekannten Absteige ganz in der Nähe.
„Ich heiße Elton und du?"
„Jimi Hendrix", sagte ich, riss die Tür auf und sprang hinaus.
„Hey, was soll das, was ist mit dem Hunderter?"
„Kannste dir in den Arsch schieben", rief ich beim Wegrennen.
Zuerst rannte ich entgegen seiner Fahrtrichtung. Er konnte ja schließlich seinen Wagen nicht mitten auf einer Kreuzung parken, um mich zu verfolgen. Ich sah den U-Bahnhof

Wittenbergplatz. Nichts wie hin und hinein ins Menschengewühl. Schwein muss man haben. Die Bahn fuhr gerade ein. Schnell einsteigen.

Als sie losfuhr, schaute ich mich um. Alles sauber. Ich war erleichtert darüber, auf glückliche Weise einem Schwarzen Loch entkommen zu sein. Dem habe ich es gegeben: „Kannste dir in den Arsch schieben!" Jessus, Maria, *ich* hab das Geld doch in der Tasche! Jessus, Maria und Josef. Ich habe den ja beklaut! Andererseits hat's dem Anschein nach keinen Armen getroffen. Meine kurzfristig aufgekommene Betroffenheit wich nun einer übermütigen Heiterkeit. Ich ließ die ganze Situation Revue passieren. Ich sage zu dem, er solle sich das Geld sonst wo hin schieben, dabei hatte er es gar nicht, sondern ich. Mein Gesicht spiegelte sich in der schwarzen Scheibe der U-Bahn gegenüber. Ich konnte mein eigenes Grinsen sehen. Aber als wenn das nicht schon genug gewesen wäre, jetzt musste ich auch noch lachen. Ich versuchte, mich zu beherrschen. Es klappte einfach nicht. Ich saß einfach nur da und gackerte. Es war schon peinlich. Meine Mitreisenden hatten natürlich für mich überhaupt kein Verständnis, von der älteren Frau, die mir schräg gegenüber saß, einmal abgesehen. Die fand das auch komisch, die lachte mit.

An der nächsten Station, Zoologischer Garten, stieg ich schnell aus und begab mich nach oben ans Tageslicht, sofern man bei der bereits eingesetzten Dunkelheit von Tageslicht sprechen kann. Nun hatte ich mich auch wieder einigermaßen im Griff. Ich musste halt an etwas anderes denken, sonst ginge das wieder los. Also dachte ich an die Parterrewohnung im rechten Seitenflügel, die ich ja wieder aufsuchen wollte. Ich musste nur Acht geben, dass ich meinem Freier nicht in die Arme laufe, falls der dort immer noch auf Brautschau ist. Und wenn nicht, was dann? Soll ich

einfach bei dieser Wohnung klingeln und fragen:
„Wer sind Sie, was machen Sie und warum bekommen Sie von diesem dubiosen Kellner Besuch?"
Womöglich noch mit der Zugabe:
„Los antworten Sie, sonst gibt es was hinter die Löffel!"
Wohl kaum!
Während ich noch am Grübeln war, schlug eine Hand auf meine Schulter. Ich bekam einen mörderischen Schreck. Die Schwuchtel!
Doch es war Kalle. Dzięki Bogu! Ich atmete tief durch.
„Kalle? Was machst du denn hier?"
„Ich komme gerade von der Kripo, aber wieso bist du hier?"
„Erzähl ich dir sofort, aber wir müssen jetzt schnell zur Kurfürstenstraße fahren. Am besten mit der Taxe."
Im Taxi hörte sich Kalle die verkürzte Fassung meiner Geschichte an und meinte dann: „Hab ich's dir nicht gesagt? Du wurdest bespitzelt!"
Und als ich dann das mit der unfreiwilligen Autofahrt erzählte, meinte er, sich köstlich amüsierend:
„Und es hat dich nicht gereizt, deine Möhre mal in so einem warmen Schokoladenkuchen zu parken?"
„Sag mal, Kalle, dir sind wohl die spanischen Nieren nicht bekommen!"
„Doch schon, ich habe ja auch nicht so viel gefressen wie du. Hahaha – und dann noch auf Englisch, ‚Sweetheart, isn't it so?' Ich könnte mich beölen. Schade, dass ich nicht dabei war. Auf Englisch! Der Schwule lässt die Arbeit ruh'n und wünscht 'nen guten Afternoon."
Kalle bepisste sich förmlich vor Lachen.
„Halten Sie hier", sagte ich zu dem Taxifahrer, als ich das betreffende Haus sah.
„Bitte", sagte er.
„Danke", sagte ich.
„Nein, ich meine ‚halten Sie hier, bitte', musst du sagen."

„Muss ich?"
„Ja, musst du. Lernt man in Schule."
„Na, von mir aus, bitte. Was kostet's denn? Bitte!"
„Sechs Euro neunzig."
Ich kramte in meiner Börse und gab ihm sieben, die er wortlos entgegennahm.
„Jetzt müssen Sie aber auch ‚danke' sagen."
„Wofür? Für 10 Cent Trinkgeld?"
„Nicht nur dafür. Und das lernt man schon vor der Schulzeit, in der Kinderstube, aber natürlich nicht auf Bäumen!"
Als er anfing, mit seinem Gebiss zu fletschen wie ein Orang-Utan, dem man sein Weibchen ausspannen will, zog mich Kalle mit den Worten „Hören Sie, mein Freund meint das nicht so, er ist verbittert, sein Arzt hat ihm heute eröffnet, dass er nur noch ein paar Tage zu leben hat" aus dem Wagen heraus.
„Hast du dir eigentlich von 'nem Taxifahrer schon mal eine eingefangen?", fragte er mich draußen.
„Nein", sagte ich, „wieso?"

Draußen sah ich mich noch einmal um. Kein lila SUV in Sicht. Kalle und ich gingen durch die Toreinfahrt. Die zweite Tür öffneten wir ein wenig. Das Licht in der Wohnung war immer noch aus, aber nach einer kurzen Weile konnte ich erkennen, dass das Fenster noch geöffnet war.
„Ich geh' allein und klingle", sagte Kalle, „mich kennt ja keiner."
Kalle verschwand im rechten Seitenflügel. Nach einer Weile kam er wieder heraus. Jetzt stand er draußen vor dem Fenster. Er stieß es weiter auf. Ich dachte, ich seh' nicht richtig: Kalle stieg in das Fenster ein. Was sollte ich nun machen, ich wartete. Vielleicht zehn Minuten. Gerade als ich meinen Posten verlassen wollte, sah ich, wie das Fenster geschlossen wurde. Aha, Kalle wollte also wie ein

zivilisierter Mensch die Wohnung verlassen. Aber er kam nicht. Ich wartete nochmals fünf Minuten.
Das dauerte mir jetzt zu lange. Ich bekam Angst. Angst um Kalle. Das Fenster war immer noch geschlossen, das Licht war aus. Ich ging durch die Tür des Seitenflügels. Jetzt stand ich vor der Wohnungstür dieser ominösen Parterrewohnung. Ich lauschte und hörte eine Stimme, aber es war nicht Kalles.
Da war etwas nicht in Ordnung!
Ich spürte es. Hier ging es nicht um Tauben. Es ging um Kalles Leben, zumindest aber um seine Gesundheit. Als ich ein Kratzen oder Schaben an der Tür hörte, zog ich Kalles Walther aus der Tasche und entsicherte sie.
Mein Erregungszustand war nicht zu beschreiben. Die Tür öffnete sich. Ich stand daneben und drückte mich an die Wand. Ein Mann kam aus der Tür und zog Kalle hinter sich her, indem er ihm eine Waffe an die Schläfe hielt.
„Wenn du schreist, du tot", sagte er zu Kalle.
Während er die Tür hinter sich zuziehen wollte, presste ich ihm Kalles Walther an sein Ohr mit den Worten:
„Aber du vorher tot, Waffe runter!"
Damit hatte er nicht gerechnet. Das Überraschungsmoment spielte die entscheidende Rolle. Er senkte seine Hand und ließ die Waffe auf den Boden fallen. Am liebsten hätte ich jetzt einen Jubeltanz vollzogen, aber ich musste ja meine Contenance bewahren.
„Kalle, schnapp dir seine Waffe!"
Während Kalle die Pistole aufhob, trat ich von dem Kerl einen Meter zurück und zielte genau in sein Gesicht.
„Kannst du erkennen, ob sie scharf ist?", fragte ich Kalle. Ich war überrascht, wie schnell Kalle bei der fremden Waffe das Magazin draußen hatte.
„Scharf wie 'ne Puffmutter in der Fastenzeit!"
„Gut, dann gehen wir jetzt wieder rein. Ist da noch jemand

in der Wohnung?"
„Ja", sagte Kalle mit deprimierter Stimme, „aber der belästigt uns nicht mehr."
„Dann geh voran, Kalle und halte schön Abstand, und wenn der auch nur eine falsche Bewegung macht, dann drückst du ab.
(Das hatte ich aus Gangsterfilmen.)
Vorsichtshalber stellte ich mich nun aber schräg vor den Gangster. In dieser dreieckigen Formation gingen wir hinein. Ich schloss die Tür hinter mir. Weiter ging es in einen Raum. Wohnzimmer konnte man dazu weiß Gott nicht sagen. Es war einfach nur ein übel stinkender Raum. Das Mobiliar bestand aus einem verdreckten Teppich ein paar Kisten und einem kleinen Tischchen, geziert von vollen Aschenbechern, Kippen, die daneben lagen sowie leeren Flaschen und anderem merkwürdigen Zeug. Neben der Wand befand sich auf der Erde eine Matratze, und auf der lag ein Mann, mit dem Gesicht nach unten von der Matratze herunterhängend. Sein linker Arm war eingetaucht in einen Haufen Erbrochenes. Daneben lag eine Spritze mit aufgesteckter Kanüle.
„Du bist sicher, dass der tot ist?" Ich sah Kalle an. Er nickte nur.
Ich wollte mich selbst vergewissern und näherte mich ihm. Ich musste würgen und ging dann doch zuerst zum Fenster, um es zu öffnen. Dann atmete ich tief ein, hielt die Luft an und ging wieder zu dem leblosen Körper. Ich versuchte die Halsschlagader zu finden.
Nichts! Es fühlte sich auch schon kühler an als Körpertemperatur. Kalle hatte Recht. Der war mausetot.
„Wir müssen den irgendwie fesseln", sagte ich dann auf den Gangster zeigend. Der war mir eine Spur zu schweigsam. Keine Drohungen, kein ‚um-sein-Leben-Betteln wegen der acht Kinder', nicht einmal ein Geldangebot gegen seine

Freilassung.
„Wollen wir nicht erst einmal die Polizei rufen?", fragte Kalle.
„Machen wir noch früh genug. Zuerst fesseln wir den hier."
„Jawoll, Herr Kommissar!"
Mit diesen ehrfurchtsvollen Worten überreichte Kalle mir die andere Pistole, die ich nun in der linken Hand hielt und genauso wie mit der rechten auf den Delinquenten zielte. Kalle sah sich im Raum um, verschwand dann in der Küche und kam mit ein paar abgerissenen Stromkabeln wieder.
„Jacke ausziehen!", befahl ich.
„Und jetzt die Hose!"
Nun kam doch eine Reaktion: „Aber das geht nicht."
„Doch, das geht", erwiderte ich. Nach langen Diskussionen war mir im Augenblick nicht zumute.
„Du musst sie aufknöpfen, dann geht das. Oder soll ich mal versuchen, ob ich die Knöpfe aufschießen kann. Ich bin da gern behilflich."
Dabei zielte ich mit meiner rechten Waffe auf sein Heiligtum.
Innerhalb von drei Sekunden war die Hose unten. Der hatte wirklich Respekt vor mir. Ich musste auf den ganz schön böse gewirkt haben.
„Und jetzt schiebst du die Klamotten weg von dir!"
Er wollte sich bücken.
„Mit dem Fuß, du Esel!", schrie ich wütend. Er tat es.
„Hände auf den Rücken!"
Diese Herumkommandiererei fing an, mir Spaß zu machen.
„So, Kalle, jetzt kannst du ihn fesseln, und du, Freundchen, komm ja nicht auf dumme Gedanken."
Ich stellte mich neben sie und fuchtelte mit beiden Waffen herum. Kalle fesselte zuerst seine Hände und dann seine Beine. Ich ging in die Küche, um mich umzusehen, doch vorher gab ich Kalle eine Waffe zur Sicherheit. Meine rechte

Hand zuckte schon, beinahe hätte ich ihm seine eigene gegeben. Er nahm die andere.
In der Küche sah es nicht viel ordentlicher aus als im anderen Raum, aber es befand sich dort ein recht dickes Gasrohr an der Wand. Ich rüttelte daran. Es machte einen stabilen Eindruck. Nun ließen wir unseren Verhafteten in die Küche hopsen, und Kalle band ihn am Gasrohr fest. Danach zog ich Kalle wieder in den „Raum" und flüsterte ihm zu:
„Wir dürfen noch keine Polizei holen, ich muss erst noch etwas Wichtiges erledigen. Gib mir deinen Wohnungsschlüssel."
„Ich verstehe nicht. Was willst du mit dem Schlüssel?"
„Ich habe was sehr Wichtiges in deiner Wohnung vergessen, vertrau mir einfach und pass auf diesen Penner gut auf!"
Kalle stand ungläubig da. Ich nahm mein Handy und zirkelte eine Visitenkarte aus meiner Tasche.
„Hallo? Benno?"
„Ja?"
„Sie haben mich zur Kurfürstenstraße gefahren, wann könnten Sie wieder hier sein?"
„Fünf Minuten. Gleiche Stelle?"
„Ja fast. Vierzig Meter weiter."
„Verstehe, die untreue Gattin. Bis gleich."
Kalle sah mich immer noch fragend an.
„In einer halben Stunde bin ich wieder hier und du ..."
„Schaffst du im Leben nicht", unterbrach mich Kalle.
„500 Mäuse?" Kalle winkte ab.
„Also, kannst du es arrangieren, dass dein Kommissar in einer halben Stunde hier ist?"
„Krieg' ich hin, wenn er überhaupt selbst kommt."
„Gut, dann sieh zu, dass der Strolch hier keinen Blödsinn macht, ich verdufte."
„Geht klar", antwortete Kalle und raunte dann noch leise in

mein Ohr: „Woher hast du denn die Knarre?"
In diesem Augenblick schweifte mein Blick noch einmal über die Leiche und einen grauen Kapuzenpulli, der am Fußende lag.
„Kalle, alles nachher", sagte ich gedankenverloren und ging hinaus.
Ich stand am Straßenrand und hielt Ausschau nach meinem Taxi. Da kam es angebraust, mit Lichthupe.
„Lieber Benno", sagte ich beim Einsteigen, „schaffen Sie es in 30 Minuten nach Grunewald und zurück?"
„Geht's wieder um 'ne Olle?"
Während er das fragte, befanden wir uns bereits im Tiefflug. Ich hatte Mühe, mich anzuschnallen.
„Nein. Es gibt doch auch noch andere Gründe als Frauen."
„Stimmt, da haben Sie Recht: Damen, Weiber, Tussen, Schnallen, Freundinnen, Kolleginnen – viele Gründe."
Der Mann war unbelehrbar.
Diese Fahrt verlief noch rasanter als die letzte. Nach 13 Minuten waren wir am Ziel. Ich hoch in Kalles Wohnung – zwei falsche Schubladen aufgerissen, dann die richtige – jetzt schnell die Waffen vertauschen – alles wieder zuschmeißen und nichts wie runter. Das Gartentor ließ ich halb offen – rein in die Taxe.
„Benno, gib Gas!"
Benno gab Gas.
Als wir ankamen, sah ich auf die Uhr im Taxi: 29 Minuten.
„Hier Benno, die Tantiemen."
Ich griff in meine Tasche und gab ihm den besagten klebrigen Hunderter. Er guckte skeptisch.
„Sie kriegen aber noch allerhand raus!"
„Nein", sagte ich, „alles für Ihre Mühe und Ihr Können. Aber waschen Sie sich die Hände danach."
„Wie? Ist das etwa Sündengeld?"
„So was Ähnliches. Man sieht sich."

Als ich durch das Tor gehen wollte, hörte ich ein Geräusch hinter mir. Ein dunkelblaues Fahrzeug war gerade angekommen, aus dem drei Männer ausstiegen. Ich erkannte Kommissar Werner.
„Ach, da sind Sie ja endlich", sagte ich.
„Jetzt werden Sie mal aber nicht komisch", sagte einer der anderen Beamten und schaute auf seine Uhr. „Sie haben doch gerade mal vor sieben Minuten angerufen!"
Bei dem hatte ich jetzt einen Stein im Brett, aber irgendwie musste ich meine Anwesenheit hier draußen ja rechtfertigen.
Ich führte die Herren zum Tatort.
„Kalle, die Polizei ist da", rief ich durchs offene Fenster. Alle drei hatten ihre Waffen gezogen. Ein Kripomann packte mich am Arm und zog mich vom Fenster weg. Er stellte sich zwischen das Fenster und mich. Die anderen beiden gingen durch die Haustür. Ich hörte lautes Klopfen und Klingeln. Warum dauerte das so lange?
„Soll ich noch mal nach meinem Freund rufen?", fragte ich den Polizisten.
„Lassen Sie uns mal machen", war die knappe Antwort.
Werner kam mit dem anderen wieder nach draußen.
„Es rührt sich nichts!" Und zu mir gewandt:
„Sind Sie sicher, dass Herr Galla dort drinnen ist?"
Ich schaute ihn ratlos an.
„Ich dachte schon." Mir wurde mulmig.
„Dann müssen wir die Tür aufbrechen oder wir gehen durch das Fenster."
Rechts und links vor dem Fenster stehend, richteten sie ihre Waffen in das Zimmer hinein und leuchteten es dann mit einer Taschenlampe aus. Daraufhin stieg Werner mit einem Begleiter ein und der andere blieb draußen. Lichter wurden eingeschaltet. Dann hörte ich Werners Stimme:
„Ackermann, Sie können den anderen Bescheid sagen."
Ackermann erschien am Fenster:

„Ihr könnt reinkommen."
Ich machte Anstalten, durch das Fenster zu klettern.
„Durch die Tür!", herrschte er mich an, „sie ist offen."
„Wie es scheint, sind die Vöglein ausgeflogen", sagte Werner.
Die Leiche lag noch dort, aber in der Küche lagen nur noch ein paar Kabel auf der Erde, von Kalle und dem Gangster keine Spur.
„Ich versuch's mal auf Kalles Handy", meinte ich voller Sorge. Es bimmelte und bimmelte. Ich versuchte es erneut. Kalle ging nicht ran.

Da klopfte es draußen am Fenster.
„Hallo! Ist hier jemand?" Ich drehte mich um und erkannte Kalle. Er war völlig außer Atem.
„Gott sei Dank, du lebst", entfuhr es mir. Mit einem Satz war Kalle in der Wohnung. Mittlerweile standen wir alle im Raum neben der Leiche.
„Der Penner ist mir abgehauen", sagte Kalle atemlos. „Der muss sich irgendwie befreit haben. Ich war nur mal kurz draußen auf dem Hof, weil ich den Gestank nicht mehr ausgehalten habe, und da sehe ich ihn schon davonrennen. Ich hinterher. ‚Anhalten oder ich schieße!', rief ich. ‚Schieß doch', schrie das Schwein."
„Na, hätteste doch", sagte ich vorlaut.
„Irgendwie konnte ich nicht", sagte Kalle.
„Womit wollten Sie denn schießen?", fragte der dritte Beamte, dessen Namen ich noch nicht kannte.
„Na, hiermit, seiner eigenen."
Kalle zog die Waffe aus seiner Tasche und überreichte sie Werner.
„Ah, eine chinesische Makarow", sagte Werner, nahm das Magazin heraus und betrachtete es.
„Damit kann man normalerweise allerhand Unheil anrichten, in dieser hier sind allerdings nur CS-Patronen

drin, für eine Verfolgung eher ungeeignet. Na, seien Sie froh, auf einen Menschen zu schießen, ist keine schöne Angelegenheit. So, um unseren Junkie hier soll sich mal der Gerichtsmediziner kümmern. Ackermann, veranlassen Sie mal alles. Und Sie, erzählen mal. Ich bin gespannt. Ach, und Ackermann – die Spurensicherung!"
„Immer ich", murmelte Ackermann.
„Ja, was erwarten Sie denn, bei Ihrem Namen", sagte Werner schmunzelnd. „Nomen est omen. – Aber nun zu Ihnen!"
Wir erzählten alles. Zumindest fast alles. Genau genommen, erst einmal nur das Nötigste. Kalle berichtete also darüber, wie er in das Fenster eingestiegen ist, dann den Junkie auf der Matratze liegen sah, und während er sich zu ihm herunter beugen wollte, plötzlich durch einen Türken mit der Waffe bedroht wurde.
Polizist Nummer drei war schon wieder neugierig: „Woher wissen Sie denn, dass das ein Türke war?"
„Na, der sah so aus", sagte Kalle.
„Wie sieht denn ein Türke aus?"
„Na, wie ein Türke eben so aussieht", erwiderte Kalle ungehalten, „schwarze Haare, schwarzer Schnurrbart, dunkle Augen, was weiß ich, vielleicht war es ja auch ein Iraker oder Libanese, aber jedenfalls kein Norweger oder Schwede, wenn Sie wissen, was ich meine."
„Nein, weiß ich nicht", jetzt wieder der Dritte, „Sie beharrten darauf, dass es sich bei dem Täter um einen Türken handelte ..."
„Lassen wir es doch dabei", mischte sich jetzt Kommissar Werner ein, „das bringt uns doch jetzt nicht weiter, Kollege Ünsal."
„Also, der Ausländer bedrohte Sie mit einer Pistole", konstatierte Werner, „und weiter?"
„Vielleicht war es ja auch ein Syrer oder Aserbaidschaner

oder ein ..."

„Ja doch, ja doch", fiel ihm Werner ins Wort.

„Nun, das stimmt", sagte Kalle, „der Ausländer erschien ..."

„Sie meinen den Mitbürger mit Migrationshintergrund", fiel ihm Kollege Ünsal ins Wort.

„Das ist ja hier zum Verrücktwerden!", polterte nun Kommissar Werner los. „Es ist ja schlimmer als bei einer Elternversammlung in der Grundschule! – Hatte der wirklich einen Bart?"

„Wer?", fragte Kalle.

„Na, der Türke", sagte Werner genervt.

„Na und ob!"

„Gut! Dann einigen wir uns jetzt auf den Namen – hören Sie Kollege Ünsal – wir einigen uns jetzt auf den Namen Schnurrbart."

„Jawohl, Herr Oberkommissar." Der Dritte – also Ünsal – hörte sich schon etwas devoter an.

„Also wenn Sie jetzt bitte fortfahren könnten, Herr Galla."

„Nun", begann Kalle bedächtig, „also, der ausländische Türke mit einer Migräne im Hintern – ich meine im Hintergrund – hielt mir plötzlich 'ne Knarre an meine Schläfe und zwang mich, vor ihm herzugehen. An der Stelle habe ich mit meinem Leben abgeschlossen. – Hören Sie? – Ich dachte, wenn überhaupt, kann mich jetzt nur noch ein Wunder retten."

„Was offensichtlich eingetreten ist", meinte Werner.

„Was soll ich sagen, draußen im Flur, da sagt der Tür... der Migrantenhintergründige zu mir, er mich totmachen oder so ähnlich, und da erschien mein rettender Engel in Form von Ändy und lehrte den Scheißkerl Mores."

„Inwiefern?", wollte Ünsal wissen.

„Na, insofern, als mich doch der – na, Sie wissen schon – Schnurrbart bedroht hat, und Ändy zu ihm sagte, er dann auch ein bisschen tot sein würde, wenn er mich erschießt,

jedenfalls sinngemäß."
„Herr Czybulsky hat also Ihren Widersacher bedroht?"
„Nun ja, eher freundlich gebeten, würde ich sagen."
„Auf welche Art haben Sie ihn denn freundlich gebeten?",
fragte Ünsal zu mir gewandt. Werner hörte sich das alles offensichtlich mit Belustigung an.
„Nun", sagte ich bedächtig, „ich habe ihm veröffentlicht, dass, falls er an seinem Vorhaben festhalten sollte, ich dann vorher dafür Sorge tragen würde, dass er noch vor Herrn Galla am Ende seiner Ziele angekommen sein wird."
„Welche Ziele?"
„Na, das mit den Jungfrauen und so."
„Jungfrauen???" Ünsal wollte nicht richtig begreifen.
Werner mischte sich wieder ein: „Welches Argument haben Sie eingesetzt?"
Ich übergab dem Kommissar meine Walther PPK, respektive Umarex CO2 Pistole.
„Die hier hielt ich ihm an sein Ohr und bat ihn, seinerseits die Waffe fallen zu lassen, falls er nicht ein schickes Ear-Piercing verpasst haben möchte."
„Und das hat funktioniert?", wollte jetzt Ackermann wissen.
„100 Pro", sagte ich, „ich hätte eiskalt abgedrückt!"
Kommissar Werner hielt meine Umarex in der Hand und betrachtete sie schmunzelnd.
„Das war aber sehr mutig von Ihnen", sagte er, „das hätte auch ins Auge gehen können, schließlich ist das hier lediglich eine bessere Spielzeugpistole."
Bei seinen Worten dachte ich an die Taube, die vielleicht irgendwo zwischen den Engelein im Himmel seine Meinung nicht teilen würde.
„Wenn ich hätte abdrücken müssen, wäre dem das jedenfalls nicht gut bekommen", sagte ich voller Überzeugung. „Kann ich mein Spielzeug jetzt zurückbekommen?"
„Da das eine Tatwaffe ist, wird die erst einmal von uns

eingezogen", sagte Kollege Ünsal.
„Sachte, sachte", darauf Werner, „eine Tat wurde mit der ja nicht begangen und eine WBK ist für die auch nicht vorgeschrieben. Allerdings dürfen Sie sie nicht in der Öffentlichkeit führen. Warum hatten Sie sie denn dabei?"
„Wir wollten sie zum Reparieren wegbringen", mischte sich Kalle ein, „der Abzug klemmte häufig."
„Gut. Hier bitte. Lassen Sie sie in Ordnung bringen!"
Während ich meine defekte Spielzeugwaffe in der Hosentasche verschwinden ließ, fing ich mir vom Kollegen Ünsal ein bösen Blick ein. Einen sehr, sehr bösen.
Auf einmal kamen lauter neue Leute hinzu. Es wurde richtig voll.
„Mein Gott, was stinkt das hier!", lautete die allgemeine Begrüßung.
Oberkommissar Werner nahm mich zur Seite.
„Sie können jetzt nach Hause gehen, aber ich hätte da noch einige Fragen an Sie. Macht es Ihnen etwas aus, mich morgen um 10.00 Uhr auf dem Amt zu besuchen? – Sie können auch kommen, Herr Galla? Gut! Dann bis morgen früh, meine Herren." Er wollte sich wegdrehen.
„Ich hätte da übrigens auch noch etwas, Herr Kommissar, Verzeihung, Herr Oberkommissar, das vielleicht von Bedeutung sein könnte", warf ich noch ein.
„Das wäre?"
„In meiner Wohnung, nach dem Attentat auf Gisela, sprachen Sie davon, dass Zeugen einen Mann mit einem Kapuzenshirt davonlaufen sehen haben. Nun, hier bei dem Toten liegt so eins. Ich weiß, davon gibt es viele, aber vielleicht können Ihre Männer das ja mal unter die Lupe nehmen."
„Das wird genauso untersucht wie der Tote selbst, aber trotzdem danke für den Hinweis."
Wir waren entlassen.

10. Kapitel

„Wollen wir ein Bier trinken gehen, Kalle?"
„Was denn, hier in dieser schrägen Gegend? Von ‚Räuber und Gendarm' habe ich für heute die Nase voll!"
„Mach 'nen besseren Vorschlag."
„Von mir aus bei deinem Luigi. Dort können wir deinen geklauten Hunderter versaufen."
„Und wenn der Laden wirklich konspirativ ist? Dort sollten wir uns lieber nicht mehr über Wichtiges unterhalten. Die Sache mit dem Kellner gibt mir doch zu denken."
Schließlich fuhren wir zum Zoo und fanden eine ganz passable Kneipe.
„Jetzt schieß mal los, und zwar im wahrsten Sinne des Wortes", sagte Kalle, „mir schwant da etwas." Sein Blick war fordernd.
„Du hast ‚zweite Schublade' gesagt", begann ich kleinlaut.
„Zweite von oben, von unten, rechts oder links? Ich habe alles probiert. So habe ich deine Walther gefunden und wollte dir einen kleinen Streich spielen, indem ich meine Walther-Umarex in dein Kästchen legte."
„Der Streich ist dir gelungen."
„Nur, dass ich mir das anders vorgestellt habe, kannste mir glauben!"
„War schon beeindruckend, wie du dem Penner die Knarre aufs Ohr gedrückt hast. Hättest du dich das auch mit deiner getraut?"
„Kann sein, kann auch nicht sein. Ich weiß nicht, in so einer Situation überlegt man nicht lange."
„Und dann bist du extra zurück, um die Dinger wieder zu vertauschen?"
„Genau, ich wollte dich nicht in Schwierigkeiten bringen, womöglich wegen unerlaubten Waffenbesitzes. Aber dabei ist der klebrige Hunderter drauf gegangen."

„Ach, wer weiß, wozu das gut war", sagte Kalle. „Eine WBK besitze ich zwar ..."
„Wohnungsbaukreditanstalt?"
„Wieso Wohnungsbaukreditanstalt? Die heißen doch jetzt Investitionsbank", sagte Kalle.
„Aber davor hieß es Wohnungsbaukreditanstalt – WBK."
„Und morgen heißen die dann ‚Stiftung zur Förderung der Kulturen der Welt'." Kalle wurde grimmig.
„Jedenfalls ist 'ne WBK eine Waffenbesitzkarte; so etwas habe ich, aber mein Waffenschein ist abgelaufen."
„Und verlängern geht nicht?"
„Schwierig, weil der Waffenschein dich berechtigt, die Waffe nicht nur mit dir herumzutragen, sondern im Notfall auch einzusetzen, und dafür müssen besondere Gründe vorliegen."
„Und das war mal bei dir der Fall?", fragte ich etwas beängstigt.
Kalle zog mit seinem Zeigefinger das untere Lid seines rechten Auges herunter und hielt dabei den Kopf schief. Das bedeutete so viel wie ‚für wie bescheuert hältst du mich?'.
„Unser damaliger Chefredakteur – möge er in Frieden ruhen – hatte so einen Fimmel. Erst hatte er mich in den Schützenverein mit hineingeschleppt und dann, weil er Beziehungen zu den richtigen Stellen hatte, mehr oder weniger alles für mich veranlasst, damit mir ein Waffenschein ausgestellt wurde. Als Begründung gab er die gefährliche Berichterstattung bei Einsätzen gegen Terrorgruppen an. Ohne ihn läuft heute so etwas nicht mehr. Dafür musste ich aber auch mit den anderen Verrückten alle paar Wochen auf dem Schießstand rumballern; müsste ich heute eigentlich immer noch, aber ich konnte mich meistens davor drücken. Na, und die Knarre hätte ich auch auf diese Art gar nicht aufbewahren dürfen, jedenfalls nicht nach Vorschrift. Nee, Ändy, das war schon gut so, wenn ich an diesen Korinthenkacker denke."

„Du meinst den Kollegen Ünsal."
„Zum Beispiel."
„Was hat denn dein Gespräch mit diesem Werner vorhin nun ergeben?"
„Siehste, ja", sagte Kalle, „wollte ich dir schon vorhin ganz stolz erzählen, und dann hast du mir mit deiner Aktion die Schau gestohlen. Die Sache wird spannend. Also, Werner von der Mordkommission und Schmitt von der Drogenfahndung – die kennst du ja – haben zusammen mit dem Zoll bewirkt, dass ein SEK eingerichtet wurde, speziell für diesen Container, denn es wurde tatsächlich Heroin gefunden. Ich habe die so ein bisschen angespitzt, ohne dich da in irgendeiner Weise zu nennen, und da denen beim Zählen der Mäuse aufgefallen ist, dass zwar die meisten Tüten mit einem gefaketen Logo versehen waren, eine kleine Minderheit aber nicht, haben sie mal gewissermaßen zwei Mäuse seziert. In allen neutralen Tüten war das Mistzeug versteckt. Der Rest war dann reine Fleißarbeit."
„Wie geht es denn nun weiter?"
„Ich sage mal, wir fahren jetzt zu mir nach Hause. Du bleibst erst einmal bei mir. Ich muss morgen nach Leipzig fahren, werde aber übermorgen zurückkommen. Vielleicht wird dann die Polizei schon weiter sein. Lassen wir uns überrraschen. Und frag mal wegen Gisela an. So, komm, wir gehen."
Kalle zahlte, wir nahmen ein Taxi und fuhren zu ihm. Während der gesamten Fahrt waren meine Gedanken bei Gisela.
In Kalles „Halbvilla" endlich angekommen, fragte ich ihn: „Wieso musst du morgen nach Leipzig?"
„Infolge der ganzen Aufregung der letzten Tage, vergaß ich total, es dir zu erzählen. Ich habe an einem Literatur-Wettbewerb teilgenommen, unter dem Motto ‚Kürze mit Würze', und ich habe es tatsächlich ins Finale geschafft.

Morgen ist die Preisverleihung. Da muss ich natürlich hin."
„Ich wusste gar nicht, dass du auch Romane schreibst", sagte ich zu Kalle.
„Ist ja auch kein Roman, sondern nur eine kleine Gutenachtgeschichte, eine sehr kleine. Eigentlich nur eine Novelle. Aber auch dafür noch zu klein. Ich würde mal sagen, ein Gedicht. Ein kleines Gedicht, das sich nicht reimt, so könnte man es ausdrücken."
„Und", fragte ich, „kann man das mal sehen?"
„Morgen", sagte Kalle. „Ich bin hundemüde. Ich muss in die Falle. Mach es dir auf der Couch bequem. Gute Nacht!"
Jetzt merkte ich erst, wie erschossen ich selbst war und bin sogleich eingeschlafen – auch ohne eine Gutenachtgeschichte.

Am nächsten Morgen wurde ich durch Kalles Betriebsamkeit geweckt. Er war schon angezogen und hielt ein kleines Köfferchen in der Hand.
„So, Ändy, ich muss los, penn doch weiter!"
„Nun bin ich wach, wann bist du wieder hier?"
„Ich schätze mal, morgen Mittag."
„Du wolltest mir noch dein Manuskript zeigen."
„Liegt auf dem Schreibtisch", sagte Kalle in Hast. „Ciao Ändy. Und lass die Finger von den Gangstern!"
„Ciao, Kalle, toi, toi, toi!"

Kalle war weg. Ich ging zum Schreibtisch und fand dort eine bedruckte Seite:

Gutenachtgeschichte von der Olive

Es war einmal, so etwa vor einem halben Jahrhundert, eine etwas zu klein geratene, aber wunderschöne grüne Olive. Sie war schon nicht mehr die Jüngste und wünschte sich so gern einen Mann.
Eine Reise nach New York, wo alle, die gerne einen Manhattan, schließlich auch einen bekommen, konnte sich die kleine Olive aber nicht leisten.
Da sich in ihrem unmittelbaren Bekanntenkreis nichts Passendes fand, gab die kleine Olive eine Heiratsannonce bei „OlivePartner.de" auf:

„Knackige, reife grüne Olive mit ernsten Absichten sucht zwecks späterer Heirat stattlichen Oliver.
Gern auch schwarz."

Es dauerte auch gar nicht lange, bis sich ein passender Kandidat einfand. Sein Vater war Brauereibesitzer und so fand dann die Feier der Hochzeit mit Oliver in dessen Bierhof statt.
Nun hätten die beiden unbeschwert glücklich und zufrieden ihr Dasein verbringen können, wenn ...
ja, wenn da nicht die Füllungen gewesen wären. Die Olive war nämlich mit Paprika gefüllt, Oliver dagegen mit einer strammen Knoblauchzehe.
So geschah, was geschehen musste: Eines rauhen Wintertages kam, als beide kuschelten (ihnen war nämlich kalt), die Knoblauchzehe Olivers mit dem Paprika der Olive in Berührung und es gab – fast unmerklich – eine winzig kleine Explosion, mit dem Ergebnis, dass neun Wochen später plötzlich eine kleine süße Olivia das Licht der Welt erblickte.
Olivia blieb aber nicht so klein. Auch sie wuchs heran, und

als sie in ihrem Bäuchelein schon etwas Paprika entdeckte, gelüstete es sie nach einem Ehemann. Es gab da auch schon einen, der ihr gefiel. Er war entfernt verwandt mit der Brauereifamilie, hatte durch den Besitz seiner Plantagen ein nicht unbeträchtliches Vermögen und, wie sie glaubte, einen guten Kern. Er hieß Olivio. In jugendlichen Jahren war er einmal für kurze Zeit zum Müsli übergetreten. Zu dieser Zeit nannte er sich Oli Bama Bin Rosin.
Jedoch versprach diese Ehe kein glückliches Ende zu nehmen.
Denn schon bald nach der Hochzeit war Olivia immer häufiger mit den Kindern – ja, mit den Kindern, denn auch Olivio ist nicht untätig geblieben, wenn es einmal wieder kalt war, und er seine Knoblauchzehe etwas gewärmt haben wollte – Olivia blieb also mit den Kindern allein zu Haus, währenddessen Olivio im benachbarten Weinlokal
„**Live isst Olive**"
Vergnügung suchte und auch fand.
Diese Lokalität hatte im übrigen einen zweifelhaften Ruf, da die Oliven, die sich dort aufhielten, beim Umgang mit den Piekern nicht allzu wählerisch waren.
Allerdings hatte die Sache mit dem Weinlokal auch für Olivio Konsequenzen: Er wurde mit der Zeit immer fetter und damit unbeweglicher und eines schönen Sommertages, als er die Straße zu seiner geliebten Kneipe überqueren wollte, wurde er von einem Mountainbike angefahren. Dabei spritze nicht nur sein Fett auf die Straße, nein, er verlor dabei auch noch ein „O".

Das aber sah ein Fabrikant aus Böel.
Und seitdem gibt es das Livio Öl!

Nachtrag:
Allerdings hat man aus Profitgründen und wegen massiver

Proteste des „Zentralrats der farbigen Oliven mit Migrationshintergrund" schon bald nach der Produktionsaufnahme beim oben besagten Öl auf die Zutat der Oliven verzichtet und selbige durch OO-Raps ersetzt.
+++ENDE+++

Nach dem Lesen legte ich das Blatt wieder auf seinen Platz zurück. Ich konnte damit nichts anfangen, einfach nur Nonsense, und mir war nicht nach Albernheiten zumute, weil Gisela in meinem Kopf herumgeisterte.
Ich rief im Krankenhaus an und wurde mit der Intensivstation verbunden. Von der Krankenschwester erfuhr ich, dass Gisela bereits operiert und in ein künstliches Koma versetzt wurde, um ihren Organismus zu stärken und damit den Heilungsprozess zu fördern und natürlich auch um die Schmerzen zu lindern. Aber ihr Zustand sei nun relativ stabil und ich dürfe ruhig jeden Tag anrufen.
Das sind ja mal bei allem Unglück gute Nachrichten, dachte ich. Jetzt hatte ich wenigstens den Kopf wieder frei für andere nette Dinge: Waffenschieber, Rauschgifthändler, Mörder und dergleichen. Welche Rolle, fragte ich mich, spielt der Kellner? Und wer war dann der „Türke"? Und was haben die beiden miteinander zu schaffen?
Ich baute mir folgende Theorie zusammen:

Der tote Junkie, so viel stand für mich fest, war der Attentäter Giselas. Und Kellner war sein Auftraggeber. Nun war aber diese Mission nicht nur erfolglos, weil das Kuvert nicht gefunden wurde, sondern auch aus dem Ruder gelaufen, weil Giselas Fenstersturz nicht eingeplant war und sie nun im Überlebensfalle ihren Peiniger sogar identifizieren könnte. Dann würde der Junkie mit Sicherheit bei der Polizei auspacken und musste also rechtzeitig beseitigt werden. Also hat Kellner den Junkie mit einer Überdosis ins Jenseits befördert. Oder der „Türke". Und der Türke ist der auferstandene Mustafa. Und dann haben beide Angst vor Gojkos Kuvert, bzw. dessen Veröffentlichung. Da Gojko sich aber zu einem Zeitpunkt aus dem Staub gemacht hat, als Mustafa noch für ermordet galt, muss man nun auch

noch mit dessen Rückkehr rechnen. Jedenfalls herauszubekommen, ob der Türke, also Schnurrbart, mit Mustafa identisch ist, kann ja nicht so schwierig sein. Man müsste Oberkommissar Werner zu Rate ziehen.
„Herr Jesus! Werner!"
Wir sollten doch um zehn Uhr bei ihm sein. Das hätte ich beinahe vergessen.
Jetzt war es schon drei viertel neun!
Duschen, anziehen, nichts wie hin.
„Taxi!"
Ein sauberer Wagen hielt. Es roch frisch innen, relativ stark nach Parfüm.
„Nanu", dachte ich, „eine Chauffeuse – das hatte ich ja lange nicht mehr."
„Wissen Sie, wo die Keithstraße ist?"
„Aber, ich bitte Sie! Oder meinen Sie irgendeine andere Keithstraße in der Wallapampa?"
„Nein, nein. Ich meine die am Zoo."
„Wollen Sie zum LKA?"
„Ja", sagte ich verunsichert", woher wissen Sie das?"
„Habe ich nur vermutet." Dabei drehte sie sich halb um. Sie war hübsch, in dem Gewerbe eher selten. Aber sie war nicht nur hübsch. Ich fand, dass sie für eine Taxifahrerin ziemlich aufreizend zurechtgemacht war.
„Dann sind Sie wohl ein Kommissar von der Kriminalpolizei?"
„Nein, sehe ich so aus?"
„Ich finde schon."
„Dann muss ich Sie enttäuschen."
„Ich fahre nicht nur Taxe", sagte sie nach einer Weile unvermittelt. Der Rock, den sie trug, gab ihre Beine bis weit über die Knie frei.
„Nicht nur?"
„Nein. Ich könnte auch noch etwas anderes für Sie tun."

Dabei warf sie mir einen vielsagenden Blick zu.
(Aha, die Dame betreibt also ein Zweitgewerbe!)
„Das trifft sich ja gut", sagte ich. „Meine Fenster müssten einmal wieder geputzt werden."
„Hallo? Ich putze doch nicht Ihre Fenster."
„Nicht?"
„Nein!"
„Was machen Sie dann?"
„Na, raten Sie mal."
„Na, dann tippe ich auf Schriftstellerei. Viele Taxifahrer sind unerschütterlich in dem Glauben, das täglich Erlebte aufschreiben zu müssen, um es dann in einem Buch zu veröffentlichen und der ganzen Menschheit mitzuteilen."
„Immer noch daneben, Sie leben wohl unter Klosterschwestern", sagte sie und reichte mir dabei ein Kärtchen nach hinten, auf dem ich las: Sabrina X, Hostessen-Service, darunter eine Handynummer.
„Sie bieten also Ihren schönen Körper gegen Geld feil", sagte ich naiv.
„Sie haben eine ulkige Art, sich auszudrücken; aber ja, jetzt haben Sie's erfasst."
„Dann vermute ich mal, Ihr Service beschränkt sich nicht nur auf ‚fein ausgehen, sich verliebt ansehen und dabei Händchen halten'?"
„Sie haben es erfasst. Ich mache alles von zart bis hart. Die Stunde 100 Euro, Sonderwünsche extra, plus Nebenkosten."
„Plus Nebenkosten? Also das, was auf dem Taxameter steht?"
„Na, das sowieso, nein, Hotelkosten zum Beispiel."
„Sie könnten doch zu mir nach Hause kommen."
„Hausbesuche mache ich nur in Ausnahmefällen."
„Dann eben bei Ihnen zu Hause. Das spart auch die Hotelkosten."
„Hallo? Ich nehme doch nicht jeden mit zu mir nach Hause!"

„Aber ich soll Sie mit nach Hause nehmen! *Sie* kenne ich ja auch nicht."
„Sollen Sie ja gar nicht. Es steht Ihnen doch frei. Wenn Ihr kleiner Schlingel aufsässig wird, können Sie mich ja anrufen. So, da wären wir. Macht 17 Euro."
„Hier sind zwanzig, stimmt so. Auf Wiedersehen."
„Danke. Auf Wiedersehen, bei Ihnen würde ich vielleicht eine Ausnahme machen", rief sie mir nach.

Ich musste mich im Dienstgebäude erst einmal zu Oberkommissar Werner durchfragen.
„Herein!"
„Aaah, Herr Czybulsky, wo haben Sie denn Karl-Heinz, ich meine Herrn Galla gelassen?"
„Der ist leider verhindert und lässt sich entschuldigen. Er ist bei einer Literaturpreisverleihung", sagte ich mit Stolz auf den Freund."
„Na, auch gut", meinte Werner, „Sie können mir sicher auch weiterhelfen. Gehen wir doch gleich in medias res. Was hatten Sie denn in der Kurfürstenstraße zu suchen? Kannten Sie den Toten?"
„Nein, natürlich nicht."
Ich erzählte ihm von dem ominösen Kellner und der Verfolgungsfahrt mit dem Taxi.
„Was ich nicht verstehe", sagte Oberkommissar Werner, „wieso der Kellner auf Sie verdächtig wirkte. Ich meine, nur weil der einmal in der Pizzeria gekellnert hat und anschließend in dem Spätkaufladen auftauchte – was war denn daran für Sie so ungewöhnlich?"
Mit der Frage musste ich rechnen, aber was sollte ich nun antworten? Wohl kaum, dass Kalles Vermutung zutraf, dass ich wahrscheinlich wegen Gojko von diesem Kerl, zumindest aber auf dessen Veranlassung, ausspioniert wurde.
„Es war mehr ein Gefühl", sagte ich. „So eine Ahnung. Seit

der Sache mit Gisela ist mir dieser Kerl ständig gefolgt, und bei Luigi, also dem Italiener, hat er auch nur einen Tag gearbeitet. Ich habe gespürt, dass mit dem was faul ist. Diese Eigenschaft habe ich von meiner Mutter geerbt."
„Und Sie waren erst dann in dieser besagten Wohnung, nachdem dieser Kellner sie verlassen hatte?", fragte Werner.
„Na, Wohnung würde ich das aber nicht nennen."
„Von mir aus Behausung."
Daraufhin erzählte ich alles, aber auch wirklich alles exakt so, wie es sich zugetragen hatte. Die Sache mit meinem Freier habe ich allerdings weggelassen. Und den Waffentausch habe ich auch nicht erzählt, und wo ich letztendlich Kalle traf, habe ich auch ein klein wenig verändert. Aber ansonsten alles ganz genau so, wie es sich zugetragen hatte.
Oberkommissar Werner nahm alles zur Kenntnis.
„Dieser Junkie", fragte ich dann, „ist der nun der Attentäter von Gisela?"
„Ich werde Ihnen jetzt ein paar Fotos vorlegen, bevor wir zu unserer Gemäldegalerie kommen, vielleicht erkennen Sie ja den Türken wieder."
Also entweder, dachte ich, ist der taub oder ein ganz sturer Hund.
Die Tür ging auf und Kollege Ünsal trat mit einem großen Ordner herein.
Werner öffnete die Mappe und schob mir ein Foto herüber.
„Ist das der Tür... der Schnurrbart aus der Kurfürstenstraße?", fragte mich Werner.
„Ich würde sagen ‚nein'. Wer soll denn das sein?"
„Und erkennen Sie den hier?" Dabei schob er mir ein weiteres Foto zu.
Den kannte ich auch nicht. Na ja, mit sehr viel Phantasie hätte man sich vielleicht Gojko in jungen Jahren auf dem Foto vorstellen können. Aber das behielt ich lieber für mich.

Zum einen lag ich hier womöglich falsch und zum anderen hatte ich ja bei bisherigen Vernehmungen stets seine Bekanntschaft geleugnet. Wenn man mir nun das Gegenteil beweisen könnte, dann wäre Schluss mit lustig!
„Ich glaube nicht", sagte ich. Wer soll denn das sein?"
„Aber der Mann, den Sie von der Knobelsdorff- zur Kurfürstenstraße verfolgt haben, ist das nicht?"
„Nein, auf gar keinen Fall!", sagte ich erleichtert.
„Nun gut, dann schauen Sie sich bitte einmal hier unsere Kartei an. Lassen Sie sich Zeit. Kollege Ünsal bringt Sie rüber. Wenn Sie damit durch sind oder einen Kandidaten erkennen, melden Sie sich bitte."
Kollege Ünsal brachte mich rüber. Der Raum bestand nur aus Regalen mit Akten, einem Tisch und einem Stuhl. Ünsal knallte vier Ordner auf den Tisch mit den Worten:
„Na dann, viel Spaß."
Hier habe ich ihn zum ersten Mal grinsen sehen.
Ich stürzte mich auf den ersten Ordner. Nach etwa einer halben Stunde war ich schon so etwas wie früh erblindet. Von da an sahen alle Bilder gleich aus. Ich musste immer wieder Pausen einlegen, und dabei hatte ich noch nicht einmal die Hälfte geschafft. Jetzt war ich endlich bei dem zweiten Ordner angelangt und gleich auf der zweiten Seite ein Treffer. Der Kellner!
Ich ging zu Werner ins Zimmer.
„Haben Sie sich die Bilderbücher angesehen?"
„Wie wäre es denn zur Abwechslung mal mit 'nem Micky Maus Heft?"
„Da kann ich nicht mit dienen", sagte er grinsend. „Aber wie wär's denn hiermit?" Dabei holte er einen ‚Asterix' aus dem Schreibtisch hervor.
„Und haben Sie denn auch einen Zaubertrank da drinnen?", gab ich nun meinerseits grinsend zum Besten.
Eh er antworten konnte, kam Kollege Ünsal mit dem Ordner

herein und gab ihn Werner.
„Zeigen Sie mal den Kameraden!"
Ich zeigte auf das betreffende Bild.
„Das ist der Kellner."
„Sicher?"
„Ziemlich."
Werner schrieb sich etwas aus der Kartei ab und ging zu seinem Computer, tippte auf seiner Tastatur und klickte eine geraume Weile mit seiner Maus herum; er schien sehr interessiert. Seinem Gesichtsausdruck zufolge, war er fündig geworden.
Er schaute von seinem Monitor auf. Ich schaute ihn erwartungsvoll an.
„Offensichtlich kennen Sie diesen Herrn schon", sagte ich.
„Wie gefährlich ist der?"
„Der hat bei Ihrem Italiener gekellnert?"
„Hat er! Und gar nicht einmal schlecht. Nur, dass er Bier von Wein nicht unterscheiden konnte", sagte ich.
„Bier von Wein? Das überrascht mich aber, scheint ein echtes Multitalent zu sein", meinte Oberkommissar Werner.
„Halten Sie sich zurzeit wieder zu Hause auf oder noch bei Herrn Galla, Herr Czybulsky?"
„Bei Herrn Galla", sagte ich, „aber ich wollte endlich wieder nach Hause, eigentlich heute schon."
„In die Knobelsdorffstraße?"
„In die Knobelsdorffstraße."
„Und ich kann Sie davon nicht abhalten?"
„Wollen Sie mir Angst machen?"
„Mir will eben nicht aus dem Kopf, dass der ungebetene Gast in Ihrer Wohnung nicht zufällig dort war und noch einmal auftaucht, und ob Ihnen dann Ihre Spielzeugwaffe noch einmal helfen wird, wage ich zu bezweifeln."
„Wie lange soll ich denn meine Wohnung meiden?"
„Bis diese Subjekte dingfest gemacht wurden."

„Das kann lange dauern."
„Aber wir arbeiten daran, haben Sie noch etwas Geduld, und spielen Sie nicht wieder Detektiv. Überlassen Sie das uns."
„Bitte sehr! – Kann ich jetzt gehen?"
„Natürlich. Wann, sagten Sie, kommt Herr Galla wieder?"
„Ich habe gar nichts gesagt."
„Sagten Sie nicht, er wäre auf so einem Festival?"
„Nein."
„Was sagten Sie dann? Wenn ich jetzt mal fragen darf."
„Dürfen Sie."
„Was?"
„Fragen."
„Sagen Sie, Herr Czybulsky, fühlen Sie sich irgendwie auf den Schlips getreten?"
Erst wusste ich nicht, was ich antworten sollte. Dann sah ich ihn nur lange an, und dann platzte mir der Kragen.
„Herr Oberkommissar, wie würden Sie sich mit Ihrer Krawatte fühlen, wenn man Sie wie einen kleinen, dummen Jungen behandeln würde?! Sie halten sich wohl für die allwissende Eminenz, für die alle anderen nur Trottel sind. Ich bin wohl nur dazu da, um Ihnen Rede und Antwort zu stehen, aber meine Fragen an Sie werden grundsätzlich nicht beantwortet. Es fehlte nur noch, dass Sie sagen: ‚Du darfst zwar alles essen, aber nicht alles wissen'. Haben Sie mir auch nur eine einzige Frage beantwortet? Nicht einmal, als ich wissen wollte, wie es um Gisela steht, haben Sie sich herabgelassen, mich aufzuklären. Nein, Sie haben mich im Unklaren gelassen, nach dem Motto ‚was geht den das an?' Und dann noch Ihre weisen Belehrungen, die sind wohl Polizei-typisch: ‚Spielen Sie nicht Detektiv! Überlassen Sie das uns! Lassen Sie Ihre Finger von meiner Ex!' Wer hat denn den Junkie aufgespürt? Waren Sie das oder ich? Aber anstatt einer lobenden Erwähnung kommt nur ‚überlassen Sie das uns'! Wo waren Sie denn, als Gisela aus dem Fenster

geflogen ist? Wo waren Sie? Ich mache mir wenigstens Vorwürfe; wenn ich nämlich rechtzeitig zu Hause gewesen wäre, hätte ich das verhindern können. Aber Sie brauchen sich ja keine Vorwürfe zu machen. Es genügt ja, wenn Sie dann auftauchen, wenn der Drops gelutscht ist, um dann alles aufzuschreiben. Und jetzt fragen Sie mich, ob mir jemand auf den Schlips getreten ist?"
Es trat eine kleine Pause ein.
„Haben Sie sich jetzt wieder beruhigt?"
„Ich bin die Ruhe selbst."
„Gut. Dann möchte ich Ihnen sagen, dass es mir leid tut, wenn Sie das so empfunden haben. Aber Sie dürfen mir glauben, ganz so, wie Sie es darstellen ist das nicht. Was meinten Sie denn mit ‚lassen Sie Ihre Finger von meiner Ex'?"
„Der Herr Galla ist auf einer Literaturpreisverleihung, Herr Oberkommissar. Ich werde ihn bitten, Sie anzurufen. Auf Wiedersehen."
Damit ging ich hinaus. Irgendwie war ich schlecht gelaunt. Schlecht gelaunt und aufgebracht, so aufgebracht, dass mir das mit der „Ex" rausgerutscht ist.
Draußen auf der Straße kühlte ich mich langsam ab, und mein Ärger wich langsam den Gedanken an schönere Dinge.
„Dinge" traf auch nicht ganz zu. Ich dachte an Edeltraut, die „Ex". Ich würde sie jetzt in diesem Augenblick so gerne sehen. Aber wie sollte ich das anstellen? Die Idee mit dem Heiratsantrag und den Blumen ist natürlich absurd.
Obwohl … Blumen ohne einen Heiratsantrag?
Es befand sich gerade vor meiner Nase ein Blumenladen. Ich trat ein.
„Würden Sie Blumen auch versenden – innerhalb Berlins?"
„Machen wir, über ein Taxiunternehmen. Das klappte bisher immer gut. Kostet aber extra."
„Ist mir klar. Wie viel denn?"

„Wohin denn?"
„Moabit."
„Etwa zwanzig Euro."
„Dann schicken Sie bitte zwanzig rote Rosen – von diesen hier – an folgende Adresse."
Ich schrieb alles auf einen auf dem Tisch liegenden Zettel. Die Verkäuferin las alles durch und meinte: „Und die Sendung soll persönlich an diese Frau Dr. Schmitt-Witzleben übergeben werden?"
„Exakt."
„Und wen darf ich als Absender angeben?"
„Niemanden."
„Aber einen Gruß?"
„Nein."
„Das macht dann fünfzig Euro."
„Hier, bitte. Darf ich erfahren, ob die Übergabe auch geklappt hat?"
„Ich gebe Ihnen unsere Karte. Rufen Sie in zwei Stunden an."
Wieder draußen, versuchte ich, mir ihr Gesicht vorzustellen, wenn sie die Blumen empfängt. Ob sie sofort ahnt, wer der Absender ist? Meine Sehnsucht nach dieser Frau ist nun leider nicht geringer geworden.
Derweil ging es auf Mittag zu und ich spürte so etwas wie Hunger. Also beschloss ich, zu Luigi zu fahren, um etwas zu essen. Danach könnte ich ja noch nach meiner Wohnung sehen.
Diesmal nahm ich wieder die U-Bahn. Ich hatte gerade genug ausgegeben. Es folgte natürlich wieder eine von diesen U-Bahn Fahrten, aber ab Ernst-Reuter-Platz wurde es gesitteter. In meiner Straße angekommen, besuchte ich zuerst Luigi, bestellte das preisgünstige Tagesgericht und ein Bier. Wenn man um die Mittagszeit nur den Tagesteller bestellt, bekommt man nach Begleichen der Rechnung

keinen Schnaps „aufs Haus". Also ging ich zu meiner Wohnung und wollte einen Cuba Libre trinken, für bessere Verdauung. Und weil ich nicht mehr wusste, wie ich zu Hause aufgestellt war, besorgte ich vorher – damit ich womöglich die Treppen nicht zweimal laufen musste – beim Vietkong die nötigen Zutaten. Ich ließ mir im Laden sehr viel Zeit und schaute mich beim Einkaufen ständig um. Seit der Geschichte mit dem Kellner hielt ich diesen mir bisher sympathischen Laden für einen konspirativen Treffpunkt. Aber außer, dass ich das Gefühl hatte, von allen anderen merkwürdig angestarrt zu werden, passierte nichts Besonderes.
In meiner Wohnung gab es dann auch nichts Besonderes. Ich war allein. Allein mit meinem Cuba Libre. Und der hatte nur ein sehr kurzes Leben.
Ich war jahrelang allein. Aber nun war das anders. Ich war richtig allein. Kein Freund war da, und eine Freundin hatte ich ja gerade auch nicht, selbst Frau Neumann ließ sich nicht blicken und Gisela war ja im Krankenhaus. Nicht einmal ein Einbrecher wollte mir einen Besuch abstatten. Ich war einsam!
Ich machte mir noch einen kleinen „Cubi". So konnte ich mich besser selbst bedauern.
Einsam und allein, und es gelüstete mich nach einem Weibe. Ich könnte diese Taxi-Chauffeuse anrufen.
Nee, das kommt nicht in Frage!
Ich trank den Rest aus und beschloss, noch einen ganz kleinen, so als Nachtisch anzumixen. Dabei ist mir wohl die Rumflasche etwas entglitten. Der schmeckte aber richtig gut. So schlecht sah die gar nicht aus, ich meine diese Hostess, oder weiß der Geier, wie sich diese Weiber heute bezeichnen. Ich nahm noch 'n lütten Slock vom tröstenden Elixier. Schon wieder alle! Nun gut, einer geht noch.
„Einer geht noch rein!", sang ich und bereitete mir den

letzten, aber wirklich den aller-aller-letzten zu. Damit der aber auch schmeckt, durfte der nicht zu dünne sein. Also rinn damit, mit dem Havana-Zeugs, Eiswürfel, Cola und Zitrone.
Jut!
Fifty-fifty-Mischung schmeckt halt am besten. So, jetzt rufen wir die Olle an. Wo ist mein Portemonnaie?
In der Hosentasche, wo es hingehört. Da ist auch schon ihre Karte. Mühselig fummelte ich die Visitenkarte aus meiner Börse. Endlich:
„Brasilian Waxing Studio".
Scheißdreck!
Noch'n kleenen Schluck – und weiter kramen.
Da isse!
Hos-dings-Service. Numero ... wo is mein Handy, verdammter Pfeffer!
Dort! Da liegt es.
Nummer eintippen!
Null – eins – fünf ...
„Pieeeeep! – Akku leer!"
„Pjerunje, Scheißtechnik!"
Voller Frust warf ich mein Handy nach hinten, es landete punktgenau im Papierkorb. Daraufhin bin ich auf der Couch im Sitzen eingeschlafen.

Erwacht bin ich erst wieder gegen 16 Uhr. Ich schleppte mich zur Dusche. Das half schon einmal. Und jetzt einen richtig starken Kaffee!
Mühselig kramte ich die Kaffeebüchse hervor, öffnete ungeschickt den Deckel, wobei ich mir einen Fingernagel abgebrochen habe, und sah ... nichts. Das heißt, nichts ist nicht wahr: Ich sah den leeren Blechboden.
So viel dazu.
Aber es gab ja noch Luigi!

Die frische Luft auf dem Weg dorthin tat mir gut. Während ich bei Luigi saß und gemütlich meinen zweiten Espresso genießen wollte, setzte sich an meinen Nachbartisch eine hübsche junge Frau von vielleicht 25 Jahren. Sie setzte sich genau so, dass sie zu mir Blickkontakt hatte. Jetzt lächelte sie mir auch noch zu. Unwillkürlich lächelte ich zurück. Aber, dass sie daraufhin aufstand und zu meinem Tisch kam, überraschte mich schon.
„Verzeihung, wir kennen uns doch, nicht?", sagte sie fröhlich.
„Stimmt, wir kennen uns nicht."
„Ich glaube aber doch, war es letztes Jahr beim Presseball?"
(Diese Angeberin; ich war im Leben noch nie auf dem Presseball.)
„Nein, bestimmt nicht", sagte ich bestimmt.
„Sollte ich mich denn so irren?"
Sie setzte sich einfach zu mir, schlug ihre schlanken Beine übereinander und bestellte beim gerade erscheinenden Ober wie selbstverständlich einen Mojito.
„Und für Sie, Signore, noch ein Espresso?"
„Cuba Libre!"
Espresso erschien mir jetzt nicht angebracht.
Was wollte die von mir? Und dann guckt die mich auch noch so herausfordernd an. Sie hatte freche dunkle Augen. Ich musste an die Kleine vom U-Bahnhof Ruhleben denken; die hatte mich nicht ein einziges Mal angesehen. Ich könnte nicht einmal sagen, welche Augenfarbe sie hatte, und die hier sieht noch einen Zahn schärfer aus und schmeißt sich förmlich an mich ran. Irgendetwas stimmte nicht.
„Ist Ihnen meine Anwesenheit etwa unangenehm?", dabei wippte sie mit ihrem Bein. Sie trug Sandaletten und hatte schwarz oder zumindest dunkel lackierte Fußnägel.
„Nicht direkt unangenehm, aber ich frage mich, was Sie bezwecken. Ich bin erheblich älter als Sie, sehe nicht gerade

aus wie Cary Grant, und Millionär bin ich auch nicht."
„Ich finde Sie halt interessant. Gucken Sie mal, ich habe schwarze Zehennägel." Dabei streckte sie ihr Bein in meine Richtung, hielt den Kopf etwas schief, und sah mich sehr verführerisch an.
„Für schwarze Fingernägel haben wir früher in der Schule Ohrfeigen bekommen", entgegnete ich.
„Ich könnte sie auch anders lackieren. Was halten Sie denn von weiß?"
„Hören Sie, Fräulein, falls Sie finanzielle Absichten haben, muss ich Sie enttäuschen. Ich bin nicht interessiert. Außerdem bin ich verheiratet."
„Halten Sie mich etwa für eine Prostituierte?"
„Nicht?"
„Jetzt enttäuschen Sie mich aber, ich bin doch keine Nutte."
„Verzeihen Sie; und ich dachte, man sagt heutzutage ‚Hostess' zu …"
„Denken Sie so über mich?", unterbrach sie mich. „Also wenn Sie meine Gesellschaft nicht wünschen, dann kann ja gehen."
„Nein, nein. Bleiben Sie nur. Darf ich Ihnen noch einen Drink spendieren?"
„Mojito!" Sie zog einen Schmollmund.
„Sie sind gar nicht verheiratet", sagte sie, immer noch beleidigt, nach einer Weile.
„Was sagen Sie?"
„Warum tragen Sie denn keinen Ehering?"
„Habe ich heute früh am Nachttisch vergessen, wie meine Armbanduhr. Sehen Sie?"
Dabei streckte ich ihr zum Beweis meinen linken Arm hin. (Ich hatte immer noch keine neue „Rolex".)
Sie ergriff meine Hand, ehe ich sie zurückziehen konnte und konterte:
„Dann müsste aber die betreffende Stelle am Finger heller

sein, so wie bei Ihrer Uhr. Sehen Sie? Ist sie aber nicht! Sie Schwindler!"
„Der Ehering wird in Deutschland aber an der rechten Hand getragen." Ich versuchte noch einen Rettungsversuch.
„Da ist auch nichts, das habe ich schon längst gesehen. Sie sind gar nicht verheiratet."
Ich sagte nichts. Nach einer kleinen Pause fing sie wieder an:
„Sie sind gar nicht verheiratet, Sie sind gar nicht verheiratet", jodelte sie und wippte dabei mit ihrem Bein.
„Aber so gut wie."
„So gut wie?"
„So gut wie!"
„Also verlobt."
„Ja genau, verlobt."
„Und den Verlobungsring haben Sie am Nachttisch vergessen."
„Ganz genau."
Wie sie mich nun ansah! Einfach nur unwiderstehlich. Mit diesem Blick hätte sie sogar den Papst noch in die Kiste ziehen können.
„Würden Sie denn nicht mit mir schlafen wollen?", knallte sie mir direkt und plötzlich entgegen.
„Nein!"
„Reden Sie doch nicht drum herum, ja oder nein?"
„Sie verstehen kein Polnisch, oder?"
„Nein."
„Aber Deutsch auch nicht, was Fräulein?"
„Sagen Sie nicht immer Fräulein zu mir!"
„Was soll ich denn sonst sagen, ‚Gnädige Frau' vielleicht?"
„Versuchen Sie es doch mal mit Marleen. Wie heißen Sie denn?"
„Ich heiße Herr Wagner."
„Ach, wie der Komponist?"

„Genau der. Das war mein Großvater."
„Interessant, dann sind Sie wohl das Produkt eines seiner Seitensprünge?"
„Seitensprünge? Erlauben Sie mal!"
„Eine andere Erklärung für Ihre Geschichte gibt es aber nicht. Und über hundert müssten Sie ja nun auch schon sein. Dafür haben Sie sich aber wirklich gut gehalten, alle Achtung."
Irgendwelche Bezüge zu historischen Personen sollte ich in Zukunft vermeiden. Jetzt habe ich mich ein weiteres Mal blamiert.
„Oh, ich muss jetzt leider gehen", sagte sie plötzlich und unerwartet.
(Der Himmel hatte ein Einsehen mit mir.)
„Aber ich komme morgen wieder. Um die gleiche Zeit. Fünf Uhr. Werden Sie auch kommen?"
„Kann ich nicht sagen. Ich glaube nicht."
„Wie heißen Sie denn mit Vornamen?"
(Dieses Drecksluder ließ nicht locker.)
„Sage ich Ihnen morgen."
Endlich verschwand sie.
So eine verführerische, sexy Person und wirklich bildhübsch, aber mit frechen Gesichtszügen. Eigentlich wirklich etwas zum Anbeißen, allerdings zu jung für mich, und dann hatte ich ja auch andere Ambitionen. Ich zahlte und verließ das Lokal.
Auf dem Weg nach Hause grübelte ich immer noch, welche Absichten die Kleine wohl gehabt haben könnte.
„Gojkos Kuvert!", schoss es mir durch den Kopf. Die wurde unter dem Vorwand, mit mir pennen zu wollen, darauf angesetzt, in meine Wohnung zu gelangen, um an das Kuvert heranzukommen. Das erklärte natürlich alles. Beinahe hätte ich mir schon eingebildet, die Kleine fände mich attraktiv. Aber ich brauchte nur zwischen den Zeilen

zu lesen bzw. zu horchen. „Interessant", sagte sie. „Ich finde Sie interessant". Das ist ein höfliches Synonym für alt und langweilig. Wirklich schade, denn scharf war sie.
Ich beschloss nun endgültig, wieder bei mir zu Hause zu schlafen. Vor dem Schlafengehen angelte ich noch mein Handy zum Aufladen aus dem Papierkorb – es war unbeschädigt.
Ich schlief so gut wie lange nicht.

Am nächsten Morgen, es war etwa 10.00 Uhr rief ich Kalle an.
Er sollte schon im Zug sitzen, auf der Rückreise aus Leipzig.
„Na, Kalle, wie ist es gelaufen?"
Kalle knurrte.
„Nun? Erzähl! War es 'ne Pleite?"
„Wie man's nimmt. Zweiter Preis."
„Donnerwetter!"
„Was meinst du mit Donnerwetter?"
„Dass man mit so einem Käse einen Preis einfahren kann."
„Nu hör mal, von wegen Käse. Verglichen mit dem Mist, der seit Mitte der Sechziger verlegt wurde und sogar zu den Schulbüchern Zugang fand, ist das doch Kunst."
„Ja, ganz große Kunst", sagte ich spöttisch.
„Ja, natürlich. Ganz große Kunst", gab er bestärkend dazu, „das musst du doch zugeben."
„Die Kunst eine Olive kalt auszupressen, ohne dabei einen vorbeifahrenden Mercedes zu bespritzen."
Ich kann eben auch manchmal ein richtiger Stinkstiefel sein.
„Bist du noch dran?", fragte ich Kalle.
„Ja."
„Weil du nichts sagst. Bist du jetzt beleidigt?"
„Nein, ich bin nicht beleidigt, was soll ich denn sagen?"
„Na, zum Beispiel, warum du nicht den ersten Preis bekommen hast, wie du es verdient hättest?"

(Jetzt hielt ich es für angebracht, mich etwas einzuschmeicheln.)
„Da war ich chancenlos."
„Wieso chancenlos? Wer hat denn den ersten gekriegt?"
„Irgend so ein Akif Frag-mich-nicht mit so einer traurigen ethnischen Liebesbeziehung in einem Flüchtlingsdrama. Da kommst du nicht gegen an."
„Hättest du eben auch so was Ähnliches hinschmieren sollen und nicht so ein albernes Gemüsedrama."
„Scheiß der Hund drauf", murrte Kalle. „Und weißt du, warum es überhaupt zum zweiten gereicht hat, Ändy?"
„Nu?"
„Weil, der Laudatio zufolge, fast alle Mitglieder der Jury so gerne Olivenöl essen. ‚Ich habe bis heute nicht gewusst, dass das Zeug in Schleswig-Holstein erfunden wurde', hat der Laudator gesagt; da haben alle gelacht, und – weil meine Geschichte so schön kurz ist, fast schon zu kurz, aber eben nur fast. Jedenfalls hätte er gerne mehr davon gehabt. – Hörst du, Ändy, er hätte gerne mehr davon gehabt!"
„Von dem Olivenöl?"
„ – – – Wie geht es denn Gisela?"
„Einigermaßen gute Nachrichten. Ihr Zustand war gestern stabil. Sie wurde in ein künstliches Koma versetzt. Ich werde heute noch einmal anrufen."
„Na fein, ich komme übrigens erst am Abend zurück, wundere dich nicht! Bis dann, Ändy!"
„Tschüss Kalle und Glückwunsch!"

Aus dem Krankenhaus erfuhr ich über Gisela nichts Neues, und so verbrachte ich die meiste Zeit des Tages damit, meine Bude einigermaßen auf Vordermann zu bringen. Als es schon Nachmittag war, grübelte ich weiter, denn dieses Luder von gestern ging mir nicht mehr aus dem Kopf. Zuerst

war ich fest entschlossen, sie sitzen zu lassen, aber der vermutliche Bezug zu Gojkos Kuvert änderte natürlich alles.
Ich werde hingehen.
Jetzt wollte ich mehr erfahren.
Fünf Uhr hatte sie gesagt, dann konnte ich ja schon einmal langsam losgehen.
Ich stand schon im Treppenhaus, als ich es mir anders überlegte. Ich ging wieder zurück in die Wohnung. Warum sollte ich mich auf unnötige Komplikationen einlassen. Wer weiß, was dieser frechen Göre noch so alles einfällt.
Ich stand in meiner Diele. Schuhe hatte ich noch angezogen. Das wollte ich gerade ändern.
Dann erfahre ich aber nicht die Wahrheit.
Vielleicht sollte ich doch hingehen.
Merkwürdig, aber die Kleine übte auf mich eine seltsame Anziehungskraft aus, die ich mir nicht erklären konnte.
Neugierig war ich außerdem.
Ich geh' hin.
Jetzt war es schon nach fünf.
Egal, ich werde trotzdem gehen.
Ich ging und knallte die Haustür zu.
Als ich an Frau Neumanns Tür vorbeikam, wurde sie geöffnet.
„Ach, verzeihen Sie, Herr Andreas, darf ich Sie um etwas bitten?"
„Aber sicher, Frau Neumann, um alles in der Welt."
„Ich glaube, mein Fernseher ist kaputt, können Sie vielleicht einmal nachschauen?"
Ich ging zu ihr in die Wohnung.
„Was hat denn Ihr Fernseher?"
„Es kommt kein Ton mehr. Ich hab' schon alles versucht. Aus- und einschalten, Netzstecker ziehen, und an der Fernbedienung liegt es auch nicht. Ich fürchte, ich muss einen neuen kaufen."

Erst war ich ebenfalls ratlos, dann wackelte ich hinten an dem Scart-Kabel und siehe da: Da war er wieder, der Ton.
Ich hatte Frau Neumann glücklich gemacht, denn am selben Abend sollte ihre Lieblingsserie kommen. Dafür war es nun aber schon fast halb sechs.
Jetzt brauchte ich eigentlich auch nicht mehr zu meinem Rendezvous zu gehen. Schließlich sagte ich ja auch, dass ich nicht kommen würde.
Andererseits könnte ich noch in aller Ruhe und ungestört ein Bierchen ...
Ich geh' hin.
Ich geh' zu Luigi!
Der Laden war ziemlich leer. Ich setzte mich an einen Tisch. Keine zwei Minuten später kam sie an.
Ich war etwa 40 Minuten zu spät und trotzdem kam sie noch; später als ich. Das war kein Zufall, die hat mich beobachtet!
Ich fühlte mich in meiner Theorie bestärkt:
Fräulein Marleen arbeitet für den Feind!
„Sie sind ja schon da", kam aus ihrem frechen Mundwerk.
Ich betrachtete sie. Nicht nur ihre Klappe, sondern auch ihre Kleidung war frech, mehr als frech. Sie trug ein kurzes weißes Röckchen und einen weiten, sehr grobmaschigen schwarzen Strickpullover unter dem sie wahrhaftig nichts weiter anhatte, und der daher ihren niedlichen Brüsten nicht nur Frischluftzufuhr gönnte. Die Sandaletten waren zwar dieselben wie gestern, aber heute blitzten weiße Zehennägel aus ihnen hervor. Sie war süß, zum Anbeißen. Sie setzte sich und streckte wieder ihr Bein zu mir hin.
„Sehen Sie? Ich habe meine Fußnägel jetzt weiß lackiert. Extra für Sie."
„Für mich?"
„Ja, für Sie. Schwarz mochten Sie doch nicht."
„Hab' ich doch gar nicht gesagt."

„Doch, haben Sie."
„Nein, hab' ich nicht. Außerdem finde ich schwarz schöner als weiß." Jetzt wollte ich diese freche Göre auch einmal ärgern.
Sie blitze mich mit ihren dunklen Augen an. Die Faszination, die von ihrem Blick ausging, konnte ich mir nicht erklären.
„Sag mal, Ändy, bist du schwul?"
Jetzt blieb mir die Luft weg.
„Wie kommen Sie denn darauf?"
„Weil ich anscheinend überhaupt nicht auf dich wirke. Du willst ja noch nicht einmal mit mir schlafen."
„Jetzt gehen Sie aber ein wenig zu weit, Fräulein!"
„Marleen."
„Fräulein Marleen."
„Nur Marleen. Du sollst nicht immer Fräulein zu mir sagen."
„Und Sie sollen mich nicht einfach duzen! Ich könnte Ihr Vater sein. – Woher weißt du überhaupt meinen Vornamen?"
„Das möchtest du jetzt gerne wissen, was?"
„Ja, möchte ich. Gestern hast du ihn noch nicht gewusst."
„Wer sagt das?"
„Ich. Du hast doch gestern extra danach gefragt."
„Stimmt."
„Ja, und?"
„Was, und?"
So ein freches Luder. Die kann einen in den Wahnsinn treiben. Ich schaute sie an. Ich schaute in ihre frechen braunen Augen und auf ihren grobmaschigen schwarzen Strickpullover. Sie war wirklich süß.
„Warum fragst du, wenn du ihn schon weißt, woher überhaupt?"
„Das möchtest du wissen, gell?"
Ich werd' noch irre! Wenn ich nicht schon über beide Ohren verliebt gewesen wäre, hätte ich mich jetzt in diese Göre

verliebt!
Ich denke, da kann kein Mann gegen an. Es sei denn, er ist schwul. Ihre Frage eben war also gar nicht so abwegig.
Der Ober kam.
„Zwei Mojito", bestellte ich.
„Na, wohl doch ein klitzekleines bisschen schwul?" Dabei wippte sie wieder mit ihrem Fuß, hielt den Kopf etwas schief und blitzte mich provozierend an.
„Du hast einen frechen Schnabel", sagte ich.
Jetzt spitzte sie ihre Lippen zu einem Kussmund und ahmte einem Vögelchen nach.
„Woher weißt du meinen Vornamen", bohrte ich weiter.
„Das sag' ich nicht."
„Dann werde ich dir etwas sagen: Das Kuvert wirst du nicht finden. Das ist an einem sicheren Ort. Es ist also sinnlos, zu mir in die Wohnung zu kommen. Das kannst du auch deinen Leuten ausrichten!"
Während ich das sagte, musste ich sehr streng auf sie gewirkt haben, denn diese freche Fröhlichkeit war schlagartig aus ihrem Gesicht gewichen. Man sah es ihr an, dass sie nachdachte. In ihrem Kopf schien alles zu rotieren. Sekundenlang sagte sie nichts.
Der Ober brachte die Getränke.
Sie machte keine Anstalten zu trinken. Ihre schönen dunklen Augen schauten mich nur verständnislos an.
„Welches Kuvert?", kam dann doch nach einer Pause, die mir endlos erschien.
„Das weißt du sehr gut."
„Nein, weiß ich wirklich nicht."
„Dann vergiss es!"
„Dann sag mir endlich, was ich vergessen soll."
„Ich sagte ‚vergiss es'. Das heißt Schluss, Aus, Ende. Verstehst du das?"
„Du bist aber angepisst!"

„Soll ich vielleicht glückselig darüber sein, dass ein Wesen wie du, das an mir gar nicht interessiert ist, so eine Inszenierung durchzieht, nur um in meine Bude zu gelangen?"
Nun schien sie ihre Fassung wieder gefunden zu haben.
„Erstens können wir in meine ‚Buude' gehen, ich habe ein hübsches Appartement und zweitens weiß ich wirklich nichts von einem Kuvert."
„Na, dann ist ja gut."
„Na gut? Heißt das, wir gehen jetzt in meine ‚*Buude*'?"
Sie hatte ihre alte Form wiedererlangt.
„Nein!"
„Und wenn ich meine Fußnägel wieder schwarz lackiere, kommst du dann mit?"
Und wieder folgte das volle Programm ihrer Verführungskünste.
„Jetzt hör' doch mal auf mit deinen dusseligen Fußnägeln", sagte ich gereizt.
„Ich gefalle dir nicht", sagte sie mit aufgesetzter Traurigkeit.
„Doch du gefällst mir sogar sehr, aber ich bin in eine andere Frau verliebt."
„Also nicht verlobt, dacht ich's mir doch."
„Macht das einen Unterschied?"
„Für dich offensichtlich nicht."
Da hatte sie Recht, ich fragte mich allerdings, ob der andere Teil dieser Verbindung das auch so sehen würde. Schließlich wusste Edeltraut noch gar nichts von ihrem Glück – dachte ich zumindest.
Nach einer Pause nahm Marleen die Konversation wieder auf:
„Ist sie hübsch?"
„Sehr sogar."
„Schöner als ich?"
„Ja."

Jetzt machte sie kein glückliches Gesicht, deshalb fügte ich an:
„Sie ist anders. Ihr seid beide schön, auf eure Art. Aber ich ziehe sie vor. Kannst du das verstehen?"
„Nein."
„Das war mir klar."
Jetzt musste sie lachen.
„Du bist in sie richtig verliebt?"
„Unsterblich!"
„Dann habe ich wohl keine Chance gegen die andere?"
„Kaum!"
„Und ich kann es nicht noch einmal bei dir versuchen?"
„Doch schon."
„Doch?", fragte sie freudig überrascht.
„Ja", sagte ich, „vielleicht in zehn Jahren. Bis dahin kann viel passieren."
Wieder schaute sie nachdenklich ins Leere, um dann ganz leise zu sagen:
„Du bist schon seltsam, hoffentlich geht das gut."
„Was soll gut gehen?"
„Ach nichts. Ich sollte jetzt gehen."
Durch unser Gespräch wurde meine Sehnsucht nach Edeltraut (so hieß sie jetzt in meinen Gedanken) nur noch größer.
„Ja, mach das. Ich bezahle."
Sie stand auf, und bevor ich mich erheben konnte, kam sie an meinen Stuhl, beugte sich etwas zu mir herunter und gab mir einen Kuss.
„Wir werden uns wiedersehen, ganz bestimmt", sagte sie und entschwand.

11. Kapitel

Während ich noch zurückblieb, kreisten meine Gedanken jetzt nur noch um Marleen. Ich rätselte. Wenn sie nicht wegen des Kuverts gekommen ist, was ich mittlerweile glaubte, weswegen dann? Keine Frau wie diese fällt plötzlich vom Himmel, um einen „interessanten Mann" glücklich zu machen. Bei einer alten Jungfer, die noch keinen abgekriegt hat, wären solche Annäherungsversuche durchaus nachvollziehbar gewesen. Aber hier ...?
Mein Handy klingelte.
„Ja?"
„Mensch, wo steckst du denn?"
„Bei Luigi."
„Ich dachte schon, du bist schon wieder auf Verbrecherjagd. Bist du allein?"
„Jetzt wieder."
„Jetzt wieder? War etwa deine Braut bei dir?"
„Sag doch nicht immer ‚Braut' – sie heißt Edeltraut!"
„Ach, interessant, Ihr habt also schon Brüderschaft getrunken?"
„Gewissermaßen."
„Was soll das heißen, ‚gewissermaßen', habt Ihr nun oder habt Ihr nicht?"
„Was gehabt, GV?"
„Ich werd' irre. GV! Mensch, Brüderschaft! Ob Ihr nun schon Brüderschaft getrunken habt oder nicht. Du kannst einen aber manchmal auf die Palme bringen."
„Nicht so richtig."
„Nicht so richtig! – Nicht so richtig! Was habt Ihr dann gemacht?"
„Ich habe ihr einen Antrag gemacht."
„Mensch, Ändy, das ist ja super! Was hat sie denn gesagt?"
„Bisher noch nichts."

„Bisher noch nichts? Hat es ihr die Sprache verschlagen, oder hast du ihr etwa einen Liebesbrief geschrieben?"
„Ich habe ihr Blumen geschickt."
„Und da war der Antrag dabei?"
„Nein."
„Was hast du denn geschrieben?"
„Nichts."
„Nichts? Kein liebes Wort? Nur als Absender Ändy?"
„Nicht einmal das."
„Sag mal Ändy, was soll der Unfug ..."
„Warte mal kurz Kalle."
Der Kellner kam, und ich bestellte mir noch ein Bier.
„... So ein Unfug", sagte Kalle. „Woher soll sie dann wissen, dass die Blumen von dir sind?"
„Wenn sie schlau ist, dann weiß sie das", entgegnete ich. Schließlich wollte ich ja keine junge Doofe.
„Wenn sie schlau ist, wenn sie schlau ist! So wie du sie mir geschildert hast, ist sie offensichtlich nicht nur schlau, sondern auch bildhübsch. Was glaubst du, wie viele Verehrer die hat, von denen die Blumen sein könnten? Wenn sich heute Abend nun ein anderer auf deine Kosten es sich an ihrem Busen gut gehen lässt?"
„Das wäre aber böse."
„Böse und doof. Von dir! So etwas muss man raffiniert aufziehen. Ich werde dir mal sekundieren. Damit kenn ich mich aus. – Wer war denn eben bei dir, wenn nicht deine Edelgard?"
„Edeltraut!"
„Von mir aus Edeltraut."
„Das ist wichtig!"
„Ja, ganz wichtig! Und?"
„Und was?"
„Wer bei dir war?"
„Bei mir?"

„Ja, bei dir. Du hast doch gesagt: ‚Nun nicht mehr‘."
„‚Nun nicht mehr‘ soll ich gesagt haben?"
„Oder so was Ähnliches."
„So was Ähnliches?"
Kalle brauste auf. Er wurde mit einem Mal richtig unangenehm:
„Sag Ändy, hast du gerade deine Menstruation oder was?! Kann man denn momentan kein vernünftiges Wort mit dir reden?"
„Mit mir?"
„Ja, mit dir! Der Werner hat mir schon so etwas in der Art angedeutet."
„Der Werner?"
„Ja, Kommissar Werner. Er meinte, du seist irgendwie nicht gut drauf."
„Hat er sich bei dir schon ausgeheult, ja?"
„Was heißt ‚ausgeheult‘, der Werner ist schon in Ordnung, kannste mir glauben. Der hat's halt auch nicht immer leicht."
„Dann muss er mich aber nicht wie den letzten Arsch behandeln."
„Wollte er auch gar nicht. Mir gegenüber hat er dich nur lobend erwähnt. Aber sag mal, Ändy, ist mit dir wirklich alles in Ordnung?"
„Kalle, ich bin verliebt. Ich fürchte, unglücklich verliebt."
„Das erklärt natürlich alles."
„Und ich habe nichts mehr übrig für andere Frauen, auch wenn sie noch so scharf aussehen. Ich glaube, ich bin impotent, wie so ein Harems-Eunuche, verstehst du?"
„Das ist ja fürchterlich! Armer Ändy! Nein, das kann ich nicht verstehen, weil das unvorstellbar ist. Mein Gott, ist das furchtbar! Wenn wir uns jetzt zum Abend jeder 'ne geile Olle einladen würden, dann wäre nada? Nichts? Absolutely nothing?"

„Absolutely nothing", musste ich eingestehen.
„Also wenn ich das richtig verstanden habe", sagte Kalle bedächtig, „warst du eben noch mit einer anderen geilen Ollen zusammen und als es richtig heiß wurde, haste keinen hoch gekriegt wegen deiner Edelnu... ich meine Edelgard, war es so?"
„Edeltraut."
„Und? War es so?"
„Abgesehen davon, dass du ein olles Schwein bist, ja, so in etwa."
„Du kommst doch gleich zu mir, oder?"
„Nee, Kalle, ich will in meinem Bett schlafen."
„Schlaf lieber noch einmal bei mir auf der Couch."
„Nee!"
„Also gut, der Herr soll seinen Willen kriegen. Dann komm ich eben. Oder störe ich etwa?"
„Nein, du störst gar nicht."
„Dann bestell schon mal für mich ein Bier. Bis gleich!"
Etwa eine Viertelstunde später kam Kalle mit dem Taxi. Sein Bier stand schon auf seinem Platz. Er setzte sich und trank es in einem Zuge aus.
„Na, geht's dir jetzt schon besser?", fragte er, wobei er sich mit der Hand den Mund abwischte.
„Etwas. Wenn *du* trinken kannst, dann geht es mir immer gut." Mein Glas war nämlich leer.
„Dann bestellen wir halt noch zwei, du alter Griesgram."
Nach einer Pause, wir hatten inzwischen wieder Bier, fragte ich Kalle:
„Gibt es Neuigkeiten von Werner?"
„Nichts Sensationelles. Außer vielleicht, dass die irgendwie Wind davon bekommen haben, dass die andere Seite nun versucht den Container da raus zu bekommen. Deshalb wird der jetzt extra mit Kameras bewacht. Wäre natürlich schön, dann könnten sie die Kerle gleich auf dem Zollhof verhaften.

„Schön."
„Aber noch ist keiner gekommen."
„Auch gut."
„Na, sehr begeistert wirkst du nicht."
„Weil bestimmt jetzt der Haken kommt."
„Nicht direkt ein Haken, eher ein Häkchen, also ein kleines Häkchen, sozusagen ein Häkeleinchen."
„Aha."
„Mann, Ändy, bist du momentan beschissen drauf. Sieh bloß zu, dass du die Olle bald ins Bette kriegst."
„Du wolltest mir doch sekundieren." Und dann fügte ich noch beleidigt hinzu: „Außerdem ist sie keine Olle wie die anderen. Sie ist was Besonderes!"
„Jaja doch. Also, was ich sagen wollte: Werner ist immer noch der Ansicht, dass der Besuch in deiner Wohnung kein Zufall war. Dein Gojko wird uns noch Ärger machen."
„Der ist nicht *mein* Gojko. Gewöhn dir das bloß nicht an, sonst verquatschst du dich womöglich noch bei *deinem* Inspektor."
„Sag mal Ändy, für wie bescheuert hälst du mich – außerdem ist er nicht mein Inspektor, er ist Oberkommissar."
Kalles Handy klingelte.
„Hallo? ... Ich werd verrückt! ... Na, das wär' ja 'n Ding! ... Aber klar doch, in zwanzig Minuten. Ende!"
„Was gibt es, Kalle, war das der Werner?"
„Ja, die Sache wird immer verrückter. Ich muss los, dauert nicht lange, ich ruf dich dann an."
Kalle sprang auf und rannte los.
Damit saß ich wieder allein da. Was waren das wohl für interessante Neuigkeiten? Diese Geheimniskrämerei ging mir langsam auf den Sack.
Ich rief noch einmal im Krankenhaus an. Immer noch nichts Neues. Mein Kummer wich nun so etwas wie Wut. Wut

darüber, dass dieser Schweinehund, der Gisela, das angetan hat oder dafür verantwortlich ist, noch immer frei herumläuft.
Außerdem geisterte noch eine Sache in meinem Kopf herum: Als ich in der Kurfürstenstraße im Quergebäude auf der Lauer lag, musste ich doch türmen, weil ich im Treppenhaus Schritte hörte. Daraufhin bin ich zur Straße gelaufen, diesem Freier in die Arme. Dann kam Kellner aus dem Haus. Bisher bin ich immer davon ausgegangen, dass sich Kellner in der Junkie-Wohnung aufhielt. Aber wo ist dann der Fremde geblieben, der im Quergebäude von oben kam? Und wenn es gar keinen Fremden gab? Wenn es nun Kellner war, dessen Schritte ich im Quergebäude hörte? Dann existiert womöglich dort eine noch interessantere Wohnung, als die des Junkies! Warum mir das nicht gleich aufgefallen ist, wahrscheinlich wegen der Aufregung.
Ich musste unbedingt da noch einmal hin.
Es war wie ein Zwang, dem ich mich nicht widersetzen konnte!
Ich rief mir ein Taxi von der Straße und folgte meinem Drang.
Während der Fahrt kamen natürlich meine Zweifel zurück. Meinem Drang bin ich gefolgt, aber eine Strategie hatte ich nicht. Ich musste improvisieren.
„So eine arschwarme Scheiße!", hörte ich den Taxifahrer fluchen, während er mich aus meinen Gedanken herausriss. Vor uns die Ampel schaltete auf „Rot" und überall um die Siegessäule herum standen Polizei-Motorräder mit Blaulicht und blockierten den Verkehr.
„Wieder 'ne Eskorte. Jedes Mal derselbe Mist", schimpfte er weiter. „Und alles nur für diese Hohlköpfe, die weiter nischt zu tun haben, als unsere Steuergelder zu verplempern. Das kann jetzt wieder dauern."
Nun warteten wir und harrten der Dinge, die da kommen

sollten.
Und sie kamen! In Form von zwei jungen Leuten, die extra die weite Reise vom Balkan ins ferne Deutschland unternommen haben, um den Autofahrern mehr Durchblick zu verschaffen. Gerade wollten sie ungefragterweise ihr Putzgerät auf die Scheibe unserer Taxe losgehen lassen, als der Taxifahrer blitzartig seine Tür öffnete und halb aussteigend lospolterte: „Wagt es ja nicht, mein Auto mit euren dreckverschmierten Latrinenschrubbern anzugratschen! Seht Ihr nicht, dass der Wagen blitzeblank ist? Haut bloß ab, Ihr Schmutzfinken, sonst ruf ich die Polizei."
Wohl durch den allerletzten Teil seines Wutausbruches beeindruckt, versuchten sie ihr Glück beim nächsten Wagen, aber nicht ohne noch beim Weggehen dreckiges Wasser auf die Taxe zu spritzen.
„Dieses Gesindel", schimpfte er in der Taxe weiter.
„Kassieren unsere Sozialhilfe und zum Dank dafür, beschmieren sie unsere Autos. Dort vorn steht die Polizei, und was machen die? Nischt! Die müssen ja dafür sorgen, dass diese Ganoven freie Fahrt haben und wir im Stau stehen können."
Der Mann schien verbittert zu sein. Offensichtlich um sich davon abzulenken, schaltete er sein Radio ein, und suchte nervös einen ihm genehmen Sender.
„Werbung, Werbung, Werbung", polterte er weiter. „Nischt wie Werbung – oder Verarsche! Das ist kein Rundfunk mehr, das ist Folter mit Sendern! Verarsche oder Gehirnwäsche!"
„Gehirnwäsche?", wagte ich zu fragen.
„Ja, natürlich, wie soll man das sonst bezeichnen? Was kriegen Sie denn in den Nachrichten zu hören? Das ist doch wie früher in der DDR: Wir kriegen nur das zu hören, was wir sollen und was für andere gut ist, nur nicht für uns! Ständig spielt man dieselbe Leier ab: Wir sind ein Volk von

Kriegsverbrechern, jetzt sollen wir auf einmal den Griechen auch Wiedergutmachung leisten – wir sind lauter Neonazis, dabei bekommen die bei den Wahlen nicht einmal fünf Prozent – wir sind ausländerfeindlich, haben aber gerade eine Million Flüchtlinge aufgenommen. Ich habe gerade gelesen, in kürzester Zeit werden es zehn Millionen sein, wenn das so weiter geht. Mich kotzt das hier alles nur noch an!"
„Ja, man hört es", sagte ich.
Von der Eskorte war immer noch nichts zu sehen.
Ein Glaubensbruder einer religiösen Sekte mit Zeitschriften in der Hand näherte sich unserer Taxe und drückte eins seiner Blätter meinem Fahrer auf die Frontscheibe.
„Hört! Der jüngste Tag naht!", rief er aus. Da war er bei meinem Taxler an der richtigen Adresse:
„Da kannste von ausgehen, und zwar für dich! Hier und sofort, wenn du nicht augenblicklich 'ne Fliege machst und deine Scheißzeitung mitnimmst!"
„Halt! Warten Sie", intervenierte ich, als er gefrustet davonschleichen wollte.
„Was kostet Ihre Zeitung?"
„Ein Euro."
„Und wenn ich zehn nehme?"
„Zehn Euro."
Ich streckte ihm einen Zehner hin. „Hier, bitte. Ich nehme zehn Stück."
„Ich habe aber nur neun."
„Dann gib neun."
„Ich würde aber gerne eine behalten."
„Dann gib acht!"
„Ja, ich gebe acht", sagte er und machte sich mit dem Zehner aus dem Staub.
Nun erschienen endlich die feinen Herren oder Damen in ihren Limousinen, die Motorräder verschwanden und wir

durften endlich weiterfahren.
„Das war jetzt aber ein großer Fehler", bemerkte mein Taxifahrer.
„Was denn?"
„Na, dem was abzukaufen und gleich so viele. Morgen stehen hier zehn von diesen Gaunern, weil es sich herumspricht, wenn etwas so gut klappt."
„Dann würde ich aber nicht erfahren, wann der jüngste Tag naht", entgegnete ich.
„Glauben Sie etwa diesen Quatsch?"
„Das nicht", sagte ich, „aber es wird wohl auch passieren, wenn man nicht daran glaubt."
Daraufhin sagte er nichts mehr. Der Mann war fertig mit Gott und der Welt, wahrscheinlich eine Nebenerscheinung seines Berufes.
Mein Handy klingelte.
Ob ich wohl ein paar Minütchen Zeit für eine Umfrage hätte.
„Nein, verdammt noch mal, habe ich nicht! Das ist ja Folter mit Telefonen!", schrie ich ins Handy und legte auf. Ich erzähle doch nicht jeder Spinatwachtel, was ich für Unterwäsche trage!
Diesmal sah ich, wie der Taxifahrer schmunzelte.
Bevor ich mein Handy wieder wegsteckte, schaltete ich präventiv Klingelton und Vibrationsalarm aus. Wir waren auch schon am Ziel. Ich bezahlte und überließ den armen Mann wieder seinem Schicksal im Dschungel der Stadt.
Nun stand ich da mit meinen Zeitungen. Ein Konzept hatte ich immer noch nicht. Ich musste an den lila SUV denken, hoffentlich taucht der nicht ausgerechnet jetzt auf. Ich hielt die Zeitungen so, dass mein Gesicht zur Straße hin etwas verdeckt war und überlegte.
„Kumpel, gib mir mal 'ne Zeitung!", sagte ein Kerl, der plötzlich neben mir stand.
„Das sind aber meine!", gab ich völlig überrascht zur

Antwort.
„Bist du stoned oder was? Mann, ich will dir 'ne Zeitung abkaufen!"
„Entschuldige, hier hast du, macht ein Euro."
Er nahm die Zeitung und gab mir fünf Euro.
„Kannste behalten", sagte der frisch gebackene Zeitungsbesitzer und zog mit seiner neuesten Errungenschaft weiter.
Nicht schlecht, dachte ich, wenn ich alle acht zu dem Tarif verhökern könnte, hätte ich mein Taxigeld wieder raus.
Am Straßenrand hielt ein Auto. Eine Dame mit einem kurzen Rock stieg aus. Der Rock war wirklich sehr kurz. Man hätte auch breiter Gürtel dazu sagen können. Erst ging sie am Straßenrand auf und ab, dann kam sie zu mir.
„Verfatz dich hier!"
„Wie meinen Sie?"
„Ich sagte ‚hau ab hier'. Verkauf deine Scheiße woanders. Du störst hier meine Geschäfte!"
„Entschuldigen Sie, gnädige Frau, es liegt mir fern, Sie zu stören."
Nun kam noch eine weitere Dame in einem sehr kurzen Rock angelaufen: „Hallo Ines! Hast du ein Problem?"
„*Du* kriegst gleich ein Problem, wenn du dich nicht sofort auf deinen Platz verziehst. Ich werde hier allein fertig!"
Als ich mich schon auf etwas gefasst machen wollte, hielt ein Auto am Straßenrand. Ines stieg ein und fuhr davon.
Also hier vor der Tür konnte ich nicht lange stehen bleiben. In Revierstreitigkeiten wollte ich nicht verwickelt werden.
Ein weiterer Wagen hielt, die rechte Seitenscheibe ging herunter.
„Den Film hast du schon einmal gesehen", dachte ich und reagierte deswegen nicht.
„Komm doch mal her!", rief der Mann aus dem Auto. Ich ging etwas näher. Aber nur etwas.

„Ich bin kein Stricher", sagte ich, „ich verkaufe nur Zeitungen."
„Ist ja gut", rief der Mann. „Ich wollte doch nur von dir wissen, ob du die Ines heute schon gesehen hast."
„Ja, soeben. Sie ist gerade bei der Arbeit!"
„Na siehste, geht doch. Was hast'n da für Lektüre?"
„Was Religiöses."
„Gib her, ich nehm' eine."
Ich gab ihm eine durch das Fenster.
„Hier, nimm", sagte er und gab mir einen Zwanzig-Euro-Schein. „Bist doch auch nur ein armer Hund." Und fuhr davon.
Das wird ja immer besser, dachte ich. Trotzdem kann ich hier nicht bleiben. Wenn die Ines wiederkommt, kratzt die mir die Augen aus.
Folgendes hatte ich unterdessen ausklamüsert: Die Wohnung, aus der ich neulich die Schritte hörte, müsste etwa im dritten Stock gelegen haben. Also könnte ich doch unten anfangen und vielleicht etwas durch die Nachbarn erfahren. Ich klingelte parterre. Eine verlottert aussehende junge Frau öffnete.
„Ich habe eine frohe Botschaft: Der jüngste Tag naht!" Dabei hielt ich ihr eine Zeitung hin.
„Wer bist *du* denn? Wo ist Hakan? Hat er dich geschickt?"
„Nein! Ich weiß nicht, aber ich könnte Ihnen hier diese Zeitung ..."
„Du kannst dir mit deiner Zeitung den Arsch abwischen! Verpiss dich!", schrie sie und knallte mir die Tür vor der Nase zu.
Na, das war ja eher ein Missfolg! Meine Verkaufsstatistik hat damit einen starken Einbruch erlitten. Versuch' ich es eine Etage höher.
Eine schon in die Jahre gekommene blond gelockte Schönheit im Morgenmantel öffnete.

„Ich bringe eine Botschaft des Herrn."
„Na, das höre ich gern", sagte sie. „Ich habe gerade Kaffee aufgesetzt, wollen Sie ein Tässchen mit mir trinken?"
Ich zögerte. Das kam jetzt überraschend.
„Na, haben Sie sich nicht so. Ich beiße nicht. Ich bin eine anständige Frau." Dabei lachte sie.
Das konnte ja lustig werden!
„Dann sind Sie wohl gar eine Witwe?", fragte ich sie.
„Ja, was Sie alles wissen! Ich heiße übrigens Lydia und Sie?"
„Andreas." (Meinen richtigen Vornamen hätte sie sowieso nicht verstanden.)
Während ich eintrat, löste sich etwas der Gürtel ihres Morgenmantels. Züchtig bedeckte sie wieder die beiden, soeben für zwei Sekunden ins Freie schauenden, beachtlichen Kameraden.
Ich setzte mich und legte meinen Zeitungsstapel auf den Kaffeetisch. Als sie mit einer zweiten Tasse aus der Küche wiederkam, setzte sie sich so auf den Stuhl, dass dabei ihr rechtes Bein bis zum Oberschenkel aus dem Morgenrock herausragte.
Die wollte mich verführen! Ich brauchte Informationen und die hat nur Sex im Kopf!
„Lebt es sich schön hier in diesem Haus?", begann ich meine Ausfrage-Taktik. Schließlich wollte ich ja zur Sache kommen, und zwar zu meiner Sache.
Sie wollte gerade antworten, als ich Geräusche vom Korridor her vernahm. Jemand kam zur Wohnungstür herein. Ich erschrak. Mir war unwohl, das bemerkte sie.
„Keine Sorge, das ist nur mein Mann."
Na, da bin ich aber beruhigt, dachte ich. Unwillkürlich ergriff ich meinen Zeitungsstapel und presste ihn an meine Brust.
Ein Kopf wurde durch die Wohnzimmertür gesteckt. Ich war auf alles gefasst.

„Is noch wat von dem Kartoffelsalat da?"
„Draußen in der Küche", antwortete Lydia.
„Wer issn dit?"
„Ein Freund von Rudi."
„Aha."
Der Kopf verschwand wieder.
„Na, dann werde ich mal gehen, ich wollte ja nicht stören", sagte ich, halb aufstehend.
„Nein, Sie stören gar nicht, bleiben Sie nur." Dabei goss sie mir Kaffee nach und hielt dann ihre Hand vor den Mund. „Vor dem brauchen Sie keine Angst zu haben, der hat nur noch Fressen und Saufen im Kopp."
„Und wer ist Rudi?", fragte ich.
„Ein Bekannter."
„Dann sind Sie doch aber verheiratet, sagten Sie nicht, Sie seien Witwe?"
„Ja, und? Man kann doch beides sein."
Dabei bekundete ihre linke Brust wieder einen gewissen Freiheitsdrang. Mein Blick in diese Richtung wurde von ihr wohlwollend zur Kenntnis genommen.
„Wo sind denn die Rollmöpse?", schallte es aus der Küche.
„Warte, ich komme", rief die Witwe zurück, zog den Morgenmantel zusammen und verschwand in der Küche.
Mir war nicht wohl. Ganz offensichtlich wollte mich die Schachtel in ihr Bettchen bekommen. Hässlich war sie ja auch nicht, aber alles andere? Meine innere Stimme sprach sich entschieden dagegen aus.
Da erschien sie wieder. Kurz vor dem Setzen löste sich ihr Gürtel völlig und sie stand vorn herum im Freien da, was sie natürlich augenblicklich korrigierte. Aber es war lang genug, um zu erkennen, dass sie nicht von Natur aus blond war.
Das war garantiert Absicht, damit wollte sie mir Appetit machen. Und das ständige Auf- und Zudecken des Mantels verstärkte noch den Reiz.

„Eine schöne Wohnung haben Sie", bemerkte ich mit der Absicht, meine Taktik nun fortzusetzen.
„Ja", sagte sie, „aber manchmal ein bisschen laut. Wie wäre es denn mit einem kleinen Likörchen?"
Ich hätte jetzt am liebsten abgelehnt, aber dann hätte ich ja überhaupt nichts in Erfahrung gebracht, andererseits wollte ich mich wirklich nicht von der vernaschen lassen und umgekehrt erst recht nicht.
Ich gab nach: „Aber nur einen ganz kleinen."
Ihr Mann erschien wieder in der Tür:
„Ich geh' jetzt hoch zu Anatol."
„Trinkt Ihr wieder Alkohol?"
„Nein, wir machen noch was." Damit knallte er die Tür zu.
„Ach, können Sie mal nachsehen, ob die Tür auch richtig zu ist?", fragte sie mich.
Aha, sie ist doch nicht so sorglos ihrem Mann gegenüber, wie sie tat. Ich befolgte es.
„Die Tür ist zu", rief ich.
„Dann schieben Sie noch den Riegel vor!"
Oh je, die geht auf Nummer Sicher!
Als ich wieder ins Wohnzimmer trat, saß sie abgerückt vom Tisch, entblößt auf ihrem Morgenmantel, der am Stuhl herunter hing. Auf dem Tisch standen zwei gefüllte Likörgläser.
„Was gucken Sie so? Mir ist gerade heiß. Wir wollen doch brav sein und zuerst unsere Likörchen austrinken, nicht wahr?"
Mir wurde auch heiß. Wie ich hier jetzt die Kurve kriegen sollte, war mir noch unklar, aber erst einmal einen zu saufen, erschien mir als das kleinere Übel.
Also runter mit dem Zeug! Ich schaute die Witwe an. Ich fand, dass sie mich gierig beäugte.
Weiß Gott, hässlich war sie wirklich nicht, aber alt, und mir wurde plötzlich so schlecht. Sie sah immer älter aus und mir

drehte sich alles. Ich brauchte frische Luft und wollte zum Fenster gehen, aber ich war mit einem Mal zu müde, um aufzustehen.

12. Kapitel

Ein großer SUV hielt auf der Straße. Eine blonde Frau stieg aus. Sie sprach mich an:
„Ich bin doch die Ines, gibst du mir jetzt das Kuvert?"
„Aber ich habe das Kuvert nicht", sagte ich.
„Dann hol ich die Lydia. – Lydia!!!"
Ein riesengroßer Hund sprang aus dem SUV.
„Such nach dem Kuvert, Lydia", sagte Ines, „such!"
Der Hund schnüffelte an mir und biss mich dann in die Hand. Ich fühlte einen fürchterlichen Schmerz.
Da tauchte Oberkommissar Werner auf.
„Helfen Sie mir", sagte ich, „der Hund beißt mich."
„Dann geben Sie ihm Kartoffelsalat!"
„Der ist in der Küche", sagte ich.
„Haben Sie die Papiere?", fragte er.
„Nein, welche Papiere?"
„Dann muss ich Sie verhaften, weil Sie keinen Waffenschein für diese Spielzeugpistole haben."
„Dann verhaften Sie mich", sagte ich, „bitte!"
„Das könnte dir so passen", sagte daraufhin Lydia und beugte sich über mein Gesicht, jetzt sah sie so ähnlich wie ein Mensch aus. Dabei hingen ihre übergroßen Titten rechts und links von mir bis auf die Erde runter. Sie öffnete ihren Mund und leckte mit ihrer Zunge an meiner Nase. Dabei wurde ihr Gesicht immer größer und hässlicher und sie war auf einmal wieder der riesengroße Hund. Von seinem stinkenden Atem so angeekelt, wollte ich kotzen, da riss Lydia ihr Maul weit auf und verschlang meinen Kopf. Ich verspürte einen wahnsinnigen Kopfschmerz.
Alles war schwarz.
„Was machen wir mit dem?", hörte ich eine Stimme aus dem Dunkel. „Sollen wir ihm auch eine Dröhnung verpassen?"
„Wenn wir hier fertig sind, soll sich Gül um ihn kümmern",

antwortete der Hund.
Ich öffnete langsam meine Augenlider. Meine linke Hand und mein Kopf schmerzten immer noch.
„Er kommt zu sich", hörte ich den Hund sagen.
In meinem verschwommenen Blickfeld konnte ich drei Personen eher wahrnehmen, als erkennen.
Aber in der Mitte, etwas zurückgesetzt, stand Lydia, also die Witwe Lydia, nicht der Hund, und sie hatte auch keine blonden Locken mehr, sondern kurze, schwarze Haare, und ihren reizenden Morgenmantel hatte sie nun gegen Lederklamotten und Stiefel eingetauscht. Und rechts stand … Kellner. Das war Kellner!
„Soll ich die andere Hand auch fester anziehen, Anatol?", fragte der Dritte, der mir auf seltsame Art bekannt vorkam.
„Die ist gut", sagte der Hund bzw. Anatol.
„Na, mein Freund", sagte Anatol zu mir, „was suchen wir denn so Schönes hier?"
„Ich überbringe Euch eine Botschaft des Herrn", quetschte ich mühevoll aus meinem vollständig schmerzenden Körper hervor.
„Mistress Lydia", sagte Anatol, „zeige doch mal dem Herrn, wie du die Botschaft verstehst."
Woraufhin Lydia hervortrat, mit ihrem rechten Fuß ausholte und mir einen Tritt in die Weichteile verpasste, dass mir Hören und Sehen verging.
Ich war so böse an einen Stuhl gefesselt, dass dieses Spielchen beliebig oft wiederholt werden konnte. Meine Arme und meine Beine konnte ich nicht bewegen. Ich konnte mich nicht einmal krümmen vor Schmerz und glaubte zu ersticken. Ich konnte vor Schmerz nicht einmal schreien.
„Na, gefällt dir das mein Süßer?", gurrte Mistress Lydia.
Ich konnte nur die Augen verdrehen, mehr ließ meine gefesselte Lage nicht zu.
„Schade, schade", sagte Lydia. „ich hätte dich gerne für mich

behalten, aber Anatol hat noch große Pläne mit dir vor. Stimmt's Anatol?"
„Ja, das stimmt."
„Große Pläne?", fragte ich mit schwacher Stimme.
„Jawohl", sagte Anatol.
„Du wirst uns nämlich dabei helfen, unsere Dokumente wiederzubekommen. Wir wissen nämlich, dass dieses Schwein Stojanović bei dir war. Also hat er sie dir übergeben."
„Welche Dokumente?"
Ich hatte die Frage nicht ganz ausgesprochen, da spürte ich schon die grausame Strafe der Mistress Lydia zwischen meinen Beinen.
Mehr als ein fürchterliches Stöhnen konnte ich daraufhin nicht hervorbringen. Wenn ich nicht als kastriert dieses Zimmer verlassen wollte, dann musste etwas geschehen.
„Ach, meinen Sie etwa das Kuvert, das mir Gojko gegeben hat?", fragte ich mit schmerzverzerrter Stimme.
„Na, wir verstehen ja auf einmal", knurrte Anatol liebevoll.
„Ja, das, das ist – warum sagen Sie das nicht gleich – das ist an einem sicheren Ort."
„Das ist gut. Sicher ist immer gut! Und wo befindet sich dieser sichere Ort?"
„In einem Bankschließfach."
So dachte ich, wenigstens Zeit zu gewinnen. Die Banken machen erst wieder am Montag auf und heute war Freitag. Oder schon Samstag? Draußen war es dunkel, also wohl doch noch Freitag.
Eines war mir aber klar: Wenn die haben, was sie wollen, dann ergeht es mir, wie dem Gemüsehändler. Ich musste Zeit schinden.
„Und wo ist dann, bitteschön, der Schlüssel zu diesem Bankschließfach?"
„In meiner Wohnung."

Mir fiel unter dem Druck der Situation nichts Besseres ein. Lydia schien schon wieder die Angriffsstellung einzunehmen, deshalb fuhr ich schnell fort:
„Im Korridor am Schlüsselbrett, da hängt er."
Lydia erschien etwas ruhiger.
„Und welche Bank?"
„Am Ernst-Reuter-Platz die ..."
Ich brach ab, weil ein Handy klingelte. Der Dritte ging ran:
„Hallo!"
Und dann ging es auf Türkisch weiter. Ich verstand bis auf einen Laut, der so ähnlich klang wie „Potatoes" kein Wort. Dann kam eine kleine Pause und er polterte auf Deutsch weiter:
„Was heißt Sonderangebot? Du Idiot! Ich habe Pfifferlinge gesagt. Was soll ich mit 300 kg Champignons. Die frisst doch keiner. Jetzt wollen alle hier Pfifferlinge fressen und keine Champignons. Wie kann ein einzelner Mensch nur so blöde sein. Bring das in Ordnung, sonst kannst du wieder Scheißhäuser putzen."
Er legte auf und sagte dann etwas ruhiger zu Kellner:
„Wenn man nicht alles selber macht. Da schickt der Gül doch diesen Schwachkopf zum Einkauf."
Dabei steckte er sein Handy wieder in die Tasche. Kellner schaute zum Tisch. Es war ein anderer Tisch als der der lustigen Witwe, es war augenscheinlich eine andere Wohnung. Auf dem Tisch lag meine Umarex alias Walther PPK. Kellner schaute mitleidig auf meine „Spielzeugpistole" und fragte dann:
„Hat der Kerl kein Handy dabeigehabt?"
„Doch", sagte Lydia, „das liegt noch unten bei mir auf dem Tisch."
„Und hast du das ausgeschaltet?"
„Ich glaube nicht."
„Was heißt, du glaubst, hast du oder nicht?"

„Nein."
„Eujeujeujeu! Man ist umzingelt von Idioten! Wir werden in die Filiale umziehen, mir wird das hier zu heiß. Mach den Kerl reisefertig, und du dusselige Kuh gehst endlich runter und schaltest das verdammte Handy aus."
Während sich der Pilzhändler mit einem Messer an meinen Fußfesseln zu schaffen machte, zog eine beleidigte Domina von dannen.
„Mach ja keine Faxen, sonst schneide ich dir die Gurgel durch", bekam ich zu allem Überfluss noch zu hören. Aber nicht nur das. Aus der Diele vernahm ich mit einem Mal ein Poltern und einen Riesenlärm. Dann ging alles ganz schnell. Plötzlich standen zwei Männer im Zimmer. Ich sah noch die Klinge an meinem Hals blitzen. Dann gab es einen fürchterlichen, ohrenbetäubenden Knall. Die Klinge fiel zu Boden und der Pilzhändler stieß einen Schrei aus und sank auf die Erde.
Kollege Ünsal hatte ihm in die Schulter geschossen. Dann wimmelte es nur noch so von Polizisten.
Werner stand vor mir.
„Ja, der Ünsal", sagte er. „Manchmal ist er ja ein wenig übereifrig, aber auf dem Schießstand immer der Beste."
Dann erlöste er mich mit seinem Messer von sämtlichen Kabelbindern.
„Nicht wahr", raunte er mir dabei zu, „Sie haben doch auch gehört, wie Ünsal zweimal rief: ‚Polizei – Waffe fallen lassen'?"
„Aber sicher", sagte ich, „ganz deutlich. War es nicht sogar dreimal?"
Kellner, alias Anatol und der Pilzhändler bekamen von den Uniformierten Handschellen verpasst. Letzterer jammerte dabei herzzerreißend. Als sich Werner um die Witwe Lydia kümmern wollte, schrie sie:
„Ich bin unschuldig! Der da wollte mich vergewaltigen!"

Dabei zeigte sie auf mich.
„Na klar", sagte Werner, „das sehe ich doch. Und vorher wollten Sie aber noch, dass er Ihre Stiefel ableckt, was? Abführen!"
Da sah ich Kalle.
„Karl-Heinz!", sagte ich überrascht, aber gerührt und froh.
„Ihr Lebensretter", meinte Werner, „aber Sie müssen jetzt ins Krankenhaus zur Untersuchung."
„Mir fehlt nichts", sagte ich. Ich konnte jetzt zwar schlecht nachsehen, ob das auch wirklich stimmte, aber da sie noch etwas schmerzten, ging ich einfach davon aus, dass die beiden Lümmel noch an ihrem Platz waren.
„Mir brummt nur der Schädel. Aber in der Wohnung unten liegt noch mein Portemonnaie und mein Handy."
„Haben wir schon sichergestellt, kriegen Sie nachher wieder."
„Und die Likörflasche sollten Sie auch sicherstellen."
„Ist schon geschehen, vor allem die Likörgläser, die noch auf dem Tisch standen. Aber es ist schon merkwürdig", sagte Oberkommissar Werner.
„Was ist merkwürdig?"
„Dass eine so durchweg böse Frau so einen Haufen religiöser Lektüre auf ihrem Tisch hat und dann aber noch nicht einmal liest, sonst hätte sie nämlich gewusst, dass das Ende naht."
„Sie hat vermutlich auch nicht daran geglaubt", sagte ich, „wie die meisten Menschen."
„Nun kommen Sie, wir überlassen das Schlachtfeld den Kollegen und fahren noch aufs Revier, wegen der Formalitäten."
Ich ging neben Kalle die Treppe herunter. Auf der Straße war ein gigantischer Rummel. Vor lauter Blaulicht konnte man fast nichts erkennen. Direkt vor der Tür stand ein Notarztwagen, salutiert von mindestens acht

Polizeifahrzeugen. Werner führte uns zu einem großen, dunklen BMW, setzte uns beide hinten hinein und stieg dann mit Ünsal vorn ein. Ich dachte an die arme Ines, deren Geschäfte sicher gerade nicht so gut für sie liefen. Während wir losfuhren, schaute ich auf die Uhr im Wagen. Es war 0.10 Uhr, also doch schon Samstag!
Ich sprach aus dem Fond Werner an, der auf dem Beifahrersitz saß:
„Herr Oberkommissar!"
„Ja?"
„Während ich gefesselt war, da hörte ich, dass sich letztendlich ein Herr Gül um mich kümmern sollte. Unter ‚kümmern' kann ich nur meine Entsorgung verstehen. Den Kerl könnten Sie vielleicht jetzt auf dem Fruchthof schnappen."
„Das ist ja interessant."
„Bei den Pfifferlingen oder Champignons", fügte ich an. „Da war von 300 kg die Rede."
„Das wird ja immer besser."
Werner fing sogleich zu telefonieren an. Ich hörte, wie er meine Informationen an eine betreffende Stelle weitergab. Als er damit fertig war, fuhr ich fort:
„Dann ist mir da noch etwas in den Kopf gekommen."
„Ach, Ihnen auch?"
„Ja, und zwar dieser Tote im Landwehrkanal, der sollte doch ein Gemüsehändler gewesen sein."
„Ich weiß; haben Sie denn Herrn Galla gestern nicht mehr gesprochen? Das habe ich ihm doch schon erzählt. Nun, wir sind schon angekommen und machen oben weiter", sagte er.

Bald darauf saßen wir im Kommissariat. Der Stuhl, auf dem ich saß, war gegenüber meiner Bleibe der letzten Stunden direkt als gemütlich zu bezeichnen. Ackermann gesellte sich noch zu unserer fröhlichen Runde.

„Wo ist denn Kollege Ünsal?", fragte ich. „Ich hatte es versäumt, mich bei ihm zu bedanken."
„Der hat jetzt jede Menge Schriftkram an der Backe zu kleben, aber machen Sie sich keine Sorgen, der ist hart im Nehmen."
Werner kramte in einigen Papieren herum, dann fuhr er fort:
„Sie sind doch Informatiker, haben Sie schon einmal daran gedacht, bei der Kriminalpolizei anzufangen, Herr Czybulsky?"
Man sah seinem Gesicht an, dass die Frage nicht ernst gemeint war.
„Nein, ich bin mit meiner jetzigen Situation eigentlich ganz zufrieden", sagte ich.
An der Software zur Umstrukturierung von Verbrecherkarteien zu arbeiten, stellte ich mir auch nicht als sehr ausfüllend vor.
„Wie haben Sie mich eigentlich gefunden?"
„Herr Galla konnte Sie nicht mehr erreichen, und weil er davon überzeugt war, dass Sie in Schwierigkeiten stecken, da haben wir Sie über Ihr Handy geortet. Aber zurück zu dem Toten aus dem Landwehrkanal", begann Werner von Neuem. „Bei dem handelt es sich um den einen Geschäftsführer der F.I.L.U.T. GmbH, Mustafa Yildiriz ..."
„Also doch nicht der Gemüsehändler?", unterbrach ich ihn.
„Also schön der Reihe nach", sagte Werner. Er wirkte jetzt direkt mild, fast väterlich.
„Nach dem Auffinden der Leiche, sind wir natürlich auf Grund der bei ihm vorgefundenen Papiere von seiner Identität ausgegangen. Wir wunderten uns zwar, dass niemand ihn vermisste, aber wir konnten auch keine Verwandten auftreiben, da sein gemeldeter Wohnsitz gleichzeitig der Firmensitz der F.I.L.U.T. war, und das ist leider nur ein Briefkasten, zum Wohnen also eher für Meisen

als für Menschen geeignet. Nun gut. Aber jetzt kommt's. Auf der Polizeiwache erscheint ein Ali Özgül und meldet seinen Bruder als vermisst. Ziemlich gleichzeitig ist dem Pathologen, der sich mit Mustafa Yildiriz befasst hat, aufgefallen, dass der Tote nicht beschnitten war, obwohl er Moslem war. Da kam natürlich den Kollegen die Idee, die Leiche dem Ali Özgül zur Identifizierung vorzuführen, der nämlich angegeben hatte, dass er Christ sei. – Können Sie mir noch folgen?"
„Absolut!"
„Na und was soll ich sagen, der hat sofort bekannt, dass der Tote sein Bruder Mustafa Özgül ist, der Gemüsehändler. Nun passte wieder fast alles zusammen, aber eben nur fast! Denn jetzt stellte sich natürlich die Frage, wie der falsche Ausweis in seine Tasche gekommen ist, und das hat mir keine Ruhe gelassen. Dann läge nämlich auf der Hand, dass der Mörder von Özgül genau dieser Yildiriz wäre, der gerne als tot gelten wollte. Dann aber dürfte er sich in der Öffentlichkeit nicht mehr sehen lassen, jedenfalls nicht mehr unter seinem richtigen Namen, denn er galt ja als tot. Und jetzt kommen wir zu dem Container und auch zu Ihnen Herr Czybulsky."
Dabei sah er mich ein paar Sekunden an.
Ich hörte aufmerksam zu, denn ich war nun sehr gespannt.
„Mir leuchtete nicht ein, warum die Freigabe des Containers nicht rechtzeitig beantragt wurde. Der Grund für die Beschlagnahme war letztendlich eine Bagatelle. Der Vorwurf der Firma Technilog wegen Markenpiraterie wäre vor Gericht nicht haltbar gewesen, da diese aufgedruckten Schriftzüge keine wirkliche Urheberrechtsverletzung darstellten, und das musste auch deren Anwalt Schleswig-Schuby, ich meine den richtigen Schleswig-Schuby", dabei sah er mich grinsend an, „zugeben. Aber jetzt kamen Sie ins Spiel und gaben sich als deren Anwalt aus. Nun ging der Zoll

natürlich davon aus, dass Sie, Herr Czybulsky, zur F.I.L.U.T. gehören, zumindest aber von ihr geschickt wurden, um etwas auszuspionieren. Jetzt wurde nämlich der Zoll misstrauisch. Irgendetwas musste faul sein, aber was? Die bereits abgebrochene Aktion, den Inhalt zu überprüfen, wurde also wieder aufgenommen, und so kamen dann die Waffen zum Vorschein. Und jetzt war der Zug, den Container frei zu bekommen, abgefahren. Warum also wurde er nicht vorher abgeholt? Ich habe mich daraufhin bei den Kollegen vom Zoll in Hamburg erkundigt: Die Papiere wurden noch von Mustafa Yildiriz für die F.I.L.U.T. unterschrieben. Und alle Lieferungen aus der Vergangenheit wurden alle von demselben Mann unterschrieben; niemals von seinem Kompagnon. Der war aber auch nicht auffindbar. Jetzt hätte immer noch die Möglichkeit bestanden, dass der für tot gehaltene Mustafa seinen Kompagnon Stojanović schickt, den Container abzuholen. Hat er aber nicht. Und warum? Dieser Mustafa hatte folglich nur einen einzigen Grund, nicht mehr zu erscheinen: Sein eigener Tod! Also hatte der Bruder des Gemüsehändlers ein falsches Zeugnis abgegeben.
Und die Untersuchungen, die dann stattfanden, um das zu belegen, gehören nicht zur Routine, wenn ein Fall offensichtlich ist, das können Sie mir glauben, meine Herren. Erschwerend für den Fall kommt ja noch hinzu, dass es sich bei dem Toten um einen unbeschnittenen Moslem handelt, was zwar nicht ausgeschlossen, aber sehr selten ist. Na, jedenfalls habe ich das Ergebnis meiner Untersuchungen gestern Abend Herrn Galla bereits mitgeteilt."
„Donnerwetter!", sagte ich.
„Nun, ich habe ja noch mehr", sprach Werner. „Also ..."
Jemand kam herein und legte Werner einen Zettel hin.
„Sehr gut!", sagte er. „Also dann fangen wir einmal so an: Der Attentäter von Gisela Bertram ist zu 99 Prozent der tote

Junkie, auf dessen Spur Sie uns geführt haben. Sobald Frau Bertram aus dem Koma erwacht ist, werden wir sie mit Fotos ihres Widersachers konfrontieren. Das denken wir heute im Laufe des Tages noch erreichen zu können.

Desweiteren kann ich Ihnen mitteilen, dass es sich bei dem einen Verhafteten – Sie nannten ihn immer ‚Kellner' – um den mehrfach Vorbestraften, unter anderem wegen diverser Rauschgiftdelikte angeklagten Azrael Sejdelman, genannt Anatol, handelt. Und an dieser Stelle möchte ich noch einmal auf den Container zurückkommen. Wie ich vorhin schon erwähnte, wäre ohne Ihr Erscheinen der Container wohl längst über alle Berge, aber Herr Czybulsky, Sie haben da in ein ganz schönes Wespennest gestochen. Der Zoll fand nämlich noch 100 kg Heroin in den Mäusen versteckt und dagegen wirken die Waffen direkt banal. Und ich würde jetzt gerne eine Verbindung zwischen diesem Anatol und dem Container herstellen, aber mir fehlen da noch einige Bausteinchen. Und ich bin nach wie vor davon überzeugt, dass Sie mir da helfen können."

„Vernehmen Sie doch mal diesen Anatol, vielleicht verrät er ja was, oder den anderen, der mich abstechen wollte, das ist doch garantiert dieser Gemüsehändler, der eigentlich im Landwehrkanal schwimmen sollte, oder? Das wollte ich Sie vorhin schon fragen. Oder vielleicht kriegen Sie ja auch noch diesen Gül?"

„Eins nach dem anderen", sagte Werner, „wir werden aus denen schon noch alles herauskriegen. Mit allergrößter Wahrscheinlichkeit hat einer von denen Mustafa Yildiriz auf dem Gewissen. Und einer von denen hat auch den Junkie ermordet. Die Spuren haben nämlich ergeben, dass es kein Suizid mit dem goldenen Schuss war. Und einer von denen hat den Junkie in Ihre Wohnung geschickt, was dann zum Verhängnis für die arme Frau Bertram wurde. Und damit wären wir wieder am Anfang:

Was hatte der in Ihrer Wohnung verloren?"
Nun stand ich da!
„Ich hätte da eine Theorie", sagte ich und musste schlucken.
„Na, dann her damit, ich bin ganz Ohr."
„Also, was diesen anderen Geschäftsführer, diesen Stojanović anbelangt, da habe ich der Polizei nicht die ganze Wahrheit gesagt."
„Nicht die ganze Wahrheit?"
„Nicht so richtig."
„Sie haben also gelogen!"
„Nicht wirklich. Aber ich habe halt nicht alles gesagt."
„Ich bin ja schon die ganze Zeit darauf gespannt, was Sie uns *jetzt* sagen wollen."
„Also Gojko Stojanović", ich musste mich räuspern, „ich kenne ihn eigentlich nur als ‚Gojko' – wussten Sie übrigens, dass Stojanović früher mal jugoslawischer Nationaltorwart war?"
„Was Gojko Stojanović?", fragte Werner interessiert.
„Nein, aber Slavko Stojanović."
„Und was hat der mit Gojko zu tun?"
„Na, nichts."
„Nichts?"
„Nein."
„Und warum erwähnen Sie ihn dann?"
„Ich dachte, das wäre interessant."
„Ich finde das an dieser Stelle alles andere als interessant."
„Aber der hat doch später bei Wormatia Worms gespielt."
„Und wenn er bei Hertha BSC gespielt hätte, dann gehört das doch wohl nicht hierher!", brauste Werner auf.
„Bitte sehr, wenn Sie meinen."
„Also, was ist nun mit diesem Gojko?"
„Als wir noch junge Menschen waren, da haben wir beide mal bei einer Spedition zusammen gejobbt. Ich kenne ihn nur aus dieser Zeit und das ist schon gefühlte hundert Jahre

her. Na, und vorige Woche, da klingelte er an meiner Tür und fragte mich, ob er bei mir schlafen könne."
„Woher hatte er denn Ihre Adresse, wenn Sie sich so lange nicht gesehen hatten?"
„Die habe ich ihm in der Kneipe gegeben."
„Sie haben sich also in einer Kneipe getroffen?"
„Es war mehr ein Restaurant."
„Also keine Kneipe, sondern ein Restaurant?"
„Ein spanisches Restaurant. Nein, ein kubanisches, aber mit spanischer Küche."
„Und Sie saßen in diesem spanischen Restaurant und er ist dann auf Sie zugekommen?"
„Nein, so war das nicht."
„Nicht? Dann sind Sie also auf ihn zugegangen?"
„Nein. Wir sind zusammen hingegangen."
„Ich denke, Sie haben sich in der Kneipe, also in diesem Restaurant getroffen?"
„Nein, das habe ich doch gar nicht gesagt."
„Was dann?"
„Na, nichts."
„Herr Czybulsky!"
Oberkommissar Werner wurde langsam ungemütlich, um nicht zu sagen sehr, sehr ungemütlich.
„Ich wollte doch nur klarstellen", sagte ich, in der Hoffnung auf ein versöhnliches Gesprächsklima, „dass wir uns nicht im Restaurant getroffen haben."
„Sondern?"
„Sondern in der U-Bahn. Wir saßen uns in der U-Bahn gegenüber, und er sprach mich an. Daraufhin erkannten wir uns, und er machte den Vorschlag, auszusteigen und in eine Kneipe zu gehen, und da konnte ich nicht nein sagen, und dann sind wir Turmstraße ausgestiegen, und Gojko meinte, ganz in der Nähe wäre ein gemütlicher Italiener, und so landeten wir im ‚Fidel Castro'."

„Fidel Castro, ist ja interessant. Das ist doch aber kein Italiener."
„Das wussten wir damals aber noch nicht."
„Na, so was hört man doch schon am Namen", sagte Werner vorwurfsvoll.
„Sie haben ja am Namen Stojanović auch nicht gehört, dass das ein ganz berühmter Fußballnationaltorhüter war", gab ich zur Antwort.
Werner starrte mich nur an.
„Der sogar dann noch bei Wormatia Worms gespielt hat", fügte ich noch an.
Erst saß Werner wie erstarrt da, etwa zehn Sekunden. Dann bückte er sich an seinem Schreibtisch hinunter und brachte eine Flasche Weinbrand zu Tage, holte noch ein Glas hervor, goss sich ein und trank es in einem Zuge aus.
„Möchten Sie auch einen?", fragte er mich?
„Her damit!"
„Und Sie, Herr Galla?"
„Her damit!"
Er zauberte noch zwei Gläser hervor.
„Und ich kriege keinen?", fragte Ackermann.
„Sie sind noch im Dienst!", sagte Werner.
„Aber Sie nicht, nein?" Ackermann war trotzig.
Werner schaute auf seine Uhr. „Nein", sagte er, „mein Dienst ist vor fünf Minuten abgelaufen."
Er goss sich noch ein Gläschen ein und guckte uns fragend an.
„Her damit", sagte Kalle.
„Wusste ich doch", sagte ich.
„Was wussten Sie?", fragte Werner.
„Wer Asterix hat, hat auch Zaubertrank, mir bitte auch noch einen."
„Und ich dachte immer, es heißt ‚wer Kummer hat, hat auch Likör' oder so ähnlich", sagte Werner daraufhin. „Da wir hier

in dieser gemütlichen Runde beisammen sitzen, können wir ja weitermachen."
„Ich denke, Sie haben Feierabend", sagte ich enttäuscht.
„Ein Polizist hat niemals Feierabend", entgegnete er.
„Sie haben jetzt aber Alkohol getrunken."
„Sie doch auch, das passt doch."
Ich gab mich geschlagen.
„Aber keine Sorge, meine Herren, wir kommen gleich zum Ende, es ist schon spät bzw. früh. Also im Fidel Castro haben Sie ihm dann Ihre Adresse gegeben?"
„Ja."
„Und in diesem Fidel Castro haben Sie dann auch die Zolloberinspektorin Frau Dr. Schmitt-Witzleben gesehen?"
„Ja, hab ich."
„Und den Gojko haben Sie dann bei sich schlafen lassen?"
„Nein, das ging nicht. Ich habe ihn weggeschickt. Das kann Gisela bezeugen."
„Frau Gisela Bertram?"
„Genau. Ich habe ihn nämlich zu ihr geschickt."
„Und die haben dann zusammen ge...schlafen?"
„Nein, das ging auch nicht, wegen ihrer Katze."
„Ich verstehe, das heißt, ich verstehe überhaupt nichts mehr. Wo hat er denn nun geschlafen."
„Ich nehme an, im Hotel."
„Sie waren dann also wieder allein?"
„Ja."
„Und er hat nichts bei Ihnen zurückgelassen?"
„Mit der Frage habe ich gerechnet."
„Mussten Sie doch wohl, oder?"
„Jedenfalls, als Gisela aus dem Fenster stürzte, befand sich nichts Begehrenswertes in meiner Wohnung. Aber ..."
„Aber?"
„Ich sollte noch Post bekommen."
„Was für Post?"

„Ich habe wirklich keine Ahnung. Aber nach alledem, was ich nun erlebt habe, muss die garantiert interessant sein."
„Sie haben sie also noch nicht?"
„Nein."
„Na gut, Herr Czybulsky, jetzt sind wir doch schon ein ganzes Stückchen weiter gekommen. Sobald diese Post bei Ihnen eingetroffen ist, werden Sie mich doch unverzüglich benachrichtigen?"
„Da können Sie Gift drauf nehmen, Herr Kommissar", sagte ich, jetzt auf eine gewisse Art erleichtert.
„Apropos Gift, das Zeug da in den Likörgläsern hätte Sie umbringen können. Seien Sie froh, dass Sie noch am Leben sind. Diese Dame wird jetzt eine Anklage wegen versuchten Mordes an den Hals bekommen.
„Schade", sagte ich, „eigentlich war sie ganz nett, und ihr Kaffee hat auch gut geschmeckt, aber ihre Stiefel ... !"
„Was war denn mit ihren Stiefeln?", fragte Werner.
„Die hatten so etwas Obszönes", sagte ich.

13. Kapitel

Als Kalle und ich unten vor dem Kommissariat auf der Straße standen, fiel ich ihm erst einmal um den Hals. Zu Worten war ich nicht fähig, aber ich fühlte, wie die Anspannung und die Last der letzten Tage mir zu schaffen gemacht hatte. Ich hatte den Tod vor Augen gehabt, wie muss sich da Kalle neulich gefühlt haben? Er hatte das scheinbar besser verarbeitet als ich.
„Wo fahren wir hin", fragte Kalle, „zu dir oder zu mir oder in 'ne Kneipe?"
„In 'ne Kneipe, um die Zeit?", gab ich zu Bedenken. „Dann kommen wir ja womöglich von einer Krise in die nächste."
„Dann zu mir."
„Haste Cuba Libre im Haus?"
„Nee."
„Dann zu mir, ich habe genug davon. Auf meiner Couch schläft es sich zwar beschissen", sagte ich, „aber weißte was, du kannst in meinem Bett schlafen und ich auf der Couch. Die ist allemal besser, als ein Stuhl mit Kabelbindern."
Wir riefen ein Taxi und fuhren zu mir. Im Taxi kontrollierte ich mein wiedergewonnenes Portemonnaie auf seinen Inhalt. Augenscheinlich war noch alles drin. Die böse Witwe muss wohl gedacht haben, dass sie sowieso alles bekommt. Dann schaute ich auf mein Handy: 12 Anrufe in Abwesenheit! Nur ein Absender: Kalle! Ich schaltete meinen Klingelton wieder ein. Wahrscheinlich hat mir gestern die Zicke von diesem Umfrage-Institut, ohne es zu wollen, das Leben gerettet.
Zu Hause angekommen, nahmen wir noch einen Schlummertrunk, das heißt, Kalle nahm einen, ich bekam schon beim Versuch zu trinken, einen Brechreiz. Dann verfrachtete ich Kalle in mein Schlafzimmer und machte es mir auf meiner kleinen Couch, die ich mit einem Stuhl verlängerte, gemütlich. Sie war wirklich außerordentlich

gemütlich.
Diesmal schlief ich fest und ohne Träume, jedenfalls erinnerte ich mich an keine. Auch keine mit großen Hunden. Jemand rüttelte mich aus dem Tiefschlaf.
„Wie kann man nur so lange pennen? Es ist schon nach acht! Wo hast'n Kaffee?"
Mühselig erhob ich mich von meiner Schlafstätte. Der Liebestrank der Witwe Lydia machte mir offenbar noch arg zu schaffen.
„Kaffee is alle", krächzte ich. „Lass uns zum Bäcker gehen."
Kalle war schon fix und fertig, aber ich nahm erst einmal ein Duschbad. Dann gingen wir hinunter zum Frühstücken. Nach dem Kaffee fühlte ich mich schon entschieden besser. Als wir unser Frühstück beendet hatten, fragte ich Kalle, ob er denn wieder zu mir mit nach oben kommt.
„Na klar doch", sagte Kalle, „ich muss dir ja noch sekundieren."
Also kaufte ich noch etwas Kuchen und ein Pfund Kaffee, denn ich ahnte, dass ich heute noch jede Menge von dem Zeug bräuchte, und wir begaben uns wieder auf den kurzen Heimweg. Unten im Flur öffnete ich noch meinen Briefkasten; und was lachte mir da entgegen?
„Da schau her, Kalle, was ich hier habe!"
Er betrachtete freudig ein mit Stempeln übersätes Kuvert. Da war es, das Objekt der Begierde! Es war wiedergekehrt von seiner Reise in die Berge.
„Jetzt bin ich aber gespannt, was da so Tolles drin ist", sagte Kalle, als wir nebeneinander auf der Couch saßen. Ich riss den Umschlag auf und schüttete den Inhalt auf den Tisch. Kalle wühlte in den Papieren, ich schaute ihm dabei zu.
„Papiere vom Zoll", sagte Kalle, „wenn ich das richtig sehe, hätte man die für den Container gebraucht. Aber warum hat er den damit nicht abgeholt?"
„Vermutlich hat Mustafa aus Vorsicht Gojko die Dokumente

anvertraut und ist dann ermordet worden. Allein wollte Gojko nicht mehr weitermachen, damit ihm nicht dasselbe Schicksal widerfährt."
„Guck mal hier, eine Liste mit lauter Namen und Adressen."
„Zeig mal!" Ich riss Kalle das Papier aus der Hand und überflog die Liste. Sie war nach Datum geordnet. Zu jedem Datum gehörten Einträge mit Namen und Adressen, sowie Beträge in kg und Euro bzw. Dollar. Der Name Anatol fiel mir sofort ins Auge, weil er mehrfach erschien und jedes Mal mit einer anderen Adresse.
„Ist mir schlecht", sagte Kalle, „da kommt ja 'ne Million zusammen."
„Das wird nicht reichen", entgegnete ich, „sieh mal, dieser Anatol hat ja schon fast so viel zusammen. Was haben wir denn noch so Schönes?"
„Noch 'ne Liste", sagte Kalle. „Was ist das denn? Fußballspiele? Und hier, das sieht aus wie ein Wettschein!"
„Ein Wettschein?"
„Ja, und hier sind noch drei!"
Ich betrachtete den ersten Wettschein. Die Zahlen, Striche und Bezeichnungen darauf sagten mir nichts.
„Was bedeuten die, Kalle?"
„Jedenfalls so viel, dass dein Gojko sein mit Drogen sauer verdientes Geld offensichtlich im Wettbüro wieder leichtfertig verplempert hat", meiner er sarkastisch.
„Das sind also alles Nieten, ja?"
„Da geh' ich von aus, sonst hätte er seinen Gewinn doch abgeholt."
„Aber hier vor dem Spiel, da steht 18.9. – das war doch erst gestern. Kannst du mir nicht den Schein erklären?"
„Ist doch ganz einfach", sagte Kalle, „hier ist das Datum, an dem das Spiel stattfindet, hier die beiden Mannschaften, die gegeneinander spielen und hier steht eine eins, eine Null und eine zwei mit der dazugehörigen Quote, wie hier, siehst

du? Da steht eine zwei und 6,8. Das bedeutet, dass du für deinen Einsatz das 6,8-Fache bekommst, wenn die Auswärtsmannschaft gewinnt. Und die Quoten werden alle miteinander multipliziert. So wie hier, siehst du, Gesamtquote 24,68 macht bei einem Einsatz von 1000 Euro eine Höchstauszahlung von 24680,- Euro. Es müssen aber alle drei kommen, wenn auch nur einer verkackt, dann ist die ganze Wette im Eimer.

„Aber hier steht 1,01. Das heißt aber nicht, dass ich, wenn die Wette kommt, für 1000 Euro nur zehn dazu bekomme?"

„Doch, genau das heißt es, aber dafür ist der Ausgang ja auch ziemlich sicher vorherzusagen. Solche Spiele brauchst du, wenn drei Spiele vorgeschrieben sind."

„Das ist ganz schön kompliziert", sagte ich.

„Im Grunde nicht", sagte Kalle, „und vor allem dann nicht, wenn man schon vorher weiß, wie die Spiele ausgehen werden." Dabei betrachtete er mit rollenden Augen die anderen Wettscheine.

„Da sind ja genau dieselben Spiele drauf, wie auf dem ersten Schein", rief Kalle aus, „nur bei anderen Buchmachern. Nee, halt, der hier ist anders. Das ist eine Einzelwette, die hat 'ne Quote von 7,5, aber da hat er, Donnerlittchen, 10.000 Eumels riskiert. Die bringt 75.000 Steine."

Kalle war direkt fasziniert von diesem Wettkram.

„Sind denn nun diese Scheine was wert?", wollte ich wissen.

„Keine Ahnung, schalt doch mal deinen Computer ein."

Ich warf meine Kiste an und übergab dann Kalle meinen Platz.

„Was haste für 'ne komische Maus?", wollte er wissen. „Ist die vom Container gefallen?"

„Die Maus ist gut. Du hast keine Ahnung!"

„Die ruckelt ja. Kauf dir mal eine vernünftige – ich werd verrückt!"

„Was ist, Kalle, hat sie dich gebissen?"

„Die Spiele sind alle gekommen. Ich guck jetzt mal nach der Einzelwette, die war schon am Mittwoch, na, wo isse denn? Hier – das ist ja ein Ding, die ist abgestürzt!" Kalle sprach in Rätseln.
„Was heißt abgestürzt?"
„Na, abgestürzt heißt, die Wette ist abgestürzt – falsch getippt – Wette im Arsch und der Einsatz ist futsch."
„10.000 Euro einfach so?"
„10.000 Mäuse! So einfach ist das, aber du kannst deinen Mund wieder zumachen, wir haben ja noch die anderen drei, und die bringen immerhin noch über 70.000 Klötzer."
„Ich kriege 'ne Gänsehaut."
„Na, was kriegst du erst, wenn du mal einen Blick auf diese Liste hier wirfst!"
Auf dieser Liste waren Fußballbegegnungen, nach Datum geordnet, aufgeführt. Unter jedem Spiel standen Namen, immer verbunden mit Zahlen und Geldbeträgen in beachtlichen Höhen.
Der Name Anatol tauchte auch wieder auf.
„Wirst du denn daraus schlau, Kalle?"
„Nicht aus jedem Detail, aber dass hier Spiele verschoben wurden, ist ganz offensichtlich. Die Namen hier, siehst du, das sind Spieler oder Schiedsrichter, die haben Geld erhalten, und das hier wurde investiert, und da stehen die Gewinne. Da staunst du was? Und unsere Wetten sind noch nicht einmal dabei, die kommen erst hier unten, siehst du?"
Ich sah. Da standen genau die Paarungen wie auf dem Wettschein.
„Mensch Kalle, ich glaube, jetzt kann ich doch einen Cuba Libre vertragen. Ich mache zwei."
„Mir auch zwei", sagte Kalle.
„Gib noch mal die Liste rüber", sagte ich zu Kalle, während wir unser zweites Frühstück einnahmen.
Ich überflog sie noch einmal, dann konnte ich mir ein Lachen

nicht verkneifen.
„Was ist denn da noch so heiter?", wollte Kalle wissen.
„Na, hier unten", ich zeigte es ihm, „da ist doch die abgestürzte Wette, und da stehen einmal die 10.000 € und darunter 100.000 € neben dem Namen Anatol. Dieser Penner wusste also schon seit Mittwoch, dass er 100 Riesen in den Sand gesetzt hat. Der war richtig sauer auf Gojko, das habe ich gemerkt. Es bleibt aber die Frage, was machen wir nun mit dem ganzen Kram? Ich würde ja vorschlagen, wir übergeben das alles dem Werner."
Kalle griente nur.
„Meinste nicht, Kalle?"
„Klar doch, Ändy. Aber vorher holen wir uns die Kohle."
„Ist das denn legal?"
„Natürlich ist das legal. Sportwetten sind absolut legal. Wer den Wettschein bringt, hat auch den Anspruch auf den Gewinn. Wie das Ergebnis zustande gekommen ist, ob durch Beschiss oder Fehlentscheidungen, ist für die Wette unerheblich. Den Buchmachern ist das doch egal. Das, was durch Betrügereien abgeräumt wird, zahlt ja der treudoofe Wetter wieder ein, und davon gibt es reichlich."
Kalle hatte mich überzeugt.
Er trank schnell aus.
„Los Ändy, lass uns abhauen, ich bin schon ganz aufgeregt."

Zwei der drei Wettbüros waren rund um den Zoo angesiedelt.
Wir wollten das erste betreten.
Geschlossen! Ich bekam einen Schreck. Ich war gerade dabei, das Geld abzuschreiben.
„Nur die Ruhe", sagte Kalle, „sieh her, die machen erst um 12.00 Uhr auf. Wir trinken solange einen Kaffee."
Wir ergriffen die nächste Gelegenheit. Am Tischchen sitzend, erinnerte ich Kalle:
„Du wolltest mir doch sekundieren."

„Richtig! Ist jetzt eine gute Gelegenheit dazu."
Er holte Papier und einen Stift aus seiner Tasche und sah nachdenklich nach oben:
„Zuerst brauchen wir eine Anrede, so etwas wie ‚Liebe Traute' ist plump und zu vertraulich, ‚Verehrte gnädige Frau' ist zu dick aufgetragen, was hältst du von ‚Liebe Frau Doktor'? Das ist weder anzüglich noch schwülstig."
„Wenn du es sagst."
„Also, ‚Liebe Frau Doktor, ich möchte mich nachträglich dafür entschuldigen' ..."
„Wofür soll ich mich denn entschuldigen?"
„Quatsch doch jetzt nicht dazwischen und hör doch erst mal zu!
Also, entschuldigen, dass mein erster Blumenstrauß', nee, ‚Blumengruß', das ist besser, ‚Blumengruß Sie so ...', was schreiben wir am besten, ‚anonym?', nee, gefällt mir nicht, wir schreiben ‚verwaist', ja, verwaist ist gut, ‚... erreicht hat.' Hat er sie überhaupt erreicht?"
„Weiß ich doch nicht."
„Hast du denn nichts mehr von dem Blumenladen, oder ging das etwa übers Internet?"
„Nein, ich war im Blumenladen, hier ist seine Karte", Kalle betrachtete die Karte.
„Der ist ja hier gleich um die Ecke."
„Stimmt."
„Da kannste doch hin laufen und fragen."
„Ach, ich sitz hier grad so schön."
„Dann ruf jetzt an!"
Kalle ist eine Nervensäge.
Ich zückte mein Handy.
„Hallo, ich habe vorgestern hier Blumen gekauft."
„Ja und?", fragte die Dame aus dem Blumenladen. „Was ist mit den Blumen?"
„Ich weiß nicht, was mit den Blumen ist, ich habe sie ja

nicht."
„Na, wer hat sie denn?"
„Das wollte ich ja von Ihnen wissen."
„Von mir?"
„Na, von wem sonst? Sie haben doch gesagt, ich solle noch mal anrufen."
„Ich soll das gesagt haben?"
„Ja, Sie oder vielleicht auch Ihre Kollegin."
„Vielleicht haben Sie ja mit Frau Müller gesprochen."
„Ich weiß nicht, wie sie hieß."
„Oder vielleicht mit Frau Gül?"
„Gül? Sagten Sie Gül?"
„Ja, sagte ich. Wie sah sie denn aus?"
„Alt und hässlich."
„Na, dann war es bestimmt nicht Frau Gül, die ist nämlich gar nicht alt und überhaupt nicht hässlich, vielleicht war es wirklich Frau Müller."
An dieser Stelle riss mir Kalle das Handy aus der Hand und schrie hinein:
„Hören Sie, junge Frau, wir haben nicht alle Zeit der Welt, wir kommen jetzt zu Ihnen und klären das vor Ort!" Damit legte er auf.
„So", sagte er, „sonst sitzen wir noch solange hier, bis die Blumen verwelkt sind."
Kalle zahlte für den Kaffee und sagte:
„Jetzt klären wir das."
Zwei Minuten später waren wir im Laden. Mit den Worten: „Was kann ich für Sie tun, meine Herren?", wurden wir von derselben Verkäuferin empfangen, die mich vorgestern bedient hatte.
Kalle riss das Ruder an sich:
„Hören Sie, junge Frau, mein Freund hier hat vorgestern Blumen hier gekauft und an eine bestimmte Adresse liefern lassen. Wir würden gerne wissen, ob die Sendung ihren

Empfänger erreicht hat."
"Das waren doch zwanzig rote Rosen an eine Frau Dr. Müller-Lü..."
"Schmitt-Witzleben", intervenierte ich.
"Ach ja, verzeihen Sie. Nun, die Blumen sind übergeben worden."
"Vielen Dank, junge Frau", sagte Kalle und zog mich aus dem Laden.
"Ach, noch eins", er blieb noch einmal stehen, "ich finde Sie übrigens überhaupt nicht hässlich, wie alt sind Sie eigentlich?"
"Ich bin neununddreißig."
"Ich komme darauf zurück", sagte Kalle, "bewahren Sie sich auf! Ach, und geben Sie uns mal so eine Grußkarte mit, die hatte mein Freund beim letzten Mal vergessen."
Wie selbstverständlich gab sie ihm eine.
"Kalle, Mensch, weeste", sagte ich.
"Komm, jetzt gehen wir ins Wettbüro und holen unsere Knete ab!"
Kalle ist in Stimmung gekommen.
Jetzt hatte das Wettbüro geöffnet. Ich verspürte eine ungeheure Erregung. Die ganze Situation war so spannend, ich befand mich noch nie in einer ähnlichen Lage.
Kalle zeigte am Tresen unseren Wettschein vor. Er trat sehr cool auf.
"Hier, junge Frau, ich möchte meinen Gewinn einlösen."
Sie nahm den Wettschein, tippte etwas in ihren Computer ein und sagte dann:
"Bei diesem Betrag, muss ich Sie bitten, eine Stunde zu warten, da unser Tresor mit einem Zeitschloss versehen ist."
Sie behielt den Wettschein und überreichte ihm einen anderen Beleg.
"So", sagte Kalle zu mir, "jetzt besuchen wir die andere Bude."

Ich bewunderte Kalle und war froh darüber, dass er die Initiative ergriffen hatte, mir hätten dazu die Nerven gefehlt.

In dem anderen Büro lief es ähnlich ab, nur dass der Mann am Tresen ihm den Wettschein wiedergab.

„Jetzt fahren wir zum Wedding", sagte Kalle, „da sitzt der dritte Zahlmeister."

Die Taxe hielt in einer Querstraße der Müllerstraße. Die Gegend erschien nicht gerade vornehm. Ich hatte den Eindruck, eine finstere Spelunke zu betreten. Es stank fürchterlich nach Zigarettenqualm, man konnte kurz nach dem Eintreten kaum die Monitoren erkennen, die überall an den Wänden angebracht waren und die Fußballspiele und andere Sportarten zeigten. An den Tischen saßen Männer und studierten rauchend die Wettunterlagen. Man hatte wirklich den Eindruck, dass man sich hier unweit des Bosporus' befand.

Kalle sagte seinen Spruch auf. Ein finster dreinschauender Mann nahm den Wettzettel, betrachtete ihn, tippte etwas in seinen Computer ein, verschwand hinter einer Tür, um nach etwa drei Minuten mit einem Bündel Banknoten wieder aufzutauchen.

Vor Kalles Augen zählte er ihm 23222,45 Euro auf dem Tisch vor.

Es waren nicht nur große Scheine, deshalb kam eine Menge Papier zusammen. Ich konnte nur wie gelähmt zusehen, aber Kalle hatte die Ruhe weg. Er schob 22,45 Euro dem Kassierer zu, steckte das restliche Geld in seine Brusttasche und sagte:

„Danke! Komm, Ändy, die Arbeit ruft!"

Als wir draußen waren, fühlte ich ein leichtes Unbehagen wegen der vor dem Laden herumlungernden Typen, aber es kam auch sogleich eine Taxe, die uns wieder zum Zoo brachte.

„Nächste Baustelle", sagte Kalle in offensichtlich guter Stimmung.
Die Stunde war noch nicht ganz verstrichen, trotzdem betraten wir wieder Wettbüro Nr.1. Kalle zeigte seinen Abholschein vor.
„Noch einen kleinen Augenblick, mein Herr", sagte die Dame, verschwand aber trotzdem und kam, wie gerade eben erlebt, mit einem Bündel Euro-Noten wieder. Diesmal zählte sie Kalle 24680,- Euro vor. Kalle schob ihr dreißig Euro zurück und steckte wieder den Rest ein.
„Das geht doch wie das Brezelbacken", sagte er. „Willst du jetzt mal ran?"
„Nee, Kalle, du hast da anscheinend Routine, mach mal."
Im dritten Laden dasselbe Spiel. Er zeigte noch einmal seinen Wettschein vor und erhielt dann nach Erledigung der Formalitäten unter Abzug des „Geldes für die Angestellten" 24100,- Euro ausgezahlt.
„Komm, jetzt gehen wir noch einmal einen Kaffee trinken", sagte Kalle, „aber diesmal mit einem ordentlichen Cognac drin."
Wir suchten wieder das Café von vorhin auf und bestellten das, was Kalle soeben vorschlug.
„Ich komme mir vor wie eine Transe, mit meinen neuen Titten", sagte Kalle und fasste sich an die Brust.
„Für ein paar ordentliche Titten müsstest du wahrscheinlich auch das alles hinblättern", entgegnete ich, „wenn du hinterher nicht wie Frankensteins Großmutter aussehen willst."
„Siehste", sagte Kalle, „und gerade weil ich davor solche Angst habe, kommt für mich auch eine Penisverlängerung nicht in Frage."
„Möchten die Herren vielleicht noch einen kleinen Snack haben?", fragte die Bedienung, die gerade am Tisch erschien. Ich schaute sie ratlos an.

„Nun, ein Muffin vielleicht? Oder ein Würstchen?"
„Würstchen ist gut", sagte Kalle fröhlich. „Bringen Sie uns sechs, aber schöne lange."
„Du schmeißt ja ordentlich mit unserem Geld rum, sagte ich, wie viel haben wir denn jetzt?"
„71950,- Eumels netto!"
„Einfach gigantisch", sagte ich.
„Wir könnten doppelt so viel haben, wenn dein Gojko nicht diese Einzelwette in den Sand gesetzt hätte", meinte Kalle unzufrieden.
„Dann hätte sich aber dieser Dreckskerl Anatol nicht so geärgert."
„Stimmt, du hast Recht. Begnügen wir uns also mit unserem bescheidenen Einkommen", sprach Kalle weise. „Was machen wir jetzt damit?"
„Ich hätte da eine Idee", sagte ich.
„Ich auch", darauf Kalle."
„*Gisela!*", sagten wir beide, wie aus einem Munde.
„Selbstverständlich unter Abzug einer Bearbeitungsgebühr", wandte ich ein.
„Selbstredend", meinte Kalle, „außerdem noch Disagio und Vorfälligkeitsentschädigung."
„Und Risikonutzungsausfall", fügte ich auch noch an.
„Was soll das denn sein?", fragte Kalle.
„Weiß ich doch nicht", sagte ich, „ist doch auch egal, Hauptsache, man kann damit Geld abzwacken."
„Wir sollten nicht mehr so viel Cognac in den Kaffee schütten, sondern uns langsam wieder um unsere Liebeserklärung kümmern", wandte Kalle ein und kramte den Zettel hervor.
„So. Was haben wir denn bisher?
‚Liebe Frau Doktor,
Ich möchte mich nachträglich dafür entschuldigen, dass mein erster Blumengruß Sie so verwaist erreicht hat.'

Das ist doch Käse! Ich muss nachdenken. Fräulein! Bringen Sie uns bitte doch noch zwei Kaffee und zwei Cognac, aber bitte mit Sahne!"
„Sahne haben wir nicht."
„Saftladen", murmelte Kalle.
„Jetzt hab' ich's:
‚Meine hochverehrte Frau Doktor, wenn Sie diese Zeilen lesen, dann bin ich wahrscheinlich schon tot' ..."
„Kalle! So was kannst du doch nicht schreiben!"
„Angeschmiert!!!"
Kalle freute sich diebisch. Seine Laune befand sich offenbar auf einem Höhepunkt. Zum Glück erschien auch schon die Serviererin und brachte den geistigen Katalysator.
Kalle nahm einen ordentlichen Schluck und setzte dann an:
„‚Liebe Frau Dr. Schmidt-Knobelsdorf' ..."
„Sie heißt aber Schmitt-Witzleben, mit zwei ‚t'", intervenierte ich.
„Auch gut ... Schmitt-Witzleben."
Er zog aus seiner Tasche die Grußkarte und legte sie zusammen mit dem Stift vor mich hin.
„So, nun schreib!"
Ich schrieb.
Kalle diktierte:
‚Liebe Frau Dr. Schmitt-Witzleben,
Als Zeichen meiner Verehrung und meines schlechten Gewissens, soll dieser kleine Blumengruß dazu beitragen, Sie versöhnlich zu stimmen. Ich würde mich sehr darüber freuen, wenn er auch Ihnen gefällt, denn ich finde ihn sehr schön, obwohl selbst die schönste der Rosen unter der Schönheit, die Sie ausstrahlen, verblasst.
Ihr Andrzej Czybulsky.'
Na, was sagst du dazu?"
„Diesen schmalzigen Schmus soll ich ihr jetzt schicken? Oder

ist das schon wieder eine Verarsche?"
Kalle sah mich prüfend an. Der meinte das ernst.
„Ich meine das ernst", sagte Kalle, „aber der Clou kommt jetzt."
„Was für ein Clou", sagte ich, mittlerweile nicht mehr so ganz überzeugt von Kalles Dichtkunst.
„Soll ich vielleicht noch ein Liebesgedicht von Hölderlin anheften? Etwa ‚Des Wiedersehens Tränen, des Wiedersehns Umfangen ...'?"
„Blödsinn", sagte Kalle, „das hier ist der Clou."
Dabei nahm er mir die Karte und den Stift weg und malte über die schönen Worte ein großes „X", also er strich alles durch.
„Kalle, was tatest du!", rief ich aus, „jetzt können wir die Karte wegschmeißen!"
„Mitnichten!", sagte er energisch und schob mir alles wieder zurück.
„Und jetzt lässt du eine Lücke und schreibst darunter: ‚Ich würde Sie so gern wiedersehen – Ausrufungszeichen.' Punkt!"
„Was denn nun?", fragte ich, während ich schrieb, „Ausrufungszeichen oder Punkt?"
„Mensch mach doch, watte willst!"
„Na ja, aber das hätten wir doch einfacher haben können. Soll ich nicht lieber eine neue Karte besorgen?"
„Willst du mein Werk zerstören? Das mit dem Durchstreichen ist doch gerade die Krux an der Sache. Im wahrsten Sinne des Wortes. Begreifst du das?"
„Nicht so richtig, aber da du ja so ein berühmter Schriftsteller erotischer Literatur bist, muss ich dir wohl glauben."
„Deine Handy-Nummer solltest du noch dazuschreiben oder hat sie die schon?"
„Nein, woher auch."

Ich wollte gerade den Stift ansetzen, doch Kalle funkte dazwischen:
„Nicht doch darunter. Das ist unromantisch – hier vorn – gib doch mal her!"
Und er malte meine Handy-Nummer in Form einer Sinus-Kurve zwischen die aufgedruckten Blüten. Dann steckte er die Karte ein.
„Und jetzt gehen wir wieder zum Blumenladen!"
„Da existiert aber noch eine Schwierigkeit", sagte ich kleinlaut. „Ich habe ihre Adresse nicht."
Kalle bekam den Mund nicht zu.
„Den ersten Strauß", erläuterte ich, „habe ich doch an ihre Dienststelle schicken lassen, wir haben aber Wochenende und ihre Privatanschrift kenne ich nicht."
„Dann musst du wohl bis Montag warten oder ..."
„Oder was?"
Kalle nahm sein Handy.
„Hallo, mein Schnuckelchen, Karl-Heinz hier – ja alles bestens – du, ich brauche eine Adresse, der Name ist Schmitt-Witzleben – ganz genau. Wie am Lietzensee und Schmitt mit zwei ‚t'. Der Vorname ist Edelgard ..."
„Edeltraut!", rief ich dazwischen.
„Hast du gehört, ja? Eventuell musst du unter ‚Doktor' nachsehen. ... Jaja, eine Gebildete. Danke dir ... am besten eine SMS, ciao meine Süße."
Während Kalle auf die SMS wartete, rief ich bei Gisela im Krankenhaus an. Es gab gute Neuigkeiten. Sie war wieder erwacht und wir dürften sie besuchen. Kurz darauf piepste Kalles Handy. Kalle schaute darauf und fing zu lachen an.
„Das gibt's doch gar nicht", gackerte er, „weißt du, wo die wohnt?"
„Etwa in der Witzlebenstraße?"
„Na, fast", sagte Kalle, „in der Trautenaustraße. Trautenaustraße 36. Jetzt gehen wir aber die Blumen

kaufen. Frollein! Zahlen bitte!"

„Ach, da sind Sie ja wieder, meine Herren", sagte die neununddreißigjährige Floristin und schaute dabei Kalle ganz verliebt an. „Was soll es denn jetzt sein?"
„Rote Rosen", sagte ich.
„Da habe ich hier sehr schöne, wie viele wollen Sie denn?"
„Neunundneunzig!"
„Warum nehmen Sie nicht gleich hundert?"
„Also gut, wenn ich Sie damit glücklich machen kann, eben hundert", sagte ich.
„Ich habe aber gar keine hundert."
„Na, dann eben neunundneunzig, die reichen mir ja auch."
„Ich fürchte aber, ich habe auch keine neunundneunzig."
Da mischte sich Kalle ein:
„Hören Sie Frollein, wenn das mit uns beiden überhaupt noch etwas werden soll, dann setzen Sie jetzt Ihren Arsch in Bewegung und sorgen dafür, dass in kürzester Zeit hundert rote Rosen hier auf dem Tisch liegen. Sie können das Geschäft des Tages machen und wollen uns was vom Bären erzählen? Ist das hier ein HO-Laden, oder was?"
Durch Kalles Stimme alarmiert, erschien nun eine andere Dame am Tresen.
„Guten Tag, mein Name ist Müller, ich bin hier die Geschäftsführerin und kann Sie bestimmt zufrieden stellen."
„Können Sie", sagte Kalle, „wenn Sie nur wollen."
Dass er jetzt seit kurzem auch zu diesen Geldsäcken gehörte, die sich bei ihren Mitmenschen einer geteilten Beliebtheit erfreuen, merkte man an seinem neuen, forschen Auftreten.
„Wir würden gerne einer überaus reizenden und hoch dekorierten Dame 100 rote Rosen schicken. *Kriegen Sie das auf die Reihe?*"
Bei dem letzten Satz war er nach meiner Einschätzung eine Spur zu laut.

„Ich denke, schon", sagte Frau Müller.
Also alt war sie schon, aber so hässlich nun auch wieder nicht.
„Bitte, einen kleinen Augenblick Geduld", sagte Frau Müller und telefonierte.
Danach wandte sie sich wieder uns zu.
„Das geht in Ordnung. Sie bekommen hundert Stück von dieser Sorte hier. Und an welche Adresse sollen wir sie schicken?"
Kalle schrieb alles auf einen Zettel.
„Was kriegen Sie?"
„220 Euro", sagte Frau Müller.
Kalle holte einen seiner Bündel Geldscheine hervor und zählte das Geld auf den Tresen.
Frau Müller bekam Stielaugen.
„Und darf es auch eine Grußkarte sein", fragte sie unterwürfig.
„Ja", sagte Kalle, „diese hier." Dabei zog er unser literarisches Kunstwerk aus der Tasche.
„Und wenn ich diese hier sage, dann meine ich diese und nur diese hier, comprende?"
Kalle führte sich jetzt auf, wie ein richtiger Imperator.
„Es wird alles zu Ihrer Zufriedenheit erledigt werden", sagte Frau Müller zuversichtlich.
„Gut", darauf Kalle, „in einer Stunde rufen wir an, ob die Übergabe geklappt hat."
„In einer Stunde?" Frau Müller schluckte.
„Na, von mir aus auch in zwei", lenkte Kalle jovial ein. „Aber nicht erst zu Weihnachten, wenn Sie nicht wollen, dass ich hier aus Ihrem Laden eine Achterbahn mache!"
Endlich waren wir raus aus dem Laden, „bevor es noch Tote gibt", dachte ich.
„Sag mal, Kalle", klingelte ich bei ihm vorsichtig an, „kennst du den Film von Dr. Jekyll und Mr. Hyde?"

„Aber klar", sagte Kalle, „haste den schon mal gesehen?"

Wir standen am Empfang des Krankenhauses und fragten nach Gisela. Wir erfuhren, dass sie noch auf der Intensivstation liegt. Den Weg dorthin kannte ich ja bereits. Oben angekommen, klingelten wir. Der bald darauf erscheinenden Schwester erklärten wir unser Anliegen.
„Dann muss aber leider einer von Ihnen hier warten. Es dürfen nämlich höchstens zwei Personen zu ihr und eine ist schon da."
„Ach, etwa die Polizei?", fragte Kalle.
„Nein, Frau Bertrams Schwester. Die Polizei war schon heute Vormittag hier."
„Geh du zuerst", sagte Kalle.
„Huhu, Gisela", rief ich beim Eintreten mit aufgesetzter Fröhlichkeit.
„Hallo, Andi", antwortete Gisela mit schwacher Stimme, dabei lächelte sie. Sie sah wirklich bemitleidenswert aus.
„Das ist meine Schwester Lotte, sie ist extra aus Bielefeld angereist."
Ich stand einer Dame gegenüber, die deutlich älter als Gisela sein musste und ihr durch ein vom Kummer gezeichnetem Gesicht auch nicht ähnlich sah.
„Ich lass euch zwei dann mal allein", sagte die Schwester, „ich wollte sowieso gerade gehen." Sie verabschiedete sich von Gisela und verließ den Raum.
„Wie geht es Ihnen denn, Gisela?", lautete meine einfältige Frage an sie, denn mit der Antwort „Danke der Nachfrage, ausgezeichnet" durfte ich ja nun wirklich nicht rechnen.
„Der Arzt hat mir heute gesagt, dass ich keinen Rollstuhl brauchen werde. Ich soll wieder vollständig in Ordnung kommen. Nur das hier", sie klopfte an die Schiene ihres Beines, „das wird eine Weile dauern."
„Arme Gisela", entfuhr es mir.

„Na, wenn ich hier wieder rauskomme, kann ich erst einmal zu meiner Schwester ziehen. Das ganze Reha-Zeugs kann ich auch drüben machen. Vielleicht bleibe ich ja auch ganz dort. Meinen Job hier, den bin ich ja nun los."
Kalle trat ein.
„Karl-Heinz!" Gisela schien freudig erregt. „Schön, dass du auch gekommen bist!"
„Ich muss doch mal nach meinem Schmusekätzchen gucken", sagte er und gab ihr einen Kuss.
„Was ist denn aus meinem armen Fridolin geworden?", fragte Gisela.
„Nun ja, also der ist, das heißt, der war", druckste ich herum, „im Tierheim. Aber dort gefiel es ihm nicht …"
„… Und da ist er umgezogen. Zu einer spanischen Gräfin. Die hat ihn adoptiert und zum Alleinerben eingesetzt", beendete Kalle mein Gestammel.
„Da bin ich aber froh", sagte Gisela. „Und du flunkerst mir auch nichts vor?"
„Ich schwöre beim Barte des Propheten. Du kannst ihn ja mal dort besuchen. Bist du mir deswegen etwa böse?"
„I wo", sagte Gisela, „wenn es ihm dort gut geht."
„Er musste aber dafür einen anderen Namen annehmen, logisch."
„Logisch", sagte Gisela. „Ich kann mir ja eine andere Katze kaufen, oder sogar einen kleinen Hund."
„Lieber einen ganz großen", sagte ich.
Gisela verzog wegen der Anspielung das Gesicht und sagte: „Na, wenigstens sind die Strolche geschnappt worden."
„Die? Ich dachte es war nur einer", sagte ich erstaunt, „und der schmort doch schon in der Hölle."
„Nee, zwei waren es. Heute Morgen war die Polizei hier und hat mir Bilder gezeigt, ich habe sie beide erkannt."
Die Schwester steckte ihren Kopf durch die Tür.
„Ich muss Sie jetzt bitten, zu gehen, meine Herren."

„Na, dann tschüs, liebe Gisela", sagte ich zu ihr und streichelte sie. „Halten Sie die Ohren steif."
„Tschüs, meine Pussy-Kitty", sagte Kalle und küsste sie wieder. „Sieh zu, dass du wieder auf die Beine kommst, wir sind bald wieder da."
„Was muss die arme Frau durchgemacht haben", sagte ich zu Kalle als wir schon draußen waren.
„Na ja, ein kleines Trostpflaster wartet ja noch auf sie", meinte er.
Wir stiegen in ein Taxi.
„Wo fahren wir nun hin?", fragte ich Kalle, „wieder zu mir?"
„Klar", darauf Kalle, „die Papiere liegen doch noch bei dir."
Im Taxi piepste mein Handy. Ich hatte eine SMS erhalten:
„Woher haben Sie meine Adresse?"
Ich zeigte sie Kalle.
„Scheiße, Kalle, was sag ich denn jetzt?"
„Keine Ahnung, aber mich lass bitte außen vor. Na, die ist ja unromantisch. Hat die denn keine anderen Sorgen?"
Wieder zu Hause, stürzte sich Kalle noch einmal auf die Papiere. Aber die interessierten mich im Moment wenig.
„Was soll ich denn nun zurückschreiben?"
Kalle, der sehr in die „Akten" vertieft war, murmelte nur:
„Aus dem Telefonbuch oder Internet."
„Wer hat denn heute noch ein Telefonbuch? Und im Internet steht nichts, da habe ich schon nachgesehen."
„Ach, hast du?"
„Ja, hab ich!"
„Na, sag mal an."
Und wieder las er.
„Kalle, streng deinen Grützkasten mal an."
„Dann schreib ihr zurück: ,Mich wies ein singend Waldvöglein, das gab mir gute Kunde.'"
„Ist das auch so ein Erotische-Literatur-Schriftsteller-Trick?"
„Nee. Das ist Siegfried. Du hast doch gesagt, sie mag Opern."

„Na gut, also was soll ich jetzt schreiben? ‚Im Wald vögeln gute Kunden?'"
„Du bist so was von einem Kulturbanausen, Ändy, los, schreib!
‚Mich wies ein singend Waldvöglein' ... hast du das?"
Ich tippte wie verrückt.
„Hab ich."
„‚das gab mir gute Kunde' Punkt."
„ ... ‚Kunde, Punkt'. Hab ich. So. Und abschicken, erledigt."
„Hast du etwa ‚Punkt' ausgeschrieben?"
„Sollte ich nicht?"
„Mensch Meier, ich krieg noch die Krise. Mit Punkt meinte ich natürlich Schluss, Aus, Ende!"
„Angeschmiert!!!"
„Na, dir helf' ich ja noch mal. Aber du wirst sehen, danach wird sie nicht mehr fragen."
Kalle wollte sich gerade wieder die Papiere vornehmen, da kam schon die Antwort-SMS:
„Der Vogel, der früh singt, wird abends von der Katze gefressen!"
„Soll das jetzt 'ne Brieffreundschaft werden, oder was?", fragte Kalle genervt. „Was hat sie denn zu den Blumen gesagt?"
„Noch gar nichts. Ich werde sie mal fragen."
„Haben die Rosen Ihnen gefallen?"
Antwort nach einer Minute: „Ja, danke. Die Hälfte hätte es auch getan."
„Na, die ist ja bescheiden", sagte Kalle mürrisch. „Guck mal hier, Ändy, ein Spiel ist noch offen. Das findet heute statt."
„Und?"
„Wir könnten doch selber eine Wette platzieren. Die Quote ist hoch: 5,6 und Spielgeld haben wir doch jetzt genug. Wir setzen einfach zweitausend ein und kriegen dann über zehn Riesen."

„Oder nischt! Wie bei dieser Einzelwette. Was haben denn die Gauner so eingesetzt?", fragte ich.
„Seltsamerweise nichts", sagte Kalle nachdenklich.
„Dann sollten wir auch die Finger weg lassen."
„Aber das Ding ist garantiert manipuliert", sagte Kalle. „Hier stehen lauter Namen auf der sogenannten Gehaltsliste. Wir sollten es versuchen."
„Du bist ja schon richtig wettsüchtig!"
„Quatsch, das hier ist ganz was anderes. Das ist 'ne Gelegenheit, schließlich verfügen wir über Insiderwissen."
„Zweitausend ist ein Haufen Kohle. Wie viel wolltest du eigentlich Gisela zukommen lassen? Hast du schon mal darüber nachgedacht?"
„Hmm", sagte Kalle, „wir haben noch einundsiebzig und ein paar Zerquetschte. Vielleicht fünfzig. Glaubst du, das ist zu viel?"
„Auf keinen Fall", sagte ich.
„Etwa sechzig?"
„Was sagst du denn?"
„Eigentlich ist es ja dein Geld. Du hast ja die Wettscheine bekommen."
„Aber ohne dich hätte ich die nie eingelöst", entgegnete ich.
„Wir teilen den Ramsch auf alle Fälle."
„Wenn wir also Gisela sechzig geben", rechnete Kalle, „dann bleibt nach Abzug von noch eventuell entstehenden Spesen jedem von uns fünftausendfünfhundert."
„Und davon würdest du zweitausend riskieren?"
„So betrachtet, nicht mehr."
„Außerdem hat die Sache auch noch einen moralischen Aspekt ..."
„Hör auf, ist gut, du hast mich überzeugt", sagte Kalle, „also wir geben Gisela sechzig, abgemacht?"
„Abgemacht! Aber du darfst trotzdem noch mal darüber schlafen. Ich will dich nicht überfahren. Bringst du jetzt

noch die Unterlagen zu Werner?"

„Mach ich."

Er zog einen der drei Bündel aus der Tasche hervor.

„Lass stecken Kalle. In deiner Bude ist es bestimmt besser aufgehoben; teilen können wir dann am Schluss. Wir rufen besser ein Taxi von hier oben."

Als ich fünf Minuten später das Taxi unten sah, machte sich Kalle davon.

14. Kapitel

Jetzt war ich aber bei Edeltraut immer noch nicht weiter gekommen. Also noch eine SMS abschicken:
„Heute Abend Fidel Castro?"
„Geht nicht!"
Jetzt hatte ich die Schnauze von diesem Spielkram voll. Ich rief sie an.
„Ja bitte?"
„Hier spricht Andrzej Czybulsky", sagte ich steif.
„Das sehe ich."
„Sie können mich sehen?"
„Nein, aber Ihre Nummer."
„Ach so."
Jetzt wusste ich auf einmal nicht, was ich sagen sollte. Meine sonst stets präsente Schlagfertigkeit ließ mich im Stich.
„Nun, was möchten Sie mir mitteilen?", fragte Frau Doktor schnippisch.
„Ich wollte Sie heute Abend einladen."
„Nun, das geht eben nicht."
„Ich weiß."
„Und warum fragen Sie dann?"
„Hätte ja klappen können."
Es entstand eine Pause, deshalb fragte ich weiter:
„Was machen Sie denn heute Abend?"
„Das möchten Sie gerne wissen, was?"
„Ja."
„Ich gehe in die Oper."
„Etwa zum ‚Fliegenden Holländer'?"
„Genau."
„Und gehen Sie allein?"
„Sie sind aber neugierig."
„Ich bin überhaupt nicht neugierig, ich fragte doch nur, ob

Sie allein gehen."
„Nein. Ich gehe nicht allein, sondern mit meinem ... mit einem Bekannten."
„Ist er nett?"
„Wie man's nimmt."
Wie soll man so was nehmen? Was soll ich damit anfangen? Das Luder lässt mich aber zappeln.
„Und morgen? Haben Sie morgen Zeit?"
„Leider nein."
„Gehen Sie da auch in die Oper?"
„Nein, ins Theater."
„Auch wieder mit dem Bekannten?"
„Hm-hmm", summte sie zustimmend. „Sie können ja mitkommen, es gibt Iphigenie auf Tauris."
„Halte ich, ehrlich gesagt, für keine so gute Idee", gab ich zu Bedenken.
„War auch nur Spaß."
Schöner Spaß, für die vielleicht, aber nicht für mich. Ich stellte mir gerade vor, wie ich da als fünftes Rad am Wagen den beiden hinterherlatsche, während die über die schönen Künste salbadern; und ich verstehe immer nur Bahnhof. Und dann schmusen die womöglich auch noch miteinander, schließlich weiß ich ja nicht, wie bekannt ihr dieser Bekannte ist.
„Sie machen es mir aber wirklich nicht leicht", klagte ich.
„Was halten Sie denn von Mittwoch?"
Das überraschte mich doch. Ich dachte schon, sie wollte mich abblitzen lassen.
„Mittwochabend? Im Fidel Castro?"
„Wo Sie wollen."
„Na, dann lieber bei Luigi."
„Wo ist das denn?"
„In Charlottenburg", sagte ich, und dann fügte ich noch kleinlaut hinzu:

„In der Knobelsdorffstraße."
„Wie praktisch!"
„Ich kann Sie aber mit dem Taxi abholen."
„Ich finde da schon allein hin."
„Daran zweifele ich nicht. Dann bis Mittwoch. Ist 20.00 Uhr recht?"
„Ja."
„Also bis Mittwoch, adios, Frau Doktor."
„Adios, Ändy."
Puhhh! Das war anstrengend, aber sie hat „ja" gesagt. Also werde ich sie bald wiedersehen. Meine Gemütsverfassung war auf dem Hochpunkt. Am besten gleich bei Luigi einen Tisch zu Mittwoch reservieren, dann kann ich dort gleich was essen. Ich hatte Hunger – nicht nur nach Liebe!
Gesagt getan. Als ich von Luigi zurück kam, wollte ich beim Vietkong ein paar Bier mitnehmen, aber er hatte seltsamerweise geschlossen. Es war alles dunkel. Um diese Zeit hatte er sonst immer geöffnet. Ich ging ohne Bier nach Hause.
Oben bei mir angekommen, warf ich mich mit Klamotten aufs Bett. Ich war froh. Und verliebt, aber glücklich. Am Mittwoch würde ich sie sehen. In meinen Gedanken war sie ohnehin schon die letzten Stunden und Tage bei mir. Und nun würde ich endlich wieder bei ihr sein – am Mittwoch. Wie werde ich die Zeit bis dahin aushalten?
Wer ist dieser Bekannte? Was hatte Kalle gesagt? So, wie die aussieht, hat die einen Haufen Verehrer. Trübe Gedanken befielen mich. So schlief ich ein, doch ich fand keinen festen Schlaf, aus dem mich auch noch der Klingelton meines Handys riss:
„Ja?", sagte ich benommen.
„Kalle hier, weißte, wer gewonnen hat?"
„Nee, woher soll ich das wissen? Obama?"
„Mensch, Obama, Obama! Wen interessiert denn Obama?

Hertha hat gewonnen!"
„Was denn, du reißt mich aus dem Tiefschlaf, um mir zu sagen, dass Hertha gewonnen hat?"
„Ja, interessiert dich das denn nicht! – Außerdem ist es noch nicht mal zehne."
„Nicht wirklich Kalle, ich bin auch noch sehr müde."
„Watt bist'n du für een Berlina?", fragte Kalle.
„Ein sehr müder Berliner", sagte ich, „und Marmelade habe ich auch nicht im Bauch."
„Ich habe Neuigkeiten", sagte Kalle.
„Nu sag!"
„Also", begann Kalle wichtig, „der Gül wurde wirklich am Fruchthof geschnappt, was sagste dazu?"
„Gut."
„Und weißte, wer das ist?"
„Na, ein Penner!"
„Ja, und zwar der Penner, der mir ausgebüchst ist und der dich entsorgen sollte – verzeih mir den Ausdruck, aber es waren deine eigenen Worte."
„Jaja."
„Na, und die Listen …"
„Was ist mit den Listen?"
„Die sind sensationell, meinte Werner. Eine ist gleich an eine andere Abteilung gewandert, die sind jetzt angeblich einem riesigen Wettskandal auf die Schliche gekommen, und mit der anderen befasst sich nun die Drogenfahndung. Die haben heute noch weitere Verhaftungen vorgenommen. Ist das nicht irre?"
„Ja."
„Für den Werner bist du jetzt so eine Art Volksheld. Hast du gehört?"
„Ja."
„Mensch, hast du mir überhaupt zugehört?"
„Ja."

„Und *was* bist du jetzt?"
„Na, müde."
„Du alte Knalltüte, ich rufe morgen noch mal an."
„Mach das, Kalle, gute Nacht."
„Nacht, Ändy."
In der gesamten Nacht schlief ich nicht gut, um nicht zu sagen ausgesprochen schlecht. Ich war zu aufgekratzt und meine Gedanken, die sich zwar überwiegend mit Edeltraut befassten, wurden immer wieder in böse Gefilde geleitet. Ich konnte mich noch an folgenden Traum erinnern:

Ich stand mit Edeltraut im Foyer des Opernhauses.
„Ich würde gerne etwas trinken", sagte sie.
„Ich geh' und besorge uns ein Glas Sekt", sagte ich.
Als ich wiederkam, fand ich sie nicht mehr. Ich suchte verzweifelt unter den vielen Menschen nach ihr. Doch schließlich sah ich sie. Sie lief vor mir, Händchen haltend neben Cary Grant in einem Smoking, und ihr Rock war so kurz, dass man den halben Po sehen konnte. Ich lief schnell hinter ihnen her, aber ich konnte sie nicht erreichen.
„He, Sie!", rief ich. „Das ist aber meine Braut!"
Da drehte sich Cary Grant um, zog den Degen, den er bei sich trug, aus seiner Scheide und setzte dessen Spitze an meine Brust.
„Deins ist, was der Hund macht!", sagte er. „Verzieh dich ins Kino und guck dir einen Asterix-Film an. Das hier verstehst du sowieso nicht!"
Da stand auf einmal meine alte Musiklehrerin, Traute, neben mir und sagte:
„Siehste!?"
„Bekomme ich jetzt eine ‚Fünf'?", fragte ich.
„Nein, eine ‚Sechs'!", sagte sie. – „Auch eine ‚Fünf' will verdient sein!"

Davon wachte ich auf. Es war sechs Uhr morgens. Es war Sonntag und ich war schon um sechs Uhr wach! Was war nur mit mir los? So früh am Sonntag *noch* wach zu sein, das wäre nichts Besonderes, aber *schon* wach! Ich müsste lange zurückdenken, wann so etwas das letzte Mal vorkam. Was soll's? Ich duschte erst einmal, haute mir zum Frühstück ein paar Eier in die Pfanne und kochte Kaffee. Alter Kuchen war auch noch da. Jetzt konnte ich mich endlich wieder um meine Arbeit kümmern, das heißt, ich musste mich nun wirklich langsam um meine Arbeit kümmern, denn für meinen aktuellen Auftrag hatte ich nur noch knapp einen Monat Zeit, und in die Staaten wollte ich schließlich auch noch.

Gegen Abend rief dann Kalle an:
„Wollen wir nicht unserer Gisela einen Besuch abstatten?"
„Wäre mir eine willkommene Abwechslung", sagte ich, „mir brennen schon die Augen."
„Hauptsache, ich störe dich nicht bei der Arbeit."
„Nein, du störst gar nicht."
„Wann wollen wir es ihr denn sagen?"
„Wann du willst. Hast du über meinen Vorschlag noch mal nachgedacht?"
„Wegen des Geldes? Das machen wir so, jedenfalls mehr oder weniger. Ich hol dich dann mit meinem Wagen ab."
„Das ist aber lieb von dir, Kalle."
„Ja, so bin ich!"

Auf der Intensivstation erfuhren wir, dass Frau Bertram bereits auf ihr Zimmer verlegt wurde. Wir begaben uns dorthin. Als wir die Tür öffneten, kam uns ein Schwall verbrauchter Luft und ein gellender Lärm entgegen. Vor lauter Menschen konnte man Gisela nicht erkennen. Mein erster Eindruck war, dass man Gisela in ein Zehnbettzimmer verlegt hätte. Dem war aber nicht so! Es

waren nur drei Betten, aber in den anderen beiden lagen Frauen, die sich offensichtlich innerhalb ihrer türkischen Großfamilien einer außerordentlichen Beliebtheit und Anteilnahme erfreuten. Etwa zehn, fünfzehn Besucher aller Altersgruppen versperrten uns die Sicht und anfangs auch den Zugang. Endlich hatten wir uns durchgewühlt und sahen Lotte, ihre Schwester an der Bettkante Giselas sitzen. Beide sahen recht unglücklich aus.
„Na, meine beiden Hübschen", begrüßte sie Kalle fröhlich. „Ist es nicht noch zu früh für eine Reise nach Anatolien?"
„Ach", sagte Gisela schon mit kräftigerer Stimme als gestern, „die beiden sind ja harmlos, aber der Besuch ist nicht zum Aushalten. Die Kinder sind so laut und der Lärm macht mir zu schaffen."
„Wir regeln das", sagte Kalle prompt, „komm Ändy!"
Wir zwängten uns wieder zur Tür durch.
„Wollen wir den Einzelzimmerzuschlag übernehmen?", fragte ich Kalle.
„Wenn nichts anderes hilft, aber schauen wir doch erst mal."
Als wir eine Krankenschwester fanden, sprach ich sie zu dem Thema an. Sie verwies uns ans Sekretariat zu Frau Hunkemüller am Ende des Ganges links. Wir traten ein.
„Ich möchte hiermit den Wunsch äußern …"
„Den eindringlichen Wunsch!", fiel Kalle mir ins Wort.
„… dass die Patientin, Frau Bertram ein Einzelzimmer erhält", ergänzte ich mein Anliegen.
Sie sah uns nicht gerade freundlich an.
„*Wie* heißt Ihre Frau?"
„Bertram, Gisela Bertram, und sie ist nicht meine Frau, sondern meine Nachbarin."
Frau Hunkemüller tippte auf ihrer Tastatur herum.
„Frau Bertram ist aber keine Privatpatientin, sie müsste dann die Differenz selbst bezahlen."
„Das wäre nicht einmal das grundlegende Problem", sagte

ich, „aber Frau Bertram ist heute gerade von der Intensivstation gekommen und braucht noch Ruhe."
„Darauf können wir hier aber keine Rücksicht nehmen, Ruhe brauchen schließlich alle Patienten."
„Aber wie man sie dann gleich so einem Rummel aussetzen kann, ist mir unbegreiflich."
„Was für einen Rummel meinen Sie?"
„Hören Sie, junge Frau", mischte sich jetzt Kalle ein, „in dem Krankenzimmer geht es zu wie in einem orientalischen Basar am Sonntagvormittag. So etwas ist eine Zumutung für eine schwerkranke Frau, die gerade dem Tod von der Schippe gesprungen ist."
„Und wer sind Sie, bitteschön?", fragte Frau Hunkemüller, ihn forsch betrachtend.
Kalle holte seinen Presseausweis aus seiner Tasche und legte ihn vor sie auf den Tisch.
„Nicht wahr, den erkennen Sie sicher! Das bin ich! Wir arbeiten gerade an einem Artikel, wie dieser Staat mit Opfern von Gewalttaten verfährt und welche herausragende Rolle dabei die Krankenhäuser spielen, und ob nicht mal wieder das OEG eine Überarbeitung verdient hätte."
„Das OEG?"
„Ja, OEG, das Opferentschädigungsgesetz. Frau Bertram wurde durch einen Gewalttäter aus dem Fenster der dritten Etage gestoßen. Man hat versucht, sie zu ermorden! Lesen Sie denn nicht, was in Ihrem Kasten da so alles steht, oder interessiert hier nur, wo der Mammon herkommt?"
Kalle war fertig.
Frau Hunkemüller war auch fertig, nur anders.
„Ich werde sehen, was ich machen kann", sagte sie dann knapp.
„Wir sind Ihnen sehr verbunden", sagte Kalle.
Wir begaben uns wieder zurück an den Vorort der Morgenröte.

Unterwegs fragte ich Kalle, ob er denn mit dem Zeitungsartikel nicht geflunkert hätte.
„Aber wo denkst du hin", sagte er. „Das hat sich wirklich alles so zugetragen. Nur war es schon vor drei Jahren, und es ging auch nicht um Gewaltopfer, sondern um Krankenkassenpatienten schlechthin, aber ansonsten entsprach alles der Wahrheit!"
Selbst vor der geschlossenen Tür des Krankenzimmers war es vernehmbar: Es war immer noch nicht leerer und erst recht nicht ruhiger. Nachdem wir uns wieder zu Gisela durchgeschlagen hatten, fand ich, dass Giselas Schwester noch unglücklicher aussah als zuvor.
„Mir ist es hier zu laut", schrie Kalle, „ich komme lieber morgen wieder."
„Das kann ich verstehen", sagte Gisela und lächelte.
„Trotzdem schön, dass du da warst."
„Er macht doch nur Witze, Gisela", sagte ich, „aber morgen werden Sie ein anderes schöneres Zimmer bekommen, Sie werden sehen."
Kalle blickte in die weite Runde, dann sah er mich an und meinte:
„Wir sagen es ihr lieber morgen."
„Was wollt Ihr mir morgen sagen?", fragte Gisela.
„Wir wollen nicht, dass Sie sich heute aufregen, liebe Gisela, aber morgen sind Sie bestimmt schon wieder etwas kräftiger."
„Okay."
Sie lächelte wieder müde. Früher hätte Gisela nicht so leicht aufgegeben. Sie war wirklich noch sehr schwach. Nun entschieden wir aber doch, besser zu gehen und Gisela ihrer Schwester und der illustren Gesellschaft zu überlassen. Da wir beide noch zu arbeiten hatten, verabredeten wir uns für morgen, also Montag wieder um 18.00 Uhr hier vor dem Krankenhaus.

Fünf Minuten vor sechs stand ich vor dem Haupteingang. Kalle war noch nicht da. Nun war es schon zehn nach sechs – zwanzig nach sechs – kurz vor halb, da erschien ein Taxi. Kalle stieg aus und warf die Tür laut zu.

„Tut mir leid, Ändy", er war wütend, „erst verreckt die Batterie meiner Karre, dann wollte mich dieser Blödmann zur Martin-Luther-Straße fahren, und schließlich musste ich auch noch etwas besorgen. Zu allem Überfluss machte mein Handy-Akku auch noch die Grätsche. Heute scheinen alle Akkus leer zu gehen."

Kalle schimpfte weiter:

„Für jeden Scheiß gibt es Gedenktage: Welthundetag, Weltschildkrötentag, Weltnudeltag; ich warte ja nur noch auf den Welt-der leeren-Batterie-Tag!"

„Na, mit dem Energiespartag gibt es den eigentlich schon", wandte ich ein.

„Den kenn' ich gar nicht", sagte Kalle. „Aber wusstest du, dass es auch einen Welthurentag gibt?"

„Nee, wann ist denn der? Vielleicht gibt's ja dann Prozente."

Auf dem Flur des Krankenhauses begegnete uns eine Krankenschwester.

„Wenn Sie zu Frau Bertram möchten, sie liegt jetzt auf Zimmer 101."

Eine friedliche Ruhe empfing uns. Gisela war wach und allein. Zuerst schaute sie freudig überrascht, dann aber etwas unglücklich.

„Was guckst du denn so traurig, mein Flatter-Hühnchen", fragte Kalle, „hier ist es doch jetzt sehr schön. Außerdem haben wir dir eine ganz tolle Überraschung mitgebracht."

Mit diesen Worten zog er eine kleine Flasche Spumante aus der Jackentasche. Gisela wollte etwas sagen, aber er ließ sie nicht zu Wort kommen.

„Erdbeersekt habe ich leider nicht als Piccolo bekommen, und eine große Pulle konnte ich ja hier nicht reinschmuggeln, aber der hier geht doch auch, oder?"
„Das ist ganz lieb von dir, aber ..."
„Nix da, von wegen aber. Wir haben ja *noch* etwas Feines für unseren Krabbelkäfer."
Und dabei zog er ein Bündel Geldscheine aus seiner Jackentasche, aber die Tür ging auf und eine Krankenschwester erschien. Kalle steckte das Geld wieder weg.
„Meine Herren, ich muss Sie mal kurz bitten, vor der Tür zu warten!"
Gisela hob mit ihrem gesunden Arm die Bettdecke leicht an und klopfte mit ihren Fingerspitzen gegen die bis eben verborgene Bettpfanne, dabei schmunzelte sie bitter.
„Lo siento mucho, por supuesto!" Kalle fasste sich an den Kopf. „Wir sind schon draußen."
Wir waren auf dem Gang.
„Sag mal, Kalle, was wollen wir denn Gisela sagen, wenn sie fragt, woher das Geld stammt?"
„Hast du 'ne Idee?"
„Nee!"
„Ein Lottogewinn?"
„Das nimmt die uns nicht ab und darüber hinaus, wenn sie dann nachhakt, kann sie dir jeden Scheiß, den du dir jetzt aus den Fingern saugst, widerlegen. Es steht doch alles im Internet."
„Was soll im Internet stehen?"
„Na, wann und wie viel wobei gewonnen wurde, also davon rate ich ab!"
„Dann sag du was Besseres."
„Tscha."
„Mit ‚tscha' ist uns aber nicht geholfen, und dass ein wilder Schwan angeschwommen kam, aus dessen Gefieder drei

Wettscheine zu uns rübergeflattert sind, geht schließlich erst recht nicht."
Die Tür öffnete sich wieder. „Sie dürfen jetzt wieder reingehen, meine Herren." Die Schwester verschwand mit dem klappernden Nachtgeschirr.
„Was hattest du denn da noch für mich, Heinzi?"
Mental schien es Gisela wohl schon etwas besser zu gehen. Kalle holte das Geld wieder hervor und legte es auf den Nachtkasten.
„Das hier soll zu deiner Genesung beitragen", sagte er, „aber vor allem eine kleine Unterstützung sein, wenn du wieder draußen bist."
„Ich bin sprachlos", sagte Gisela, „das sieht aber dick aus, wie viel ist es denn?"
„Nun", sagte Kalle auffallend langsam, „etwa 70.000!"
„Siebzigtausend???", wiederholte Gisela ungläubig.
„Siebzigtausend???", wiederholte ich im Geiste.
„Na, ungefähr, also ziemlich genau ungefähr." Kalle erschien verlegen.
„Woher habt Ihr denn so viel Geld?"
Na bitte, da hatten wir ja schon den Salat!
„Nun", übernahm Kalle ganz bedächtig die Initiative, da mir beim besten Willen keine Antwort eingefallen wäre, „dein Fall, also das mit dem Fenstersturz und so, das stand doch in der Zeitung, und daraufhin sind ganz viele Spenden bei uns eingegangen."
(Kalle ist genial, dachte ich, darauf wäre ich nicht gekommen.)
„Da haben also lauter nette Menschen für mich gespendet?", fragte Gisela immer noch ungläubig.
„Ja, lauter nette Menschen, aber auch Firmen", sagte Kalle.
„Das meiste Geld stammt von Firmen."
Wohlwollend betrachtet, entsprach das sogar der Wahrheit.
„Was für Firmen denn?", wollte Gisela wissen. Jetzt war sie

schon wieder so neugierig wie früher.
„Alle möglichen: Metallhändler, Pharmavertriebe und Finanzmakler."
Kalle stand auch diese Runde mit Bravour durch. Gisela gab sich zufrieden.
„Wir dürfen das Geld aber nicht hier im Krankenhaus lassen", sagte ich, während Kalle die Scheine in einen Umschlag steckte.
„Können wir es Ihrer Schwester anvertrauen?"
„Unbedingt! Meine Schwester war immer anständig, deshalb ist mir auch unbegreiflich, wie ihr Mann sie voriges Jahr verlassen konnte. Na, die wird sich freuen, wenn ich ihr das erzähle, zumal sie doch will, dass ich dann bei ihr wohne. Heinzi, du bist ein richtiger Schatz."
„Na ja", sagte Kalle, „auch Ändy hat da zum großen Teil beigetragen."
„Ja?", fragte Gisela, „wie denn?"
„Das ist sehr kompliziert", sagte ich.
Bevor Gisela weiter bohren konnte, erlöste mich die jetzt gerade angekommene Lotte. Mit den Worten: „Gisela wird Ihnen alles erklären", überreichte Kalle der erstaunten Frau ein dickes Kuvert, und danach verabschiedeten wir uns.
Auf dem Weg nach unten begegneten wir einem Arzt, der uns ansprach:
„Sind Sie die Freunde oder Verwandten von Frau Bertram?"
„Ja. Ich heiße Czybulsky und bin ihr Nachbar, das ist mein Freund, Herr Galla."
„Schubert, ich bin hier Oberarzt. Hören Sie, Herr Schibulski, das mit dem Zimmer für Frau Bertram war ein peinliches Versehen, das tut mir sehr leid, so etwas kann natürlich bei dem Trubel hier mal passieren. Selbstverständlich hat Frau Bertram keine Extrakosten zu erwarten ..."
Aus seinem Kittel piepte ein Alarmton.
„Entschuldigen Sie, die Arbeit ruft!" Er rannte davon.

Als wir im Taxi saßen, bedrückte mich dann doch eine Sache.
„Mensch Kalle, wir wollten doch aber jeder fünf Mille für uns behalten. Ich meine, es ist ja irgendwo auch anständig von dir, Gisela alles zu geben, aber das hatten wir doch nicht so besprochen, oder?"
„Oder was?" Kalle grinste über das ganze Gesicht.
„Nun kack dir mal nicht ins Hemde, du alter Angsthase, du kriegst deine ‚Fünffünf' schon."
Er überreichte mir ebenfalls ein Kuvert.
„Aber dann hast du ja gar nichts mehr … ach, was heißt gar nichts. Dann musstest du ja noch was zusteuern!"
„Du merkst aber auch alles."
Kalles Grinsen ist in Lachen umgeschlagen. Mein dummes Gesicht belustigte ihn.
„Pass auf", sagte er, „ich komm noch zu dir nach oben, dann erzähl ich dir was. Haste noch Bier im Haus?"
„Weiß nicht, der Vietkong hat neuerdings geschlossen, wir müssen das woanders holen."
„Ich weiß", sagte Kalle, „da bist du nicht ganz unschuldig dran, aber Bier kriegen wir auch am Kiosk."

Wir saßen beim Bier in meinem Wohnzimmer.
„Nun erzähl mal, Kalle!"
„Also, die Sache verhält sich wie folgt: Da war doch noch die eine offene Wette, erinnerst du dich?"
„Von der ich dir abgeraten hatte?"
„Von der du mir abgeraten hattest! Ich habe es ja auch befolgt, jedenfalls teilweise. Die Sache hat mich einfach zu sehr gereizt. Ich habe aber nur 500 Mäuse riskiert und nicht 2000. So dachte ich, bleiben mir schlimmstenfalls noch die fünf Riesen. Aber mit der Wette hätte ich nur 2800 gewonnen. Also habe ich Hertha mit dazu genommen. Die Quote war 4,2 und Hertha gewinnt doch immer."

„Das war mir bisher neu", sagte ich.
„Jedenfalls hatte ich so eine Gesamtquote von 23,5; damit betrug der Höchstgewinn 11760 Mäuse. So und jetzt kommt's: Das verschobene Spiel kam – war mir fast klar, aber als auch Hertha gewonnen hatte, war die Wette durch. Ich habe noch am selben Abend meinen Schotter abgeholt. So, und jetzt bist du dran."
„Kalle, deine Großzügigkeit beeindruckt mich schwer."
„Ach was. Ich dachte an deine Worte bezüglich der Moral, und die Zockerei an sich hat mir schon eine Mordsgaudi bereitet. Gisela kann's gebrauchen. Aber die restlichen 1200 teilen wir noch."
„Untersteh dich", sagte ich. „Heb dir das für dein altes Auto auf."
Wir tranken noch ein paar Bier und ein, zwei Cubis auf Kalles Fußballverstand, bevor er sich verabschiedete und nach Hause fuhr.
Heute dachte ich an Gisela und ihre arme Schwester Lotte, bevor ich einschlief.

Der Folgetag verging schnell, da ich viel zu arbeiten hatte. Aber am Mittwoch wollte es nicht so recht klappen. Meine Gedanken kreisten nur noch um Edeltraut. Heute sollte ich sie endlich wiedersehen. Nachdem ich mich den halben Tag geplagt habe und trotzdem nichts Vernünftiges auf die Reihe bekommen habe, entschloss ich mich, etwas zu unternehmen, was Abwechslung herbeiführt.
Edeltraut erschien mir immer elegant angezogen, und so beschloss ich, meine Konfektion ein weiteres Mal aufzubessern. Ich nahm mir ein Taxi und ließ mich zum Zoo fahren. Die Taxifahrerin war eine schon etwas ältere, unscheinbare Frau in allerdings merkwürdig anmutender, bunter Kleidung im Strickliesel-Look.
„So eine alternative Müslitante", dachte ich bei mir.

Wir sprachen nur das Nötigste miteinander. Vor einer Ampelkreuzung gerieten wir in einen längeren Stau. Als ich nach vorn schaute, um die Lage abzuschätzen, erblickte ich wieder so eine Scheibenputz-Brigade.

„Na, die können sich jetzt wieder auf was gefasst machen", dachte ich.

„Sehen Sie die Leute da vorn", fragte sie mich.

„Ja, sehe ich. Die werden bestimmt versuchen, Ihr schönes Auto zu beschmaddern."

„Ach wo", lenkte sie ein, „die putzen nur die Scheiben. Die sind fleißig und arbeiten von früh bis spät. Das ist doch eine sinnvolle Beschäftigung."

„Finden Sie nicht, dass das illegale Schwarzarbeit ist?"

„Nein, überhaupt nicht. Die Bezahlung ist doch freiwillig."

„Na, dann", sagte ich.

Jetzt wurde sie richtig redselig.

„Ich gebe denen immer zwei Euro", sagte sie weiter, „manchmal auch drei, wenn ich gut drauf bin. Das sind Sinti und Roma. Die haben doch sonst nichts. Sie würden doch auch nicht wollen, dass die hungern müssen, oder?"

„Nein, würde ich nicht."

„Na, sehen Sie. Man muss doch als Bundesrepublikanerin in Anbetracht unserer düsteren Vergangenheit Engagement zeigen. Ich spende zum Beispiel regelmäßig an das Rote Kreuz. Und für die Flüchtlinge habe ich hier eine Sammelbüchse, wollen Sie da was rein tun?"

„Ich habe gerade kein Kleingeld", log ich.

„Spenden Sie denn nie etwas?", fragte sie ungläubig.

„Ich habe zu Hause noch Weihnachtskarten von Mundmalern." (Für die ich allerdings noch nie etwas bezahlt hatte.)

„Na bitte, auch diesen armen, behinderten Menschen muss man helfen. Es wird viel zu wenig für diese Leute getan."

Endlich waren wir vorn an der Kreuzung angelangt, und die

Scheibenputzer stürzten sich auch sofort auf ihre Arbeit. Meine Taxifahrerin ließ die Seitenscheibe herunter und kramte in ihrer Geldbörse nach einer Münze. Der Glasreiniger nahm diese entgegen und übergab ihr dafür einen kleinen Zettel, den er kurz zuvor unter ihrem Scheibenwischer entfernt hatte.
„Was ist das denn für eine Sauerei!", schimpfte die Dame, die nun gar nicht mehr wie ein Gutmensch klang. „So eine verdammte Abzocke! Ich war nur ganz kurz im Schuhladen drin und dafür fünfunddreißig Euro, ist ja unfassbar!"
„Das erscheint mir aber auch sehr viel für einfaches Falschparken", sagte ich tröstend.
„Nirgendwo war etwas frei. Ich habe nur ganz kurz auf dem Behindertenparkplatz gestanden."

Da sie sich nun gar nicht mehr beruhigen konnte und fortlaufend Verwünschungen auf Gott und die Welt respektive auf die „dressierten Affen vom Ordnungsamt" ausstieß, ließ ich sie etwa einen Kilometer vor meinem Ziel anhalten und lief dann den Rest des Weges zu Fuß. Natürlich fing es genau jetzt zu regnen an, und so beeilte ich mich, um schnell in mein Lieblingskaufhaus zu gelangen. Diesmal bereiteten mir die Anproben und die Einkäufe größere Freude als beim letzten Mal. Ich gab auch mehr Geld aus als beim letzten Mal. Viel mehr. Aber ich hatte es ja. Danach ging ich in ein Fischrestaurant. Ich zwängte mich mit meinen Plastiktüten an einen freien Tisch und gab meine Bestellung auf. Ich trank einen Schluck Weißwein und fing zu essen an – es schmeckte ausgezeichnet – als es in meiner Tasche piepste. Anstatt weiterzuessen, legte ich mein Besteck aus der Hand und schaute auf mein Handy. Ich rieb mir noch einmal die Augen, aber ich las wirklich: „Sorry, es geht heute doch nicht, Gruß Traute."
Ich legte das Handy vor mich hin und verharrte dann

bewegungslos am Tisch wie eingefroren. Sie kommt also doch nicht. Die ganze Zeit hatte ich das ungute Gefühl, dass doch noch so etwas in der Art auf mich zukommt. Ich konnte nichts mehr essen, aber den Wein trank ich in einem Zuge aus und rief den Kellner wegen der Rechnung.
„Ist etwas mit dem Essen nicht in Ordnung, mein Herr?", wollte er wissen.
„Doch, doch."
„Soll ich Ihnen vielleicht etwas anderes bringen?"
„Nein, nein."
Ich konnte nicht vernünftig reden. Ich hatte einen Kloß im Hals. Am liebsten hätte ich geheult.
„Nur die Rechnung", quetschte ich schließlich mühselig hervor.
Ich zahlte und schlich mich mit meinen nutzlosen Einkaufstüten davon.
Wieder vor meiner Haustür angekommen, sah ich, dass der Vietkong wieder geöffnet hatte. Das war praktisch, denn bei der letzten Sportwetten-Feier mit Kalle sind alle Cubis draufgegangen. Also kaufte ich alles neu ein – ich konnte die Tüten nun kaum noch tragen – und schleppte alles nach oben. Die Tüten warf ich in die Ecke und bereitete mir erst einmal einen Seelentröster. Ich saß auf der Couch und zutzelte vorsichtig an ihm. Er schmeckte nicht.
Kein Wunder!
Jetzt hat sie mich zum zweiten Mal vor den Kopf gestoßen. Vor den Kopf, aus dem ich sie nun endlich herausbekommen muss, aber wie? Klar, ich war wütend, ich war stocksauer. Aber ich sah ihr Gesicht vor mir. Ich hörte ihre Stimme, die weich und melodisch und ein wenig schnippisch klang. Und dazu ihre wunderschönen dunklen Augen! Wie kann man das alles so schnell vergessen? Ich trank noch einen Schluck.
„Sie ist eine Hexe!", dachte ich, „eine richtige Hexe, die mich verzaubert hat. Ihre Schönheit ist nur Verkleidung, in

Wirklichkeit ist sie alt und schrumpelig und dick und hässlich, und wenn ich reif genug bin, dann backt sie mich in ihrem Ofen und frisst mich auf."

Jetzt war mein erster Cuba Libre alle. Ich mixte einen zweiten, aber dabei kamen mir Bedenken. Ich dachte daran, wie schlecht es mir ging am Morgen danach, als sie mich unten vor meiner Haustür so hat abblitzen lassen. Heute werde ich mich etwas zurückhalten. Na, wenigstens kann diesmal kein Erdbeersekt noch dazukommen.

Es klingelte an meiner Tür. Ich öffnete.

Es war Frau Neumann.

„Ach, entschuldigen Sie, Herr Andreas, mein Fernseher geht schon wieder nicht."

„Wieder der Ton?"

„Nein, nun tut sich gar nichts mehr. Es gab so ein merkwürdiges Geräusch, und das war's dann."

„Ich komme mal mit runter, Frau Neumann", sagte ich.

Sie hatte Recht, da war mehr als nur ein loser Stecker. Es roch auch verschmort. Ich trennte den Apparat vom Netz.

„Tscha, Frau Neumann, das sieht nicht gut aus, ich fürchte, der ist hin."

„Kann ich den Fernseher nicht reparieren lassen?"

„Sicher, aber er ist schon alt, und die Reparatur kostet womöglich zwei-, dreihundert Euro, und dafür bekommen Sie einen neuen."

„Meinen Sie? Mein alter hat weit über tausend Euro gekostet."

„Wenn Sie wollen, besorge ich für Sie einen für kaum mehr als zweihundert Euro. Den haben Sie dann spätestens übermorgen."

„Das wäre ja schön, aber trotzdem kann ich heute Abend nicht meine Anwaltsserie sehen, die fängt nämlich gleich an."

„Dann gucken wir die zusammen bei mir oben", sagte ich.

„Möchten Sie einen Cuba Libre, Frau Neumann", fragte ich sie, während sie neben mir auf der Couch saß.
„Ist das was Kommunistisches?"
„Nein, sondern was Leckeres zu trinken."
„Na, ich kann ja mal probieren."
Nun saßen wir beide wie ein altes Ehepaar vor unseren Getränken und starrten in die Glotze, als mein Handy klingelte. Bestimmt Kalle, dachte ich, stand auf und ging in die Küche, um nicht Frau Neumann zu stören.
„Hier ist Traute – Schmitt-Witzleben."
„Ja, ich kenne Sie doch, Traute", sagte ich.
„Haben Sie meine SMS erhalten?"
„Ja."
„Und sind Sie nun traurig?"
„Ja."
„Und sind Sie mir jetzt böse?"
„Ein bisschen."
„Was soll ich machen, es geht wirklich nicht. Aber wir können das Ganze doch auf Sonnabend verschieben, was halten Sie davon?"
„Das ist ja noch so lange hin!"
„Nun kommen Sie! Gerade mal drei Tage, die wird der große Junge doch wohl aushalten."
„Wenn Sie meinen."
„Vorher geht nicht."
„Also gut, dann bestelle ich zu Samstagabend um 20.00 Uhr bei Luigi einen Tisch."
„Machen Sie das. Auf Wiederhören, Andrzej."
„Wiederhören."
Ich setzte mich wieder zu Frau Neumann. Jetzt war ich wie ausgewechselt. Im TV war gerade Werbepause.
„War das Ihre Freundin?", wollte Frau Neumann wissen.
„Sozusagen", gab ich zur Antwort.

„Ach, etwa die Frau Schipetzka?"
(Ist ja interessant: Das hatte sie sich gemerkt!)
„Frau Neumann!!!"
„Entschuldigen Sie, dass ich gefragt habe. Ich dachte nur, Sie hätten sich wieder versöhnt."
„Also, erstens gibt es diese Frau überhaupt nicht, und zweitens möchte ich Sie bitten, den Namen nie wieder zu erwähnen!"
„Ist ja gut", sagte sie etwas beleidigt. „Haben Sie noch so einen für mich?"
Ich machte ihr noch einen – mir aber nicht mehr – und setzte mich dann an den Computer, um einen Fernseher zu besorgen. Kalle hatte Recht gehabt: Meine My ruckelte ein wenig. Aber es legte sich.
Ich fand ein passendes Gerät für 500 Euro mit einem großen Bildschirm – alte Leute können nicht mehr so gut gucken – und bestellte das Ganze auf meinen Namen. Frau Neumanns Lieblings-TV-Serie ging gerade zu Ende.
„Ich habe für Sie einen Fernseher bestellt. Der wird übermorgen geliefert", sagte ich zu ihr, als sie schon am Aufstehen war.
„Und was kostet der nun?"
„199 Euro."
„Und wo muss ich den bezahlen?"
„Das geben Sie dann mir, wenn er da ist. Ich muss ihn ja auspacken und anschließen – hoppla, Frau Neumann, stolpern Sie nicht. Warten Sie, ich werde Sie hinunterbringen."
Frau Neumann war etwas benommen. Wahrscheinlich vom vielen TV-Serien Gucken.

Ich bin dann noch runter zu Luigi, um den Termin umzulegen.
„Au! Das ist aber schlecht", sagte Luigi. „Am Samstag haben

wir geschlossen. Papa wird achtzig. Sie verstehen?"
„Ja, ich verstehe."
Ich musste also Traute anrufen.
„Der gewünschte Gesprächsteilnehmer ist vorübergehend nicht zu erreichen!"
Na klar, sie hatte ja etwas Wichtiges vor. Also hatte sie ihr Handy abgeschaltet.
Dann schicke ich eben eine SMS:
„Luigi ist Sonnabend geschlossen. Möchten Sie woanders hingehen?"
Und abschicken!
Die Antwort kam erst am Donnerstag:
„Wie wäre es denn bei Ihnen. Die Adresse kenne ich ja. Kaufen Sie was Schönes ein!"
Antwort:
„Sonnabend 20.00 Uhr bei mir. Ich freue mich riesig!"

Den Donnerstag verbrachte ich wieder mit Arbeit. Auch den größten Teil des Freitags, ich bekam schließlich etwas Abwechslung durch Frau Neumanns neuen Fernseher, der mittags geliefert wurde und den ich ihr noch einrichten musste. Die Freude darüber war ihr anzumerken, doch am meisten war sie erstaunt darüber, wie billig so etwas heute geworden ist, wo doch alles teurer wird.

Endlich hatten wir Samstag!

15. Kapitel

Ich wollte einigermaßen vorbereitet sein. Also fuhr ich zum größten Kaufhaus, das wir hier in Berlin haben, begab mich in die sechste Etage und kaufte erst einmal vier Flaschen ordentlichen Rotwein – zwei riesige Gläser hatte ich schon vorher besorgt – und ein paar Leckereien. Danach besuchte ich die Musikabteilung mit den CDs. Dort sprach ich eine nett aussehende Verkäuferin an, die sich auch sofort meiner annahm:
„Ich suche eine Oper."
„Ja, welche denn? Eine ganz bestimmte?"
„Ich habe keine Ahnung. Eine schmusige."
„Schmusige?"
„Eben was zum Schmusen, nicht so was Lautes. Ich erwarte Besuch von einer Dame, die Opern mag, und der wollte ich eine Freude machen."
„Hmmm, wie wär' es denn mit La Bohème von Puccini? Die hat sehr schöne Musik. Wär' das was?"
„Ich habe keine Ahnung."
„Bei der Aufführung der Oper weinen die Leute sogar."
„Dann ist die wohl traurig?"
„Und ob!"
„Dann ist das nichts für mich. Sie soll schmusig sein, aber nicht traurig und ein Happy End haben."
„Das wird schwierig. Die Opern sind fast alle traurig, bis auf die komischen eben.
‚Zar und Zimmermann' würde Ihnen vielleicht gefallen. Die ist lustig und hat ein Happy End. – Aber Musik zum Schmusen? Eher weniger ... warten Sie, ich glaube, ich habe das, was Sie wollen. ‚Hänsel und Gretel'. Die ist schön und hat ein Happy End."
„Das ist doch ein Märchen!"
„Aber auch eine Oper. Eine Märchenoper eben. Wollen Sie

einmal reinhören?"
Sie ging mit mir zu ihrer Theke, gab mir einen Kopfhörer und zeigte mir die Knöpfe am Player, die ich zu bedienen hätte.
Sie hatte recht. Das war wirklich sehr liebliche Musik, die mir sogar gefiel. Ich hörte noch etwas weiter in die Oper hinein und gerade, als ich mich schon fast zum Kauf entschieden hatte, hörte ich folgende Stelle: „Tralla lala, tralla lala, Kümmel ist mein Leiblikör."
Das kannte ich! Das hatte mein Stiefvater immer gesungen, wenn er betrunken aus der Kneipe nach Hause kam und meine Mutter deswegen böse war. Da hingen ganz schlechte Erinnerungen dran.
„Die kommt nicht in Frage", sagte ich zu der Verkäuferin, die sich mittlerweile mit den Wünschen einer anderen Kundin befassen musste.
„Dann weiß ich auch nicht mehr weiter", sagte sie resigniert.
„Mag die Dame vielleicht einen speziellen Komponisten?"
„Wagner?"
Sie griff ins Regal und knallte eine Kassette auf den Tresen. Ich las: „Die Walküre."
„Jawohl", sagte sie, schon sichtlich genervt. „Da geht's um Liebe, die Musik ist sehr schön und nicht zu laut und auch nicht traurig – wenn man nur die erste Platte anhört."
„Nur die erste? Wie viele sind es denn?"
„Vier!"
„Also drei traurige und nur eine fröhliche?"
„Wenn Sie so wollen."
„Kann ich nicht nur die eine fröhliche kaufen?"
„Na, hören Sie mal. Ich kann doch dem nächsten Kunden nicht eine Oper ohne den ersten Akt verkaufen. Das werden Sie wohl einsehen."
Das sah ich ein, zumal der dann nur die drei traurigen Scheiben hätte.

„Hier", sagte sie energisch, „nehmen Sie die. Sie werden es nicht bereuen. Die Kasse ist da vorn. – Und seien Sie froh, dass Sie nicht den ganzen Ring kaufen müssen!"
„Einen Ring?"
„Ach, vergessen Sie's." Damit wandte sie sich dem nächsten Kunden zu.
„Verzeihung, mein Herr, dass ich mich hier einmische", sagte ein hinter mir stehender Mann mit einem vornehmen Mantel und einem Angeber-Hut.
„Sagen Sie, diese Dame, die Sie erwarten, ist das so etwas wie eine alte Erbtante oder so eine mit noch reichlich Feuer unter dem Kessel?"
„Letzteres, würde ich sagen", gab ich irritiert zur Antwort, aber was ging den das an?
„Dann würde ich an Ihrer Stelle ‚Tristan und Isolde' nehmen. Die ‚Walküre' ist wirklich nicht schlecht, da hatte die Verkäuferin schon Recht, aber bei ‚Tristan und Isolde' wird die Dame nur so dahinschmelzen wie Wachs, glauben Sie mir."
Die Verkäuferin hatte das mitbekommen und warf uns einen bösen Blick zu.
„Ich hätte gerne ‚Tristan und Isolde'", rief ich ihr zu.
Sie löste sich von dem anderen Kunden, griff ins Regal und stellte die wahrscheinlich teuerste Edition von ‚Tristan und Isolde' vor mich hin.
„Hier, bitte schön, aber ich weiß nicht, ob Sie damit richtig liegen." Dabei wollte sie ‚Die Walküre' wieder mitnehmen.
„Nein, lassen Sie, ich werde beide nehmen."
„Na, dann viel Spaß damit", bemerkte sie mit einem anzüglichen Unterton.
Ich bezahlte und steckte die Kassetten zu den Lebensmitteln in die Tüte.
„Mein lieber Herr Gesangsverein!", dachte ich. „Über hundertzwanzig Klötzer für etwas Schmuse-Musik!"

Jetzt besorgte ich noch Kerzen und einen Blumenstrauß, und dann ging es wieder nach Hause.

Ich schaute auf die Uhr – schon 14.30 Uhr! Jetzt musste ich aber ranhauen. Um 20.00 Uhr wollte sie kommen. Also aufräumen, saugen, Staub wischen, den Müll und die leeren Flaschen runterbringen – ich weiß gar nicht mehr, wann ich das alles zum letzten Mal gemacht habe. Währenddessen wollte ich schon einmal in den ‚Tristan' hineinschnuppern. Ich legte voller Erwartung auf eine dahinschmelzende Dame mit Feuer unter dem Kessel die erste Scheibe ein. Aber was musste ich hören?!
Nach meinem Eindruck war das alles andere als Schmuse-Musik, was ich mir da habe andrehen lassen. Von wegen fröhlich! Das hätte ja selbst einen Totengräber noch zu Tränen gerührt. Und damit sollte ich meine Frau Doktor becircen können? Ich hatte leise Zweifel, erhebliche Zweifel! Aber egal, nicht mehr zu ändern!
Dann noch die Betten frisch beziehen – man kann ja nie wissen – und den Tisch decken. Ich kam ordentlich ins Schwitzen.
Na bravo, Czybulsky! Kerzen hast du gekauft, hast aber keinen Kerzenständer (nachher würdest du vielleicht einen bekommen, dachte ich in meiner schmutzigen Phantasie); improvisierend klebte ich zwei Kerzen in je ein gläsernes Kompott-Schälchen, denn den hervor gekramten Hertha BSC-Aschenbecher, den ich einmal von einer Freundin geschenkt bekommen habe, obwohl ich noch nie geraucht habe, und der zuerst dafür herhalten sollte, musste ich ja blanko auf den Tisch stellen, weil ich mich daran erinnerte, dass Frau Doktor im Fidel Castro geraucht hatte. Zum Glück ist mir auch noch eine einzige Blumenvase vom letzten Vandalismus übrig geblieben. Die hässlichste zwar, aber eine aus Plastik, deshalb war sie nicht zerbrochen. Kurz

musste ich wieder an Gisela denken. Nun war alles eingedeckt, jetzt unter die Dusche. Danach zog ich meine neuesten Klamotten an und schaute auf die Uhr: 19.55 Uhr. Gleich würde sie kommen. Noch einmal schnell durchlüften. Beim Öffnen der Fenster sah ich, dass die wirklich einmal wieder geputzt werden müssten. Wie oft hatte ich mir schon vorgenommen, eine Putzfrau zu beschäftigen! Ich schaute nach unten: Nichts.
Es war ja auch noch nicht acht. Ich ging in der Wohnung auf und ab und schaute immer wieder nach unten. Jetzt war es schon fast 20.15 Uhr, da sah ich ein Taxi wegfahren. Es klingelte, und kurz darauf stand sie vor meiner Tür.

Ich war von ihrem Anblick so überwältigt, dass ich einen sehr dummen Gesichtsausdruck aufgesetzt haben musste.
„Ja, wollen Sie mich denn nicht einlassen, oder komme ich vielleicht ungelegen?", hörte ich eine Stimme von irgendwoher sagen.
„Aber nein, überhaupt nicht", stammelte ich. Wenigstens war ich noch in der Lage, ihr das Mäntelchen abzunehmen, wie es sich gehört. Ihre Parfümwolke umgab mich. Ich war wie betäubt.
Während ich sie zu ihrem Platz führte, konnte ich sie zum ersten Mal richtig betrachten. Sie trug ein kurzes schwarzes Kleid mit Spitzenbesatz, kürzer als alles, was ich bisher bei ihr gesehen habe, mit einem wahnsinnigen Dekolleté und natürlich sensationelle High Heels. Schon ihr Anblick machte mich betrunken.
„Ein Gläschen Rotwein, zur Begrüßung?", fragte ich.
„Gerne."
Ich zitterte beim Eingießen vor Erregung. Sie bemerkte es natürlich und schien sich darüber zu amüsieren. Mir war das peinlich.
„Salut, Frau Doktor", sagte ich, mein Glas erhebend.

„A tu salut, Ändy – eigentlich waren wir doch schon bei ‚Traute' angelangt."
„Traute", murmelte ich. Ich stand immer noch neben mir.
„Also wenn ich darf, würde ich Sie gerne ‚Edeltraut' nennen und nicht ‚Traute'."
„Ach, wegen der Musiklehrerin? Der Drachen?"
Das hat sie also behalten.
„Ja, genau."
„Nun ja, gerne. Edeltraut hat mich schon lange niemand mehr genannt. – Sie haben sich aber große Mühe gegeben, und einen schicken Aschenbecher sehe ich; es stört Sie also nicht, wenn ich rauche?"
Ich schaute in ihre geheimnisvollen Augen.
„Ganz und gar nicht", log ich. Eigentlich hasse ich Zigarettenrauch wie die Pest.
Sie zündete sich eine ihrer schlanken Schickimicki-Zigaretten an der Kerze an, dabei musste sie sich vorbeugen, was mir einen tiefen Einblick in ihr Dekolleté gestattete. Das Weib brachte mich um den Verstand. Genüsslich blies sie den Rauch von sich. In meiner Nase mutierte der Qualm zu Weihrauch.
„Ich habe leider etwas vergessen", sagte ich. „Möchten Sie einen Sherry, Edeltraut?"
„Da kann ich nicht nein sagen, wenn ich mir all die leckeren Sachen auf dem Tisch hier anschaue."
Ich sprang auf und holte die Flasche und zwei Gläser.
Wir tranken unseren Sherry und ich füllte sogleich nach.
Meine Hand wurde schon etwas ruhiger.
„Greifen Sie zu, Edeltraut, es ist alles für *Sie* da."
„Ach, und Sie essen nichts?"
„Doch auch."
Aber mein Magen war wie zu. Entweder hatte ich mich schon an ihr satt gesehen, oder ich war zum Essen zu aufgeregt. Ich hätte im Augenblick keinen Bissen herunter

bekommen. Trotzdem nahm ich eine Kleinigkeit und stocherte daran herum. Aber Edeltraut schien es zu schmecken. Sie machte einen zufriedenen Eindruck. Nach drei Glas Sherry stiegen wir wieder auf Rotwein um. So verstrich die Zeit langsam mit Essen und Trinken. Meine Hand war nun ruhig.
„Das Langustenschwänzlein schmeckt aber vorzüglich und auch die Oliven sind lecker", sagte sie.
„Wussten Sie, dass das Olivenöl in Schleswig-Holstein erfunden wurde?"
„Wollen Sie mich jetzt auf den Arm nehmen?"
Ihre schönen dunklen Augen sahen mich nur mitleidig an. Ich hätte sie nun wirklich am liebsten auf den Arm genommen.
„Ich werde uns etwas Musik machen", gab ich zum Besten.
„Gute Idee, ich liebe Musike."
(Aha, Frau Doktor ist schon etwas in Stimmung gekommen.)
Ich ging zur Stereoanlage und legte meine neueste Errungenschaft auf, dann füllte ich noch einmal die Weingläser.
Kaum ertönten die ersten Takte, kam auch schon die Reaktion:
„Sieh an, sieh an, ‚Tristan und Isolde'."
„Gut, gell?", sagte ich voller Stolz.
„Ja, sehr gut. Hast du nichts anderes?"
Das hatte ich befürchtet. Warum musste ich auch auf diesen Klugscheißer hören!
Nun stand ich da. Aber ich war baff, denn sie hatte mich gerade geduzt.
„Du meinst ... ich meine, *Sie* meinen eine andere Oper als die hier? Ich hätte da noch die Walküre im Angebot."
„Nein, ich meine ganz was anderes, etwas, das dir auch gefällt, vielleicht etwas Altes."
„Da kann ich mit dienen. Darf ich denn nun auch ‚du'

sagen?"
„Wie lange willst du denn damit noch warten?"
„Dann müssen wir aber anstoßen."
Ich ging zu ihr zum Tisch und füllte die Gläser jetzt richtig voll, eine neue Flasche war fällig.
„Prost, Edeltraut."
„Prost, Ändy."
Wie sie mich mit ihren Augen ansah! Normalerweise hätte ich sie nun küssen müssen, aber ich traute mich immer noch nicht, weil ich fürchtete, nun alles Erreichte mit einem Mal zu zerstören.
Andererseits war in ihrer Mimik so etwas wie Enttäuschung auch nicht zu erkennen. Ich ging wieder zum Musikschrank und legte nun ein uraltes Band auf, mit solchen Sachen wie Marty Robbins, Del Shannon, Petula Clark, Lovin' Spoonful und lauter so altem Zeug.
Nun tranken wir, naschten wieder ein wenig und erzählten uns von unserer ersten Begegnung, dass sie mir von Anfang an sofort gefallen hätte und so. Ein paar Sachen habe ich dann aber doch vorsichtshalber weggelassen.
„The Mamas And The Papas" sangen „Twelve Thirty".
Ich war von den Socken, die „Musike" gefiel ihr offensichtlich wirklich. Das sah ich an ihrer Reaktion. Sie summte sogar mit und strahlte richtig gute Laune aus.
„Ich bin überrascht, dass dir diese Art von Musik gefällt", sagte ich, immer noch etwas verunsichert.
„Oldies but Goodies! Find ich toll. Wollen wir tanzen?"
Das haute mich um.
„Was denn, hier?"
„Na, wo sonst? Willst du mit mir runter auf die Straße gehen?"
Nein, das wollte ich nicht. Ich näherte mich ihr vorsichtig und nahm sie in den Arm. Dann tanzten wir wie zwei Teenager in meinem Wohnzimmer nach alten Klängen der

sechziger Jahre. Als Doris Day erklang, trällerte meine Frau Doktor mit:
„Our Lips shouldn't touch – Move over Darling. I like it too much – Move over Darling ..."
Und dabei fühlte ich ihre wohligen Rundungen an meinem Körper.
Das war wie eine Aufforderung. Jetzt gab es kein Halten mehr. Ich küsste sie, oder besser, sie küsste mich, also wir küssten uns, ich weiß nicht mehr, wie lange.
Ich war vollkommen erledigt. Ich war nicht mehr auf diesem Planeten, und dann fingerte sie auch noch an den Knöpfen ihres Kleides herum.
„Hui!", sagte sie, „ist das warm hier. Findest du nicht auch?"
Ich konnte nicht antworten. Mein Hals war zu. Sprechen war unmöglich, und das war gut so. Es wäre eh nichts Gescheites dabei herausgekommen. Was dann folgte, stellte so ziemlich alles in den Schatten, was ich jemals mit einer Frau erlebt habe. Es war einfach berauschend.

Und später haben wir dann auch – zur Abwechslung – auf meiner kleinen Couch doch noch Tristan und Isolde gehört.
„O sink hernieder, Nacht der Liebe!", trällerte der Tenor.
Das hörte sich doch gar nicht mehr so schlecht an. Zwar immer noch nicht wirklich fröhlich, aber seltsam stimmungsvoll.
Eben berauschend, wie Edeltraut.
Der Schluss des letzten Aktes gefiel mir sogar ganz besonders, ich kannte diese Melodie allerdings schon. Nur, dass ich mit ihr im Geiste kein bezauberndes Wesen, sondern einen, aus einem Comic-Streifen stammenden, überdimensionalen, gefräßigen Kuchen verband, der aber auch dahinschmolz.
Dem Angeber-Hut sei verziehen.
Edeltraut zündete sich eine Zigarette an.

Eine wunderschöne, nackte, rauchende Frau saß eng neben mir!
„Ich liebe dich", sagte ich zu Edeltraut, während wir Händchen haltend der Musik lauschten. Mir war schon bewusst, dass es sich bei dieser Phrase um die abgedroschenste aller Zeiten handelte, aber etwas Schöneres ist mir nicht eingefallen.
Sie küsste ihren Zeigefinger und drückte ihn auf meine Lippen.
„Ich wollte doch nur sagen, ich habe dich richtig lieb, ich bin in dich wahnsinnig verschossen."
„Ich weiß."
„Du weißt?"
„Ich weiß. Sonst wäre ich nicht gekommen."
„Aber es könnte doch auch nur ein ‚One-Night-Stand' sein, einfach nur Sex und gut."
„Ist es aber nicht."
„Du hast ja auch recht, aber woher willst du das wissen? Ist das weibliche Intuition?"
„Wenn du so willst." Dabei lachte sie.
„Du lachst mich aus. Nun sag schon, woher weißt du es?"
„Von meiner Schwester."
„Du hast eine Schwester?"
„Ja, eine kleine Schwester."
„Und ist die genauso schön wie du?"
„Mindestens, und schlanker. Auf ihre Figur bin ich direkt neidisch, aber sie ist ja auch jünger."
„Blödsinn, deine Figur ist doch toll."
„Aber Marleen ist schlanker."
„Du dürftest gar nicht schlanker … sagtest du ‚Marleen'?"
„Sagte ich."
Dabei blies sie ihren Rauch genüsslich in meine Richtung und sah mich wieder so merkwürdig mit ihren geheimnisvollen dunklen Augen an.

Marleen hatte dieselben Augen, nur frecher! Ich Esel habe das nicht bemerkt!
„Du hast Marleen ... du hast deine Schwester auf mich angesetzt?"
„‚Angesetzt' würde ich es nicht nennen. Es war ihre Idee."
„Was war ihre Idee?"
„Ich erzählte ihr von dir, und dass ich nicht so recht wusste, was ich von dir halten sollte, und da kam sie auf die Idee, es einmal bei dir zu versuchen. ‚Wenn er mir auch gefällt', sagte sie, ‚dann habe ich ein bisschen Spaß, aber du weißt, woran du bist.'"
„Ist ja sehr schmeichelhaft", knurrte ich.
„Rate mal, warum ich geschieden bin", entgegnete Edeltraut.
„O Boże mój, welche Abgründe tun sich hier auf. Dein Exmann ist mit deiner Schwester in die Kiste gesprungen?"
„Ganz so weit sind sie nicht gekommen, aber an ihren Zehen hat er schon geknabbert."
„Waren die schwarz oder weiß lackiert", konnte ich mir nicht verkneifen, zu fragen.
„Weiß ich nicht mehr, aber bevor ich ihn hinausgeschmissen habe, hatte er mir noch vorgejammert, dass sie ihn verführt und mit ihren Fußnägeln ganz verrückt gemacht hätte."
„Und warum blieb es schließlich nur bei der Vorspeise?", fragte ich.
„Weil Marleen ihn dann am ausgestreckten Arm verhungern ließ. Kurz vor dem Hauptgang, also als er ihr dann so richtig an die Wäsche wollte, hat sie ihm eine geknallt und gesagt er solle sich was schämen."
„Ich lach mich kaputt."
„Ich fand das damals gar nicht lustig, zumal Marleen die ganze Komödie nur deswegen veranstaltet hat, weil ihr schon Gerüchte über einen untreuen Schwager zu Ohren gekommen sind, was sie dann auch als bestätigt ansah. Jedenfalls bin ich heute ganz froh, dass es so gekommen ist."

„Und ich habe Marleen für eine Agentin der Rauschgiftmafia gehalten."

„So etwas in der Art ist mir berichtet worden. Aber deine Standhaftigkeit konnte sie sich nicht erklären. Bisher hat sie noch jeden rumgekriegt, sagte sie. Und soweit ich das beurteilen kann, stimmt das auch."

„Ich hatte eben keinen Sinn für sie. Alle meine Gedanken waren bei dir. So wie jetzt!"

Ich musste an die Worte des bedauernswerten Ex-Ehemannes denken.

„Die ist Ihnen über", hat er zu mir gesagt. „Da kann ich ein Lied von singen. Suchen Sie sich lieber eine junge Doofe."

Also Marleen hat er dann garantiert damit nicht gemeint. Edeltraut sah mich etwas unsicher an. Das kannte ich bisher noch nicht von ihr.

Sie hatte wunderschöne Augen.

Nun küsste ich sie wieder. Nicht nur auf den Mund, dabei hätte sie mir beinahe mit ihrer Zigarette den Arm verbrannt. Edeltraut fand das spaßig.

In meinem Schlafzimmer haben wir uns dann weiter amüsiert, während aus meinem Wohnzimmer die ‚Walküre' herüber schallte – schließlich wollte ich ja alle meine Trümpfe ausspielen. Zum Glück war der Mecker-Heini unter mir nicht zu Hause.

„Dieser Augen leuchtendes Paar", vernahm ich, während ich Edeltraut ansah. Ihre dunklen Augen leuchteten zwar nicht, aber sie besaßen wieder diesen geheimnisvollen Glanz, der mich verzauberte.

Wir sind dann schätzungsweise gegen 5.00 Uhr morgens eingeschlafen.

Aus meinen süßen Träumen bin ich durch den Wecker meines Handys um 7.30 Uhr gerissen worden:

„Erinnerung Auktion"
„Herr Jesus", das hatte ich ganz vergessen, weil ich das schon vor einer Woche auf Termin gelegt hatte. Zuerst wollte ich weiterschlafen, weil mir das jetzt nicht mehr wichtig erschien. Aber nun, da ich ein klein wenig wach war, schlich ich zum Computer und schaltete ihn ein. Während er hoch fuhr, fiel mein Blick ins Schlafzimmer.
Da lag sie, aufgedeckt, weil es zu warm war. Mit dem Rücken zu mir gewandt.
Meine Venus!
Das Bild von Señora García ist Realität geworden.
Sie sah noch schöner aus als die Venus von Rokeby.
Ein heißer Anblick!
Das war nicht nur Leinwand und Ölfarbe, zweidimensional.
Der Ausdruck ‚Fleischeslust' kam mir in den Sinn. Es reizte mich, sie auf ihre schönste Stelle zu küssen, aber ich fürchtete, sie könnte davon wach werden.
Also kümmerte ich mich um meinen Computer. Passwort eingegeben – Browser öffnen ... Browser öffnen! Wo war der Mauszeiger? Nichts. Keine Reaktion! Ich hämmerte auf den Tasten herum. Ein- und Ausschalten half nicht, auch nicht das Entfernen des USB-Empfängers. Also tauschte ich die Batterien, glücklicherweise habe ich immer welche in Reserve. Immer noch nichts.
Das Aas quittierte seinen Dienst.
So ein falsches Luder, eifersüchtiges!
„Pjerunje!", entglitt es mir.
Ich packte die Maus und warf sie in Richtung Mülleimer.
Natürlich traf ich wieder nicht, und sie flog in die Küche, und fiel dort unter lautem Poltern auf den Boden und verschwand in der Lücke zwischen Wand und Kühlschrank.
„Da hat sie sich verkrochen, diese beleidigte Leberwurst", dachte ich.
„Meine My!"

So fand ein My-thos sein Ende.
„Was ist passiert?", hörte ich eine schlaftrunkene Stimme. Edeltraut hatte sich zu mir umgedreht.
„Nichts von Bedeutung", sagte ich zu ihr und küsste sie auf die Schulter. „Schlaf ruhig weiter! Nur ein kleiner Zwischenfall."

16. Kapitel

Normalerweise frühstücke ich immer unten beim Bäcker. Aber heute wollte ich noch etwas Zeit zum Schmusen mit Edeltraut herauszuholen, deshalb schlich ich mich hinunter und besorgte Croissants, Schrippen und beim Vietkong noch etwas Aufschnitt, sowie eine Flasche Sekt, die sogar gekühlt war. Wieder oben, kochte ich Kaffee und Eier.
„Ei is jut für Muttern", hatte eine alte Tante immer gesagt.
Ich stellte alles auf ein Tablett, zog meine Sachen wieder aus und setzte mich zu Edeltraut ins Bett. Sie schlief noch. Vorsichtig öffnete ich die Sektflasche. Es gab ein leises Zischen. Edeltraut rührte sich nicht. Ich wollte sie wach küssen, aber ihr Gesicht war zur anderen Seite gedreht. Da stach mich der Hafer! Ich goss ihr aus der Flasche etwas Sekt ins Ohr.
Wie eine Feder schnellte sie hoch. Während ich lachen musste, blitzen ihre Augen mich böse an.
„Du alter Schweinigel!", fauchte sie und wischte sich mit der Hand ihr Ohr trocken. Das reizte mich, noch mehr zu lachen.
„Ich dachte schon, du wärest tot", sagte ich, „und da wollte ich dir die letzte Ölung zukommen lassen."
„Du wirst mir gefälligst etwas anderes als die letzte Ölung zukommen lassen!"
Ihren Blick verstand ich zu deuten.
Wir tranken nur etwas Sekt, aber der Kaffee und die Eier wurden erst einmal kalt.
Bei den Eiern ist das nicht so schlimm.

Zwei Stunden später schüttete ich den Kaffee weg und kochte neuen.

Genüsslich knabberte Edeltraut an ihrem Croissant. Dabei krümelte sie das ganze Bett voll.

„Was stimmt denn nun eigentlich?", fragte sie mich unvermittelt.
„Na, alles. Bei mir stimmt zurzeit alles."
Sie sah mich wieder so seltsam an. Den Blick kannte ich schon.
„Dem Becker hast du erzählt, dass erst dieser Stojanović dich zum ‚Fidel Castro' geführt hat; aber zu Siegfried sagtest du, dass du mich da schon seit längerer Zeit beobachtet hättest. Was stimmt denn nun?"
„Dein Ex-Mann heißt also Siegfried?"
„Genau wie der Held."
„Siegfried Schmitt?"
„Exactamente!"
„Dann warst du neulich mit ihm in der Oper?" (Ich habe ja kürzlich von Kalle erfahren, dass Siegfried auch eine Oper ist.)
„Hm-hmm."
„Und auch tags darauf im Theater?"
„Hm-hmm."
„Bei ‚Ariadne auf Naxos'?"
„Nein, bei ‚Iphigenie auf Tauris'!"
„Taurus, Naxis ... gleiches wie Butter", sagte ich gereizt, „ich denke, Ihr seid geschieden?"
„Ja und? Deshalb können wir doch ins Theater gehen."
„Na, wenigstens bist du nicht mit Cary Grant in die Oper gegangen."
Edeltraut musste lachen.
„Wie kommst du denn auf den? Der ist doch schon lange tot!"
„Aber er sieht immer noch gut aus."
„Ja, das stimmt!"
„Wusste ich doch."
„Was wusstest du?"
„Dass dir Cary Grant gefallen würde."
„Wie kommst du überhaupt auf den?"

„Weiß nicht", log ich.
„Und?", fragte sie.
„Was und?"
„Was stimmt denn nun? Darf ich jetzt vielleicht einmal die Wahrheit erfahren? Meinetwegen warst du jedenfalls nicht das erste Mal bei uns als ‚Anwalt Schleswig-Schuby'. Das Thema hatten wir ja schon. Dass du im ‚Fidel Castro' vom Ober diese Informationen über mich erhalten hast, nehme ich dir nicht ab.
„Warum nicht?"
„Weil es nicht sein kann. Ich war zuvor mindestens einen Monat nicht in dem Laden."
„Tscha."
„‚Tcha' ist keine Antwort! Was hattest du mit diesem Stojanović zu schaffen?"
Sie war sichtlich erregt, denn sie gestikulierte und hätte dabei beinahe ihren Sekt verschüttet. Außerdem rutsche die Bettdecke, mit der sie bis zu den Schultern züchtig bedeckt war, herunter und gab ihre Brüste frei.
Bei deren Anblick ging mir der letzte Funken Verstand abhanden. Was sollte ich machen? Das Weib lässt mir ja doch keine Ruhe, und so erzählte ich ihr von dem Deal mit Gojko.
Sie zog die Decke wieder hoch und sah mich wieder so merkwürdig, direkt strafend, an.
„Du steckst also mit dem unter einer Decke?"
„Wo denkst du hin? Ich habe ihn ja fast zwanzig Jahre überhaupt nicht gesehen und wollte ihm nur einen Gefallen tun."
„‚Gefallen' nennst du so etwas?"
Ich schwieg. Unwetter war im Anzug.
Dann fuhr sie fort.
„Selbst wenn das wirklich alles ist, was ich mittlerweile bezweifele, hast du dich damit zum Komplizen eines Mannes

gemacht, den wir gerne in die Finger bekommen würden."
Ich schwieg immer noch und hatte auch keine Antwort mehr parat. Diese Frau hatte eine ganz andere Denkweise als ich. Die Denkweise einer pflichtbewussten Beamtin.
„Von dem ganzen Scheiß mit den Waffen und dem Heroin hatte ich doch keine Ahnung", brachte ich schließlich heraus.
Sie sah mich nur an, schob das Tablett zur Seite und die Bettdecke von sich und sagte nur:
„Ich geh' jetzt duschen."
Jetzt konnte ich noch einmal ihren schönen Körper betrachten, aber meine Euphorie war dahin.
Das also sollte Liebe sein?

Als sie aus dem Bad kam, war sie in ein Badetuch gewickelt und kleidete sich auf dem Bett sitzend so an, dass mir gerade einmal ihr Rücken präsentiert wurde.
„Rufst du mir ein Taxi?"
„Darf ich dich denn nicht nach Hause bringen?"
„Nein! Ich habe auch noch viel zu tun."
Ich rief das Taxi und gab ihr einen Abschiedskuss. Aber ihr Kuss war kalt. Von der Leidenschaft der letzten Nacht war nichts mehr zu spüren.
Diesen Tag hatte ich mir anders vorgestellt!

Ich fing an, aufzuräumen und bereitete mir einen Cuba Libre zu. In meinem Kopf hatte sich inzwischen eine Leere ausgebreitet, die ich, wie ich nun glaubte, mit Alkohol ausfüllen musste. Aber ich goss den gesamten Inhalt des Glases in den Ausguss. Ich konnte nicht einmal mehr trinken. Irgendetwas musste ich jedoch tun. Staubsaugen wäre angebracht. Ich beobachtete mich, wie ich zwanzigmal über dieselbe Stelle saugte.

Um meinen Job müsste ich mich kümmern. Die Zeit drängte

bereits. Aber dafür muss der Kopf frei sein, und ich konnte keinen klaren Gedanken fassen.
Ich putzte endlich die Fenster.
Mir war während der gesamten Arbeit nach Heulen zumute. Das Gefühl in meinem Bauch war unbeschreiblich. War ich nun enttäuscht oder böse oder einfach nur traurig? Wahrscheinlich von allem etwas. Und dann kamen auch noch die Selbstvorwürfe dazu: Wäre ich doch nie zur Zollbehörde hingerannt! Ich hätte doch ahnen müssen, dass es bei dem Container nicht nur um Markenpiraterie ging. Aber Gojkos Angebot war zu verlockend und auch die Wette mit Kalle bereitete mir Spaß. Ich betrachtete das Ganze als eine sportliche Herausforderung. Und schließlich hätte ich Edeltraut im Leben wohl niemals getroffen, wenn ich abgelehnt hätte.

Doch ein Trost war mir das momentan auch nicht.

Ich muss mich dringend mit ihr aussprechen!
Ihr Handy war ausgeschaltet.

Ich mixte einen Cuba Libre.
Er schmeckte scheußlich, wahrscheinlich zu viel Rum, aber ich trank ihn aus.

Am nächsten Morgen erwachte ich mit einem fürchterlichen Kater. Auf dem Tisch standen zwei leere Rumflaschen; nun gut, die eine war ja schon angebrochen gewesen.
Trautes Handy war immer noch aus:
Ich versuchte es bei Kalle: Nur die Mailbox!

Endlich am Abend erreichte ich Edeltraut.
Sie hätte so vieles missverstanden und ob wir uns denn nicht aussprechen könnten, sagte ich, schließlich würde ich gerne

wissen, was ich nun tun könne, um ihre Laune wieder aufzubessern.
Aber sie war nur kurz angebunden und teilte mir knapp mit, dass sie keine Zeit hätte.
Ich versuchte es daraufhin jeden Tag, aber vergeblich.

Später meldete ich mich bei ihr nur noch wöchentlich, da ich die Aussichtslosigkeit meiner Bemühungen so langsam begriffen hatte.
Auch zu Kalle hatte ich kaum noch Kontakt, aber der steckte wirklich bis zum Hals in Arbeit. Sogar die Schach Abende fielen aus.
Gisela, die ich noch ein paarmal besucht hatte, war inzwischen soweit wieder hergestellt, dass sie zu ihrer Schwester nach Bielefeld ziehen konnte. In ihre Wohnung zog dann so eine Flodder-Familie mit drei Hunden ein.
Was für eine Ironie des Schicksals, dachte ich.

Schließlich flog mir auch noch meine abgegebene Arbeit um die Ohren. Die Software sei fehlerhaft, hieß es. Das stellte sich leider als wahr heraus, obwohl mir so etwas noch nie passiert ist. Schließlich musste ich froh sein, die Hälfte meines vereinbarten Honorars zu erhalten. Die USA-Reise zu diesem Informatiker-Kongress ließ ich schließlich platzen.

Den Jahreswechsel verbrachte ich allein. Zuvor hatte ich noch ein nettes Weihnachtsgeschenk erhalten: Einen Brief von der Staatsanwaltschaft. Ich solle mich wegen Rauschgifthandels und Waffenschmuggels verantworten. Jetzt kommt es richtig dicke, dachte ich und suchte einen Anwalt auf.

„Da machen Sie sich mal überhaupt keine Gedanken", sagte Dr. Klein. „Das bringen wir schon in Ordnung. Ohne mich

machen Sie dort keine Aussage, ich verlange erst einmal Akteneinsicht. Da es sich aber um einen Strafprozess handelt, benötige ich erst einmal einen Vorschuss von 2000 Euro am besten in bar."
Eine Woche später flatterte wieder ein Schreiben der Staatsanwaltschaft herein: Diesmal hätte ich mich zu verantworten wegen versuchter Vergewaltigung einer Frau Lydia Vogel, die Strafanzeige gegen mich gestellt hatte. Dafür genügte Dr. Klein ein Vorschuss von 1000 Euro.

Dann im Februar fand der Prozess gegen Anatol, den Gisela als den anderen Attentäter identifiziert hatte, den Gemüsehändler Mustafa, sowie diesen Gül, der sich um mich kümmern sollte und gegen die Witwe Lydia statt.
Der Anwalt von Anatol stellte das Ganze als ein riesiges Missverständnis dar. Schließlich sei Anatol nur zufälligerweise vor Ort gewesen und wollte Gisela nur beschützen. Das deckte sich zwar nicht ganz mit Giselas Aussage bei der Polizei, aber da sie als geladene Zeugin nicht erschienen war, konnte sie ihre Aussage auch nicht vor Gericht bestätigen. Giselas Schwester hatte dem Gericht geschrieben, dass Gisela eine Reise nach Südamerika unternommen hätte, aber außer einer Ansichtskarte aus Rio hätte sie nie wieder etwas von Gisela gehört. Der Vorwurf wegen Geiselnahme gegen meine Person wurde fallen gelassen, da ich schließlich versucht hatte, die Frau Vogel zu vergewaltigen und er, also Anatol, mich nur solange festgenommen hielt, bis die Polizei eintraf.

Er wurde zwar nicht freigesprochen, aber das Verfahren gegen ihn wurde eingestellt. Das Gleiche galt für Mustafa Özgül. Den Mord an dem Junkie bestritt er, wie zuvor Anatol, vehement, und da auch ihm nichts nachgewiesen werden konnte, wurde sein Verfahren eingestellt. Sein

Anwalt gab dann noch zu Protokoll, dass das Land Berlin mit einer Klage auf Schmerzensgeld wegen Körperverletzung durch unqualifizierte Gesetzesvertreter zu rechnen hätte.
Die Witwe Lydia Vogel erhielt ein Bußgeld wegen leichten Verstoßes gegen das Betäubungsmittelgesetz in Höhe von 300 Euro. Vom Vorwurf des Mordversuchs wurde sie freigesprochen.

Am schlimmsten traf es den armen Gül. Auch ihm war zwar weder der Mord an dem Junkie noch an Mustafa Yildiriz nachzuweisen, aber er erhielt wegen unerlaubten Waffenbesitzes und Geiselnahme in einem minder schweren Fall (Kalle wurde hierzu als Zeuge verhört) eine dreimonatige Freiheitsstrafe auf Bewährung.
Zugutegehalten wurde ihm in der Urteilsverkündung, dass sich in seiner Waffe nur Platzpatronen befunden hätten.
Damit durften alle vier guten Mutes und erhobenen Hauptes als freie Leute aus dem Gerichtssaal marschieren.

„Sag mal Kalle, träume ich das alles gerade oder hat sich soeben eine Gruselkomödie im Gerichtssaal abgespielt?", fragte ich ihn, als wir das Gerichtsgebäude verließen.
„Nein, du träumst leider nicht und wenn du mir nicht glaubst, kann ich dich zwicken."
„Aua!", sagte ich.
„Siehste", sagte Kalle, „ich habe so etwas Ähnliches schon einmal erlebt."
„Das Gesetz schützt die Gesetzlosen!", sagten wir wie aus einem Munde. Wir gingen erst einmal in die nächste Kneipe „Zur letzten Instanz".
„Da siehste mal, was die Richter teilweise für Idioten sind", sagte Kalle. „Die können Reizgas- noch nicht einmal von Platzpatronen unterscheiden."

„Das wäre noch nicht einmal das Schlimmste gewesen", sagte ich. „Aber dass alle jetzt wieder frei rumlaufen dürfen, macht mir schon Angst."
„Ich werde mich darum kümmern", sagte Kalle.
Wir tranken aus und fuhren, jeder für sich, nach Hause.

Am übernächsten Tag erschien Kalle in meiner Wohnung.
„Ich hoffe, ich störe nicht gerade", meinte er beim Eintreten.
„Wobei solltest du mich schon stören?", gab ich ihm zur Antwort.
„Nun lass mal den Kopf nicht hängen. Es wird schon wieder alles gut. Ich habe dir auch etwas mitgebracht." Dabei zog er ein Kästchen aus der Tasche und drückte es in meine Hand."
„Falls diese Schweine dir noch einmal etwas antun wollen, dann kannst du dich wenigstens verteidigen."
Als ich den Deckel öffnete, kam eine silbrig glänzende Pistole zum Vorschein.
Ich erschrak.
„Die ist ein Hammer, was?", sagte Kalle. „Eine Beretta 92 in Edelstahlausführung. War das Beste, was ich bekommen konnte."
„Aber Kalle, ich habe doch gar keinen Waffenschein."
„Du sollst ja auch nicht vom Balkon herunter damit auf Tauben ballern. Aber wenn es um dein Leben geht, ist der fehlende Waffenschein doch wohl dein geringstes Problem", sagte Kalle.
„Na, dann danke für das Besorgen", sagte ich. „Was kriegst du denn dafür?"
„Nichts, Ändy. Die habe ich von einem bekommen, der mir noch einen Gefallen geschuldet hat."
„Bist du jetzt so eine Art Pate?"
„Quatsch nicht kariert und steck das Ding weg. Hier ist noch passende Munition. Wir können sie ja einmal gemeinsam ausprobieren, also ein bisschen üben, wenn du willst."

„Vielleicht später, Kalle", sagte ich. Ich war augenblicklich noch nicht in Kampfesstimmung.
„Wann ist denn übrigens dein Gerichtstermin", wollte Kalle wissen.
„In einer Woche", gab ich zur Antwort.
„Und, haste Schiss?"
„Bei dem, was wir vorgestern erlebt haben, ist alles möglich."
„Hoffentlich hast du einen guten Anwalt."
„Wenn er alles so gut beherrscht, wie Geld einzutreiben, dann habe ich keine Sorge."
Kalle trank sein Bier aus und verabschiedete sich wieder.
Ich betrachtete meine neueste Errungenschaft.

Sie war hübsch.

Sieben Tage später stand ich vor der Tür des Sitzungssaales 221 des Amtsgerichtes Moabit und las auf einer Tafel: „Strafsache gegen Andrzej Czybulsky, 10.15 Uhr."

Es war erst 10.05 Uhr. Also setzte ich mich auf eine Bank ganz in der Nähe des Sitzungssaales.
Ich befand mich bereits in guter Gesellschaft. Ich erkannte auf der Bank gegenüber Inspektor Becker vom Zoll und Oberkommissar Werner von der Mordkommission, ach und beinahe hätte ich ihn übersehen: Zwischen ihnen saß noch Steinfels.
„Guten Tag, Herr Schibulka", sagte Steinfels freundlich.
„Guten Tag, Herr Felsenstein", sagte ich.
„Steinfels", meinte er.
„Angenehm, Czybulsky."
„Hoffentlich bewahren Sie Ihren Humor auch noch bis nach der Verhandlung", sagte jetzt Becker grimmig. Ich schaute in die Gesichter der anderen. Werner sah unglücklich aus.
Dann hörte ich Schritte auf dem Gang und sah

Hauptkommissar Schmitt, gefolgt von ... Edeltraut, ankommen.
Unwillkürlich stand ich auf, um beide zu begrüßen, aber ich fühlte ein Stechen in der Brust. Ich hatte Edeltraut etwa vier Monate nicht mehr gesehen. Ein unbeschreibliches Gefühl durchzog meinen gesamten Körper. Während ich versuchte, mit Edeltraut in Blickkontakt zu gelangen, streckte Schmitt mir seine Hand freundlich entgegen.
„Guten Tag, Herr Czybulsky, so sieht man sich wieder. Ich hätte mir gern für unser Wiedersehen andere Umstände gewünscht."
„Wirklich?" Ich sah Edeltraut an, aber sie wich meinem Blick aus.
Bevor er antworten konnte, öffnete sich eine Tür und die Gerichtsdienerin erschien und rief unter anderem meinen Namen auf, mit der Aufforderung einzutreten.

An das, was dann folgte, kann ich mich nur noch bruchstückhaft erinnern. Edeltraut schien für mich endgültig verloren, also war mir alles egal.
Etwa zehn Minuten nach Beginn meines Prozesses erschien dann auch noch mein Anwalt.
„Wir machen das schon", waren seine Begrüßungsworte an Stelle von: „Es tut mir furchtbar leid, dass ich mich verspätet habe."
Vom Plädoyer des Staatsanwaltes habe ich noch in Erinnerung, dass er für mich wegen unzweifelhafter Beteiligung an den Machenschaften der Filut-GmbH und das wäre Rauschgifthandel im großen Stil und unerlaubte Einfuhr von genehmigungspflichtigen Feuerwaffen sowie Behinderung der Justiz eine Freiheitsstrafe von 24 Monaten forderte.
Das dumme Gewäsch der anderen Zeugen, kann ich nicht mehr wiedergeben. Auch Traute wurde in den Zeugenstand

gerufen. Als sie sprach, hörte ich nur den Klang ihrer Stimme, den Worten konnte ich nicht folgen.
Als sich das hohe Gericht schließlich zur Beratung zurückzog, nahm mein Anwalt mich beiseite und sprach tröstend auf mich ein: „Das lief doch gar nicht so schlecht. Die haben doch nichts gegen Sie in der Hand. Seien Sie mal guter Dinge."
Wie im Traum folgte ich dann schließlich dem Urteilsspruch, den die Richterin, eine Mittvierzigerin mit einem seidenem Halstüchlein verlas, von dem ich nur noch die markantesten Stellen behalten habe.

„Das Gericht ist aufgrund der Zeugenaussagen zu der Auffassung gelangt, dass die Beteiligung des Angeklagten Andrzej Czybulsky an einer kriminellen Organisation – in diesem speziellen Fall, der Filut GmbH – unstrittig ist. Wenn ihm auch nicht eine Anführerschaft anzulasten ist, so gilt zumindest seine Beteiligung als erwiesen. Die Aussage des Angeklagten, von den Machenschaften der Filut nichts gewusst zu haben, erschien dem Gericht unglaubwürdig ...
Im Namen des Volkes ergeht folgendes Urteil: Der Angeklagte erhält wegen ..."
Ich hörte teilweise nicht zu.
„... nach Paragraph soundso und Paragraph soundso auf Grund der Tatsache, dass der Angeklagte bisher strafrechtlich nicht in Erscheinung getreten ist, eine Freiheitsstrafe von neun Monaten, die auf eine dreijährige Bewährung ausgesetzt wird. Als Bewährungsauflage wird der Angeklagte verpflichtet, eine Geldbuße in Höhe von dreitausend Euro an den Förderverein für Integration und Migration zu zahlen. Die Zahlung muss bis zum 30. April erfolgt sein, danach wird die Strafe vollstreckbar. Das Gericht hofft ...
An das folgende Geseibel kann ich mich nun wirklich nicht

mehr erinnern.
Als ich den Gerichtssaal verließ, war Traute schon nicht mehr da. Ich glaube, sie hat mir nicht einen einzigen Blick aus ihren wunderschönen Augen zugeworfen.
Und das war schlimmer als das härteste aller Urteile.
Mein Anwalt quatschte nun auch noch auf mich ein, dabei wollte ich jetzt nur noch meine Ruhe haben. Am besten meine ewige Ruhe.
„Wir können natürlich in die Revision gehen, aber so schlecht ist das Urteil doch gar nicht. Sie sind ein freier Mann und können wieder schalten und walten, wie Sie wollen. Seien Sie froh!"
(Wenn das hier ‚froh' bedeutet, dann möchte ich nicht wissen, wie sich ‚unglücklich' anfühlt.)
„Ich bin jetzt vorbestraft", sagte ich.
„Ach, wer fragt denn danach?"
„Und wenn ich in zwei Wochen wegen Vergewaltigung verurteilt werde, was ist dann? Dann darf ich womöglich doch noch einsitzen!"
„Da machen Sie sich mal keine allzu großen Gedanken. Erstens ist der Vorwurf vollkommen haltlos, und zweitens ist die Schlampe bei ihrem Lebenslauf doch sowieso unglaubwürdig. Das Schlimmste, was ich erwarte, ist, dass der Richter die verhängte Strafe dann zu einer Gesamtstrafe zusammenfasst; Sie haben also nicht viel zu befürchten."
„Na, wenn das so ist", sagte ich.

Kalle war auch nicht zu erreichen. Er war – so glaubte ich noch in Erinnerung zu haben – noch nicht einmal in Berlin. Ich hatte also keinen, bei dem ich mich hätte ausheulen können.

Beim zweiten Prozess (wegen versuchter Vergewaltigung) war ich schon etwas abgestumpfter. Der Richter hörte sich meine Darstellung des Falles an und bekundete offensichtliches Interesse. Seiner Mimik zufolge, hatte er mich richtig verstanden. Das machte mir Mut. Bei der Vernehmung der Zeugin, dem vermeintlichen Opfer, verzog er teilweise das Gesicht und warf ihr auch mehr als einmal Ungereimtheiten in ihren Ausführungen vor. Seine anfangs gestellte Frage, ob sie vorbestraft sei, hatte die Witwe zwar bejaht, aber auch sofort relativiert.
Na, wenigstens läuft das hier ganz gut, dachte ich.

Dann kam die Urteilsverkündung:
„Der Angeklagte ... konnte nicht zweifelsfrei widerlegen, dass er versucht hatte, die Zeugin Lydia Vogel in der von ihr beschriebenen Weise zu berühren, zumal er sich in ihrer Wohnung befand. Maßgeblich belastend und für die Urteilsbegründung relevant ist die Zeugenaussage des Ehemanns der Frau Vogel. Der Angeklagte wird deshalb der versuchten Vergewaltigung für schuldig befunden und in Anbetracht der kausalen Nähe seiner Tat zu der vorhergehenden Strafsache zu einer Gesamtstrafe von neun Monaten, die zu einer Bewährung von drei Jahren ausgesetzt wird, verurteilt. Die bereits auferlegten Bewährungsauflagen in der zurückliegenden Strafsache bleiben davon unberührt."

Zu diesem Prozess war mein Anwalt erst gar nicht erschienen. Aber dafür brauchte ich mir nach meiner Verurteilung auch nicht seine Selbstbeweihräucherung anzuhören.
Ich rief Kalle an, der nicht zum Prozess kommen konnte.
„Und, Freispruch?", fragte er.
„Nein, es kam, wie mein Anwalt schon angedeutet hatte: Ein

Schuldspruch in Verbindung mit einer Gesamtstrafe. Ich habe also nichts extra aufgebrummt bekommen."
„Soll man sich darüber nun freuen?", fragte Kalle. „Die ganze Sache ist so hanebüchen, dass sich einem die Fußnägel aufrollen."
„Den Glauben an unser Rechtssystem habe ich jedenfalls verloren", sagte ich.
„Na, stell dir mal vor, Ändy, da hast du für so eine Bagatelle eine höhere Strafe bekommen, als alle diese Schwerverbrecher zusammen. Das ist doch ungeheuer!"
„Ja, ist es; schreib doch darüber in deinem Käseblatt."
„Dann bin ich meinen Job los!"

Bevor ich wieder in meine Wohnung ging, war ich noch am Briefkasten und las noch im Treppenhaus die Kündigung meines wichtigsten Auftraggebers.
„Dann sollen die mich gefälligst am Arsch lecken!", schrie ich wütend durch den Hausflur. Von unten ertönte daraufhin lautes Hundegebell und Frau Neumann öffnete die Tür.
„Aber Herr Andreas!", sagte Frau Neumann. „So etwas sagt man doch nicht, oder ärgern Sie sich wieder über die Frau Schipetzka?"

Diesmal beachtete ich Frau Neumann nicht weiter und schloss die Tür hinter mir.

Seit ungefähr einer Stunde weiß ich nun, dass ich arbeitslos bin, vorbestraft und so gut wie pleite; bisher hatte mich der Prozess also 6000 Euro gekostet und weitere Anwalts- und Gerichtsgebühren würden noch folgen, aber das schlimmste ist, dass ich mich von Traute, die ich immer noch liebe, verraten fühle. Eben noch habe ich versucht, sie anzurufen, doch sie ging nicht an ihr Handy. Ich schrieb ihr eine SMS: „ICH LIEBE DICH. Lass uns doch reden!"

Und ich empfing sogar eine Antwort:
„Wir haben uns nichts mehr zu sagen!"

Meinen zweiten Cuba Libre habe ich soeben ausgetrunken – selbstverständlich eine Fifty-fifty-Mischung. Ich spüre auch schon seine Wirkung. Trotzdem werde ich jetzt noch einen dritten machen. „Halb besoffen ist rausgeschmissenes Geld", heißt es doch, oder?
Vor mir auf dem Schreibtisch steht mein Cuba Libre Glas und daneben liegt die Beretta. Sie sieht wirklich schön aus. Gerade eben noch hielt ich sie in meiner Hand und betrachtete sie von allen Seiten. Sie ist schon faszinierend. Ich schaute direkt in ihren Lauf – ein geheimnisvolles, dunkles, rundes Etwas. Ich starrte vielleicht eine Minute so und sah dann diese geheimnisvollen dunklen Augen. Diese Vorstellung ist zu schön. Ich will noch nicht abdrücken. Es ist auch sicher kein angenehmer Job für so eine edle Waffe. Der Kalle hat mir damit wirklich eine richtige Freude gemacht. Er ist eben ein anständiger Kumpel.
Oh, oh, schon wieder leer. Ich geh' noch einen holen.

So, da bin ich wieder. Das ist jetzt aber der letzte, sonst bin ich womöglich besoffen, wenn die erste Jungfrau für mein Wohl sorgen will.
Die Beretta ist wirklich wunderschön und sie fasst sich so gut an. Sie hat direkt etwas Geschmeidiges und in keiner Weise etwas Billiges wie diese China-Maus aus Plastik. Ich möchte sie gar nicht mehr aus der Hand legen, aber vorher trinke ich noxh den letzen aus.
So, der is auch weg. Oje ich mache schon fehler. Ich sollte die Sache jetz zu Ende bringen, aber vorher möchte ich noch ein letzes Mal in diese wunderschönen geheimnisvollen Augen schauen

Nachwort

Gemeinsam mit Frau Neumann, die mir die Wohnung aufschloss, fand ich Andrzej an seinem Schreibtisch mit der Waffe in der Hand neben einem Stapel Seiten seines Manuskriptes. Bis zu seinem Tode wusste ich nichts davon, was mich erstaunte, denn sonst erzählte er mir eigentlich alles. Ich halte es auch für ausgeschlossen, dass er erst in den letzten Tagen, als wir so gut wie keinen Kontakt hatten, mit dem Schreiben angefangen hat, weil viele seiner Passagen unmöglich bei seiner Gemütsverfassung, in der er sich zum Schluss befunden haben musste, entstanden sein konnten.

Der Titel des Buches ist übrigens von mir (Andrzej hatte seinem Manuskript keinen gegeben), das heißt, ein Bekannter hat mich auf die Idee gebracht.

Das Vorwort ist aber Blödsinn. Das meiste hat er sich ausgedacht. Er war nie verheiratet und hatte auch keine Kinder und auf viele der im zweiten Teil der Widmung angesprochenen Personen war er auch nicht gut zu sprechen. Der erste Teil, also die Sache mit dem Deutschlehrer, entspricht aber der Wahrheit. Ich erinnere mich, dass er mir das vor Jahren einmal erzählt hatte. Aus diesem Grund und weil ich es witzig finde, habe ich das Vorwort auch ‚gerettet'. Ich fand es nämlich verschmäht und zerknüllt neben dem Papierkorb an seiner Küchentür.

Dass er die Pistole von mir bekommen hatte, muss ich abstreiten, wahrscheinlich hatte er durch die Wirkung der Cuba Libres beim Schreiben etwas vergessen. Trotzdem kann ich mich nicht von dem Vorwurf freisprechen, dass ich nicht zugegen war, als er mich gebraucht hatte.

Andrzej war katholisch, aber ein großer Kirchengänger oder Betbruder war er nicht. Trotzdem habe ich dafür gesorgt, dass ihm eine kirchliche Beerdigung zustatten kam. Schließlich erwähnte er den Lieben Gott an manchen Tagen sogar mehrmals, wenn auch nur in seinen Flüchen und dann zumeist auf Polnisch.

Der zuständige Pfarrer erklärte sich gnädigerweise bereit, ihm den letzten Segen zu erteilen, obwohl er ja mit seinem Suizid eine Todsünde begangen hatte. Und so wurde dann der verbliebene Rest aus Gojko Stojanović' Sportwette der Kirche zuteil.

Die Zahl der Trauernden, die hinter seinem Sarg hergingen, war sehr überschaubar. Außer mir und Frau Neumann, war nur noch Oberkommissar Werner anwesend. Frau Dr. Schmitt-Witzleben erschien nicht, obwohl sie von dem Termin wusste, schließlich hatte ich ihn ihr selbst mitgeteilt. Mir war das ganz recht, da ich ihren Anblick vielleicht nicht ertragen hätte.

Das riesige Loch, das Andrzej nun in meinem Leben hinterlassen hat, wird wohl kaum ausgefüllt werden. Aber ich hatte einmal einen guten Freund. Das können nicht viele Menschen von sich behaupten.

Karl-Heinz Galla